# NADA
## É
# POR ACASO

ALYCE MOREIRA

# NADA
# É
# POR ACASO

# NADA É POR ACASO
## ALYCE MOREIRA

Arte e Produção: Editora Motres
Editor: Daniel Rebouças
Revisão de texto: Delcidério do Carmo
Revisão final: Jefferson Azevedo
Foto de capa: Adobestock/Upslim

CIP BRASIL — CATALOGAÇÃO NA PUBLICAÇÃO

| | |
|---|---|
| M838n | Moreira. Alyce, |
| 1.ed. | Nada é por acaso. Alyce Moreira. 1ª edição / Salvador — BA. Motres, 2022.<br>212p. ; 14 x 21 cm |
| | ISBN 978-65-995049-6-9 |
| | 1. Literatura Brasileira 2. Novelas 3. Ficção I. Título. |
| CDD B869.3 | CDU 821.134.3(81) |

Índice para catálogo sistemático:
1. Literatura Brasileira : Romance B869.1

www.editoramotres.com
contato@editoramotres.com
SALVADOR - BA -BRASIL

Este livro é dedicado a todos que acreditam que tudo na vida tem um propósito e que sempre existe uma saída através das pequenas e surpreendentes ações do destino.

Este livro não seria possível sem a colaboração de Juliana Chagas, Sérgio Nathan e Alessandra Leão Santana que, além de meus amigos, são meus leitores betas, sem a leitura crítica de vocês e os empurrõezinhos eu não teria conseguido finalizar, vocês são os melhores, amo vocês.

Quero agradecer a Deus por tudo o que ele tem feito por mim até aqui. Sem ele nada disso seria possível, obrigada Deus pelas pessoas maravilhosas que o senhor trouxe para a minha vida, o senhor não une pessoas, une propósitos. A Deus, toda a glória e honra.

Quero agradecer também a melhor mãe do mundo, Madalena Moreira que me auxiliou no enredo e me ajudou na minha decisão mais difícil que tive que fazer em relação aos meus personagens, te amo muito mãe e obrigada pelo seu apoio.

Minhas irmãs Sara Moreira e Stefane Moreira que me aguentaram por meses lendo cada capítulo que eu finalizava, mesmo sendo chatas, amo vocês. Agradeço a meu pai pelo apoio e a cooperação, te amo muito.

Quero agradecer o apoio e o carinho de minha amiga Gisa Ramos que acreditou no meu sonho e levou a minha história para todo mundo, você é maravilhosa e sua família é linda, vocês estão guardados em meu coração para sempre.

E, para finalizar, quero agradecer a todos que conheceram a minha história através das redes sociais e acreditaram em meu sonho. Sem a ajuda de vocês, a publicação desse livro não seria possível, Deus abençoe vocês, esse é o meu primeiro livro e ainda vem mais por aí.

Acho que nada acontece por acaso, sabe?
Que no fundo as coisas têm seu plano secreto,
embora nós não entendamos.

– Carlos Ruiz Zafón

# PRÓLOGO

O tempo estava abafado, nuvens carregadas se formavam rapidamente no céu prometendo uma tempestade. Gotas grossas começaram a cair sobre a terra seca. Enquanto isso, John Patterson estava na varanda tomando café como sempre fazia todas as tardes. Sentou-se em uma cadeira de balanço de madeira, colocou seus óculos de leitura e começou a folhear o jornal local para acompanhar as notícias e ficar por dentro dos esportes. Mas algo chamou sua atenção, o que fez com que ele fechasse o jornal.

Sua filha estava debaixo de um pinheiro sentada em um balanço branco decorado com girassóis, provavelmente colhidos do campo. Ela aguardava ansiosa a chuva cair para finalmente dançar. "Ah, Deus, como ela amava dançar na chuva", pensava o pai. Mesmo advertindo a filha a não se molhar, ela respondia com desdém, "mas pai, é só chuva". Ficar resfriada não importava para aquela jovem, que desobedecia e continuava com um largo sorriso no rosto, não dando importância aos protestos do pai.

Logo em seguida, Derek já estava dançando com ela, os dois formavam um lindo casal, pensou John. Helena estava belíssima, com o seu vestido branco com mangas bufantes e flores vermelhas que sua mãe lhe havia feito. O casal saltitava enquanto toda aquela lama se formava. Suas roupas estavam sujas, e os dois estavam felizes! John se emocionou ao contemplar aquela cena. De repente algo inesperado aconteceu, ele ouviu uma risadinha. Era conhecida, aquela voz doce e contagiante. John se virou devagar, olhou para a figura à sua frente – isso não é possível! John limpou o rosto com as costas da mão certificando-se de que não estava vendo coisas, mas era *ela*, sua netinha.

Eliza estava com um vestido branco com uma coroa de flores sobre a cabeça, o que destacava seus olhos azuis semelhantes ao céu. Seus cabelos eram dourados como o ouro e sua pele branca como a neve, ela estava "linda", admirou-se John. A menina se virou para ele e acenou com um enorme sorriso. John não acreditava no que estava vendo, lágrimas surgiram. Ele não pôde se conter, era sua netinha que estava na sua frente e estava radiante. Ela correu até o avô e o abraçou tão forte que ele começou a chorar alto. A garota beijou carinhosamente a bochecha do avô e disse: "Te amo vovô, te amo até o infinito". Ele olhou para ela com lágrimas rolando no rosto. "Também te amo minha Eliza". Ela saiu de perto do avô e disse: "Vamos vovô, venha comigo, tá na hora". John olhou para a menina confuso. Não conseguia entender o que estava acontecendo. Seguiu a neta até uma luz brilhante. Seus olhos se fecharam, a luz era muito forte e ele recuou com medo. "Venha vovô, não tenha medo, é só segurar a minha mão", disse a garota enquanto o guiava em direção à luz.

John acordou assustado, olhou para os lados com os olhos atentos. Logo percebeu que estava na sua cama, tudo não passou de um sonho. Com a respiração ofegante, olhou para a pessoa que estava ao seu lado, tentou assimilar o seu semblante, mas não a conhecia.

– Quem é você? – Indagou confuso.

– Sou eu, meu amigo, Joana, está tudo bem? – Joana era amiga de sua falecida esposa Margareth. Muitos anos antes, quando a amiga faleceu, Joana se sentiu na obrigação de cuidar de John, mas acabou criando um laço mais forte e o tratava como parte da família.

– Joana, o que está fazendo aqui? – Perguntou surpreso ao ver Joana ao seu lado, não era comum ela entrar em seu quarto, ainda mais durante a manhã.

– Eu vim ver você e saber como está se sentindo. Quando estava entrando eu o ouvi gritando pelo nome de Eliza. Sonhou com ela novamente?

Uma dor de cabeça repentina fez com que John ficasse tonto a ponto de quase desmaiar.

– John, você está bem? Eu vou ligar para um médico.

Ela estava preocupada com a saúde do amigo, que não estava nada boa. Fazia algumas semanas havia notado que ele reclamava de dores constantes na cabeça, nas costas, às vezes, reclamava de dormência e formigamentos no braço e percebia que John, em alguns momentos, tinha dificuldade para respirar.

– Não é necessário, eu estou bem, não precisa se preocupar. – respondeu com a testa franzida e logo depois olhou para o lado da janela onde viu um pássaro preto cantarolando.

— Eu sei que você não está bem, o que está acontecendo? Por que não fala comigo? Eu sou sua amiga, John, desde que Margareth se foi. Pelo amor de Deus, fala logo o que está acontecendo com você, homem!

Joana tocou no rosto enrugado do amigo, olhou para ele com ternura, sabia que nada que ele dissesse a faria mudar de ideia. Olhou novamente para o amigo. Era um olhar desconfiado e cheios de compaixão.

John logo entendeu que não conseguiria mentir para ela.

— Vou me levantar agora e tomar um banho, me espere na cozinha, lá eu te conto tudo.

Ele se levantou da cama ainda com um pouco de dor de cabeça, calçou suas sandálias e se dirigiu à porta do banheiro.

— Tudo bem, eu trouxe um pouco de pão que preparei em casa. Vou fazer um chá para você — disse Joana. — Farei panquecas também, sei que você adora.

— Ok. — falou John, com uma pequena pausa antes de assentir — Prometo lhe contar tudo.

John se moveu para o banheiro antes que Joana pudesse responder e fechou a porta rapidamente. A mulher se levantou e saiu do quarto, descendo as escadas devagar enquanto passava as mãos pelo corrimão de madeira impecavelmente limpo. O cheiro de limoeiro podia ser sentido pela casa inteira. Se existia um lugar que emanava natureza, com certeza era casa de John. Ao parar na cozinha, olhou brevemente ao redor: era ampla, clara como a luz que partia do céu. Uma mesa de pinho com quatro cadeiras, coberta com uma pequena toalha xadrez vermelha, se posicionava perfeitamente no centro. Frutas frescas pousavam sobre uma fruteira bela e ornamentada. Ao lado, perto da janela, uma pia de mármore branco brilhava como se fosse nova, e não havia nenhum pingo de sujeira por lá. Uma pequena fresta se abria na janela, por onde ventava suavemente, trazendo aquele cheiro de orvalho para dentro da casa. De longe, o celeiro repousava suavemente nas gramíneas. Seria semelhante a uma pintura se as nuvens não estivessem correndo pelo céu, mudando seu formato devagar.

Joana procurou uma chaleira pela cozinha, o que não significava grande esforço, já que o homem parecia assustadoramente organizado. A chaleira, agora fora do armário, estava cheia de água e pronta para fazer um chá. Repousou delicadamente a chaleira no fogão, na boca mais próxima, ligando e esperando que ela esquentasse. Joana sobressaltou-se ao ver Alyssa, a cadela da raça Border Collie de John. Alyssa estava na família havia seis anos. Foi um presente de aniversário para a neta. No dia da adoção, foi escolhida porque Eliza disse que a cadela se parecia com uma vaca holandesa da fazenda. Alyssa tinha brilhantes pelos em preto e branco e olhos cor de âmbar. Ela lambeu as mãos de Joana e fungava entre suas pernas. Isso só significava uma coisa: comida.

Joana colocou ração no pote que estava ao lado da mesa, certificou-se de que tinha água, mas a vasilha estava cheia. Satisfeita, Alyssa saiu abanando o rabo para a porta dos fundos. Em seguida, Joana tirou a chaleira do fogo, colocou duas xícaras vermelhas sobre o balcão de madeira, despejou água quente em cada uma delas, colocou o saquinho de chá de hortelã na água, pegou os pães da cesta, os cortou em fatias pequenas, pegou dois pratos de porcelana no armário e colocou os pães, foi até o armário e selecionou tudo o que precisava para preparar ótimas panquecas. Depois disso lavou as mãos com a água da torneira. Estava extremamente gelada, o inverno estava chegando, pensou Joana, e fez uma careta ao se lembrar disso. Enxugou as mãos com uma toalha de algodão verde-cana com o nome "Margareth" estampado com linha vermelha. Joana havia presenteado a amiga no dia do seu aniversário. Uma lágrima solitária caiu ao se lembrar de Margareth, dos momentos que passavam juntas na cozinha conversando e dando gargalhadas ao comentar o dia em que John caiu no chiqueiro dos porcos.

*Estavam preparando o jantar. Era uma noite de quinta-feira. Joana fazia uma sopa de frango, era sua especialidade. Margareth estava cortando os pães quando começou a gargalhar.*

*— O que foi, Margareth? — Perguntou Joana.*

*— Não é nada, é que eu estava me lembrando do dia em que o John caiu no chiqueiro dos porcos — perdida nas lembranças.*

*Margareth deu outra risada estridente.*

*— E quando foi isso? — indagou Joana.*

*— Ontem à noite. Ele chegou todo cheio de lama e fedendo podre, eu perguntei se ele tinha se deitado com uma porca — deu outra gargalhada — disse que foi na hora de colocar a comida, desequilibrou-se e caiu na lama. — As duas começaram a gargalhar imaginando como teria sido ver John todo cheio de lama.*

Com lágrimas no rosto, Joana enxugou as mãos e olhou para a janela que permitia a vista para o celeiro, notou Tomas, filho de John. Ele estava cuidando da égua que acabara de dar à luz um filhote esbelto e saudável. Tom era alto, um metro e setenta de altura. Seus cabelos eram ruivos na altura dos ombros, tinha músculos perfeitamente definidos devido ao trabalho árduo no campo. Ao trinta e três anos ele ainda morava com o pai, e, graças a ele, John não precisava trabalhar pesado, era um homem bonito e simpático. Tom se dirigiu ao interior da casa com um belo e brilhante sorriso. Àquela hora da manhã já estava suado e sua camisa molhada o denunciava.

— Bom dia, Joaninha — disse Tom enquanto se aproximava para lhe dar um beijo na bochecha — O que tem para comer? Estou morrendo de fome!

— Bom dia, meu bem — respondeu Joana, beijando carinhosamente o rosto dele. — Preparei pães em casa e trouxe para você e seu pai tomarem café. Se quiser chá, eu faço pra você.

— Hum, que delícia Joana, eu amo os seus pães caseiros — disse Tom, pegando uma maçã da fruteira. — Cadê meu pai? Ainda dormindo?

— Está no banho. Tom, quando eu cheguei, ouvi seu pai gritar o nome de Eliza, fui ver se ele estava bem, ainda estava dormindo — disse Joana bebericando o chá de hortelã. — Ele acordou e não me reconheceu, perguntei se estava bem, ele disse que sim, quando levantou da cama ficou tonto e foi ao banheiro.

— Meu pai está assim faz algumas semanas — explicou Tom com a cabeça baixa, acariciando Alyssa, que já estava de volta à cozinha.

Joana ficou em silêncio por um instante.

— Por que não me disse nada? — perguntou ela.

— Desculpa, Joana, mas meu pai disse que não era para te contar, você sabe como ele é — retrucou Tom na defensiva.

— Como você pôde? Você e o seu pai são dois cabeças duras! — Esbravejou Joana.

— Desculpa, eu deveria ter contado, ontem ele desmaiou quando estávamos voltando do estábulo. Eu o trouxe para casa, ele me disse que estava tudo bem, que aquilo tinha sido só um mal-estar.

— Como assim desmaiou? Tomas Patterson. Do que você está falando? Como assim, seu pai passou mal? Você o levou ao hospital?

— Ele não quis, Joana, você sabe como ele é, meu pai é muito teimoso.

— Meu Deus, Tom, seu pai é impossível.

— O que os dois estão fofocando aí? — John estava descendo as escadas. Vestia um casaco cor da pele, uma calça desbotada e rasgada no joelho e bota marrom. Usava um chapéu de vaqueiro.

— Bom dia, pai — disse Tom, com um pedaço de pão na boca.

— Bom dia, meu filho, a égua já deu à luz? — Perguntou John enquanto se sentava à mesa, aceitando a xícara de chá que Joana lhe entregou, ele logo inalou o aroma que o líquido transmitia.

— Sim, ontem à noite — disse Tom mordiscando um pedaço de panqueca.

— Ótimo — respondeu bebericando o chá de hortelã que Joana havia preparado que por sinal estava uma delícia, logo em seguida pegou a faca em cima da mesa, o pote de geleia de framboesa e passou no pão. — Preciso que vá à fazenda dos Thompson hoje, eles querem que você pegue algumas uvas da última colheita, parece que teremos uvas o ano inteiro.

— Tá bom, pai, eu já estou indo. — Tom colocou a xícara na pia, deu um beijo em Joana e saiu logo em seguida.

— Acho que essa é a melhor hora de me dizer o que está acontecendo — disse Joana com os braços cruzados, fitando diretamente os olhos claros de John.

— Certo — suspirou. — Eu estou sentindo dores constantes na cabeça, nas costas, tenho tonturas quando faço algo que exige força, às vezes sinto falta de ar, desmaiei ontem quando estava voltando para casa, Tom quis me levar ao hospital, mas achei que não era necessário — respondeu John, sentindo uma pontada forte na cabeça. — Eu não queria preocupar você, Joana, sei que você tem mais o que fazer. Você tem uma filha, seu marido, e eu não quero atrapalhar você.

— Ah, seu velho teimoso — falou Joana carinhosamente. — Você sabe que não me atrapalha de forma alguma. Catherine já é adulta, sabe se virar. E Garret, aquele velho rabugento, sempre me pede para vir dar uma olhada em você.

— Desculpa — resmungou ele, frustrado.

— Tá tudo bem, está perdoado — disse Joana. — Quando eu entrei em seu quarto, ouvi você gritando o nome de Eliza, estava sonhando com ela de novo?

Ao se lembrar do sonho, os olhos de John se encheram de água.

— Sim, sonhei com minha menina, era tão real — respondeu com lágrimas escorrendo no rosto — Sinto tanta falta dela.

— Eu também sinto — disse Joana, suspirando ao lembrar da menina. — era uma menina tão amável.

— Eu sinto tanta falta, tanta saudade... minha netinha querida. — Ele se sentou e involuntariamente levou a mão ao peito.

— John está tudo bem? — perguntou Joana, preocupada.

— Uma dor... no peito, uma pontada... está muito forte. — John desabou no chão agora desorientado e ofegante. Olhava de um lado para o outro.

— Acho que você está tendo uma parada cardíaca — disse Joana tentando segurar o amigo.

— Está na hora, Joana... — disse John, olhando nos olhos de Joana.

— Hora de quê? Do que você está falando? — perguntou Joana, agora aos prantos. Gritou o nome de Tom para que ajudasse levar o pai para o hospital.

— Ela estava me chamando, minha Eliza... ela estava me chamando. — John olhou para Joana. Tocou no seu rosto — Elas estão aqui.

— Quem está aqui? — perguntou Joana aos prantos.

— Eliza e Margareth — disse John, olhando para a janela. — Obrigado, Joana, por tudo — dando seu último suspiro, morreu nos braços da amiga.

— John, não, por favor! — Joana gritava, chorava alto, seu amigo havia morrido e ela não podia fazer mais nada.

Pouco tempo depois, Tom havia chegado da Fazenda dos Thompson. Quando viu o pai desfalecido, começou a chorar desesperadamente. Pegou o corpo do pai para levá-lo ao hospital, mas não tinha nada que ele pudesse fazer.

# CAPÍTULO 1

A manhã estava fria, flocos de neve surgiam no céu e caiam lentamente até o chão deixando-o branquinho e extremante belo. Pássaros sobrevoavam a cidade cantarolando alegremente parecendo não dar importância ao frio quase abaixo de zero. Helena observava a paisagem pela janela do apartamento enrolada em seu moletom quentinho que era perfeito para climas como aquele. Com uma xícara de café na mão, ela se afastou e foi até a cozinha preparar ovos com bacon, foi até o armário para pegar a frigideira, mas não a encontrou e lembrou que durante a noite Thereza havia usado.

— Thereza! — Helena chamou a amiga, vasculhando o armário a procura da frigideira, enquanto isso bebericava seu café matinal.

— O que é, Lena? Estou no banho — disse Thereza, com o barulho da água caindo do chuveiro abafando sua voz.

— Eu preciso da frigideira, onde você colocou? — perguntou enquanto colocava a xícara em cima da pia.

— Não estou ouvindo, espera aí, eu já estou indo.

Helena sentou na cadeira de madeira aguardando Thereza sair do banho. Ela já estava atrasada para o trabalho. Observou o relógio mais uma vez e suspirou. Há três anos Helena havia se mudado para Nova York. No começo foi difícil, mas rapidamente se adaptou. Morava em um apartamento no quarto andar do prédio em um bairro descente. Dividia o apartamento com sua amiga Thereza. As duas se conheceram logo que Helena chegou à cidade e se tornaram boas amigas muito rápido. Trabalhavam na mesma empresa de marketing de Mike Benson. A amiga trabalhava como secretária e Helena era psicóloga. Quando Helena alugou o apartamento, Thereza implorou para que morasse com ela, alegando que queria sair da casa dos pais. Ela aceitou e, desde então, elas moravam juntas. O apartamento não era grande coisa, tinha dois quartos e um banheiro. A cozinha ficava junto com a sala, mas era o que ela tinha no momento.

— Oi Lena, o que você quer? – perguntou Thereza saindo do banheiro, ela penteava seus cabelos molhados enquanto se aproximava, o pente deixava rastros visíveis onde havia percorrido. Helena observou que o cabelo dela havia crescido um pouco.

— Onde está a frigideira? Preciso fazer o café da manhã, já estamos atrasadas – disse Helena conferindo o relógio mais uma vez.

— Está dentro do fogão. E não estamos atrasadas, ainda são seis da manhã – falou a amiga apontando para o relógio na parede.

— Ai, meu Deus! Meu relógio está adiantado uma hora, não acredito, toda vez ele faz isso – disse Helena, acertando os ponteiros.

— O meu também fazia isso e eu quebrei – disse Thereza enquanto pegava uma xícara dourada com o nome dela estampado. Segurou a alça da cafeteira e colocou o café na xícara. – Quando uma coisa não funciona, Lena, o certo é você se livrar.

— Eu vou comprar outro depois do trabalho, no shopping, estou realmente precisando de umas comprinhas.

— Nossa! Você faz um café tão bom – falou Thereza, enquanto saboreava o café – queria saber fazer um café assim, talvez o Peter estivesse comigo.

— Café não segura homem algum, querida – respondeu a amiga com desdém.

— Você que pensa. Por que acha que meus pais ainda estão juntos? – Thereza foi até o fogão e encontrou a frigideira, aproveitou para pegar os ovos na geladeira e começou a prepará-los.

— Porque eles se amam, não tem nada a ver com café – retrucou Helena.

— Mas café é bom – disse Thereza, enquanto colocava os ovos e o bacon no prato de Helena.

— De fato, café é maravilhoso – concordou olhando para amiga e rindo de sua teimosia.

— Tá bom, vamos parar de falar de café e falar do James – disse Thereza, mergulhando um pedaço de torrada no café.

— Não tem nada para falar – retrucou.

— Não tem nada? Como assim? Você saiu com ele ontem, certo? – perguntou Thereza, confusa.

— Não! – respondeu Helena, franzindo o cenho.

— Como assim? Você não saiu com o James? Mas você disse que iria sair com ele – disse Thereza, irritada.

— Eu não disse que iria sair com ele, Thereza – respondeu Helena, saindo da mesa em direção à pia.

— Você disse sim, e eu não estou maluca, Lena — retrucou.

— Ok! Eu menti, era o único jeito de você me deixar em paz com esse assunto!

— Então é assim, quer que eu te deixe em paz? Então tá bom, eu já estou indo — falou Thereza. Levantou-se da cadeira e foi em direção ao quarto.

— Thereza! — disse Helena, parando o que estava fazendo.

— O que é?

— Desculpa ter mentido para você — disse Helena olhando para a amiga, fazendo um gesto para chegar mais perto.

— Eu também quero pedir perdão, não tenho nenhum direito de dizer com quem você deveria ficar ou não, é sua vida e você faz o que quiser — falou Thereza olhando nos olhos de Helena — é que faz três anos que eu te conheço e nunca vi você com ninguém!

— Eu tenho que te contar uma coisa. Deveria ter contado muito antes, mas ainda não estava pronta, achei que não era preciso — disse Helena, prestes a revelar parte do seu passado que desde então manteve em segredo.

— Me contar o quê, Lena? Do que você está falando? — perguntou confusa.

— Eu já fui casada — confessou com a cabeça baixa.

— O quê? Casada? Como assim, Lena? — perguntou Thereza, espantada, levando as mãos até a boca — Do que você está falando, amiga?

— Ficamos casados durante oito anos — suspirou. — Eu morava com o meu pai e o meu irmão mais velho, eu tinha dezessete anos quando o conheci.

— Então... você era casada antes de vir morar em Nova York? — perguntou Thereza, boquiaberta.

— Sim, eu era.

— Como era o nome dele? — perguntou, curiosa.

— Isso importa? — devolveu Helena a pergunta com um certo desdém.

— É claro que importa, como vocês se conheceram? — perguntou, sentando-se no sofá, demonstrando interesse na história de Helena.

— Derek! Esse era o nome dele, agora deixa eu contar tudo e para de me interromper — balbuciou ela.

— Ok. — assentiu Thereza.

— Como estava dizendo, eu o conheci quando morava na Fazenda do meu pai em Fredericksburg, no Texas. Ele era filho de Michel Mcgray, vizinho e amigo íntimo do meu pai. Eu amava ir à casa dele quando meu pai ia visitá-lo. Tinha um campo lindo de girassóis, eu adorava aquele lugar. Um dia, como de costume, meu pai ia visitá-lo novamente e eu fui, é claro. Quando chegamos à fazenda, a primeira coisa que vi foi um rapaz montado a cavalo. Eu não dei muita importância, pensei que fosse o capataz da fazenda. Fui até o campo contemplar os girassóis que eu tanto amava quando ouvi uma voz que eu não conhecia me chamando. Eu me virei e olhei para trás; era o rapaz que estava galopando a cavalo, ele era tão lindo, tinha olhos azuis, foi a primeira coisa que eu vi, e eram apaixonantes. Seus cabelos eram negros e bagunçados. O moço era alto, tinha corpo atlético e esbelto. Ele disse que meu pai estava me chamando, falei que já estava indo. Eu literalmente saí correndo, fiquei tão nervosa perto dele que corei. Quando cheguei em casa, eu não conseguia tirá-lo da cabeça. E parece que ele também não conseguia parar de pensar em mim. Começamos a conversar e, com poucos meses, ele e eu já estávamos muito apaixonados. Depois de um ano de namoro ele me pediu em casamento e, claro... eu aceitei – Helena começou a chorar afogada nas lembranças.

– Nossa, amiga! Por que não me contou antes? Meu Deus! E por que se divorciaram? Vocês pareciam tão apaixonados – Perguntou Thereza com um sussurro, ela enxugou de imediato a lágrima solitária que descia por seu rosto

– Quando já estávamos com um ano de casados, nós decidimos que iríamos ter um filho, para finalmente sermos uma família completa – disse Helena, engolindo seco. – Depois de várias tentativas frustradas, finalmente eu fiquei grávida, eu tinha vinte anos quando engravidei, eu tinha realizado o meu sonho de ser mãe.

– Lena, você tem um filho? Ai, meu Deus! Você é uma caixinha de surpresas, menina! – disse Thereza.

– Eu não tenho um filho – retrucou baixinho. – Eu tive uma filha!

– Então, cadê ela? Deixa-me adivinhar, você se divorciou e o tal de Derek ficou com a guarda. – disse Thereza, irritada.

– Não é nada disso, a minha filha... ela está morta. – Helena se afogava em lágrimas – a minha pequena está morta.

– Ai, meu Deus! Eu sinto muito. Meu Deus, Lena. – Thereza tomou a amiga em seus braços, abraçando e acariciando os seus cabelos – O que aconteceu com ela?

– Quando ela nasceu era uma menininha linda e saudável, mas com três anos de idade começou a reclamar de fortes dores de cabeça. Ficamos muito preocupados e a levamos ao médico. Minha filha foi diagnosticada com câncer no sangue, eu e Derek fizemos de tudo, a levamos aos melhores médicos da cidade, mas nada adiantou, o câncer já estava avançado e... no dia em que ela completaria quatro anos de idade, exatamente no dia do aniversário, minha menininha se foi. No dia em que Deus me presenteou com a sua vida, ele a tirou de mim – Helena, com lágrimas escorrendo sobre rosto, lembrava da filha que havia perdido. – Depois da morte dela, meu mundo desabou, eu não tinha mais vontade de viver, eu queria ficar sozinha. Derek também ficou arrasado. Ele não comia, não queria ficar mais em casa, começou a frequentar bares, coisa que ele nunca tinha feito. Eu não conseguia lidar com a dor dele e nem ele com a minha. Começamos a nos afastar e, sem perceber, nosso casamento havia acabado. Eu ainda o amava muito, foi a pior fase da minha vida. Depois de um ano da morte dela, nosso casamento foi por água abaixo e eu decidi que iria embora daquele lugar para sempre. Meses depois, eu vim para Nova York tentar recomeçar tudo do zero. Eu tive que passar por algumas terapias e, pouco a pouco, fui me recuperando. Quanto ao Derek, ele saiu da fazenda um ano depois, acho que ele vendeu, nunca mais soube dele.

— Nossa, amiga! Eu sinto muito, deveria ter me contado muito antes – disse Thereza, ainda abraçada com a amiga.

— Eu sei, sinto muito.

— Tudo bem, eu te amo muito, Helena Mcgray – disse Thereza, abraçando mais forte a amiga.

— Também te amo muito, Thereza Osborne! – respondeu Helena em meio às lágrimas.

Um som estridente ecoou na cozinha, fazendo as duas se assustarem, um celular estava tocando em cima da mesa de jantar.

— Ai, meu Deus! Que susto! – Thereza estava com a mão no peito. – Seu celular está tocando, o meu está no meu quarto, bom... eu vou me arrumar senão vamos nos atrasar.

— Tá ok, eu já vou atender, também estou atrasada – disse Helena, dando uma risadinha sem graça. Ela foi até a cozinha, pegou o celular, mas já tinha parado de tocar. Um sobressalto a tomou quando ela ouviu o celular tocar de novo. Olhou o número, mas não estava no seu registro de chamadas. Desconfiada, clicou no botão verde e atendeu:

— Alô. – respondeu relutante.

— *Oi, esse número é de Helena Mcgray?* – perguntou a voz do outro lado da linha.

— Tom? – respondeu Helena surpresa por reconhecer a voz.

— *Oi, Helena, sou eu mesmo* – falou com a voz baixa, porém grave.

— Que surpresa agradável, como conseguiu meu número? Faz tempo que não consigo entrar em contato com você ou com alguém aí da fazenda para conseguir falar com você, eu tenho...

— *Eu preciso te contar uma coisa muito séria* — interrompeu Tom.

— Tá certo, o que tem para me contar? — perguntou desconcertada por ter sido interrompida.

— *Nosso... meu pai, ele morreu hoje de manhã!* — respondeu Tom com a voz embargada.

— O quê? Do que você está falando? Meu pai... meu pai morreu, como assim... você está brincando, não é?

— *Estou falando sério, Helena, nosso pai se foi, e acho que ele gostaria que você estivesse pelo menos no velório dele* — respondeu secamente.

— Eu... eu vou... é claro que sim — respondeu Helena, se equilibrando no batente da porta.

— *Ótimo!* — exclamou Tom, encerrando a chamada logo em seguida. Helena se desequilibrou e caiu no chão. Não poderia ser verdade, não o seu pai, não pode ser. Sua mãe se foi, sua filha também, agora seu pai. Desorientada, continuou deitada no chão até Thereza vê-la e a pegar pelos braços.

— Lena, o que aconteceu? Você está bem? — perguntou preocupada.

— Não... não está nada bem — respondeu com a voz fraca — eu não vou trabalhar hoje, eu... vou pra casa.

— Meu Deus, do que você está falando? — respondeu Thereza, confusa.

— Vou voltar para Fredericksburg — disse Helena, se levantando e indo em direção ao quarto — avisa ao Mike que volto daqui a duas semanas — disse ela fechando a porta, antes que Thereza perguntasse mais alguma coisa.

Logo que terminou de se arrumar, Helena pegou sua bolsa que estava em cima da mesa de jantar se despediu de Thereza, explicando o que tinha acontecido. Thereza confortou a amiga com um abraço. Helena desceu as escadas rapidamente, estava vestindo uma calça jeans desbotada, uma blusa creme e um sobretudo. Parou um táxi, entrou e se sentou com a cabeça baixa.

— Bom dia, senhorita, para onde estamos indo? — perguntou o rapaz, gentilmente.

— Para o aeroporto — respondeu com a voz embargada — estou indo para casa.

# CAPÍTULO 2

Depois de algumas horas esperando no aeroporto para que pudesse embarcar, Helena finalmente fez o *check-in* e entrou no avião. Estava pálida, com olhos vermelhos de tanto chorar. Ela tomou o assento próximo à janela e ficou em silêncio relembrando alguns momentos que passara com o pai. Sem perceber, um homem que aparentava ter mais ou menos a idade dela, talvez fosse uns cinco anos mais velho, sentou ao seu lado. Ela olhou de soslaio e reparou que ele estava falando ao telefone. Voltou a olhar para a janela. O avião começou a levantar voo. Com um frio na barriga, Helena fechou os olhos. Tanta coisa havia acontecido que ela acabou esquecendo que odiava viajar de avião. Em um gesto involuntário, agarrou o braço do desconhecido ao seu lado e, quando o avião finalmente estava no ar, percebeu o que estava fazendo.

— Desculpe, por favor – disse ela, soltando o braço do homem, desconcertada. – Eu odeio viajar de avião, costumo tomar alguns remédios, mas eu...

— Está tudo bem, – falou o homem gentilmente a interrompendo – também não gosto, mas acho que você odeia.

— Sim, odeio – balbuciou – Mais uma vez, me desculpe por ter agarrado o seu braço.

— Não foi nada, está tudo bem, aliás me encorajou um pouquinho – ele riu. Olhando finalmente nos olhos claros de Helena, percebeu que ela estava chorando, seus olhos fulguravam vermelhos e brilhantes. – Está tudo bem? – perguntou o homem delicadamente.

— Sim, está tudo bem – como ela poderia falar uma coisa que era verdade, mas tão mentirosa ao mesmo tempo? – Estou com um pouco de medo ainda – justificou-se. Com a testa franzida, olhando para o homem gentil ao seu lado, pediu desculpas. – Eu nem me apresentei, meu nome é Helena... Helena Mcgray.

– Muito prazer, Helena Mcgray, seu sobrenome me parece familiar – disse o homem olhando para a janela. – Deixa eu me apresentar, meu nome é Sérgio Monteiro.

– O prazer é todo meu – respondeu Helena cumprimentando Sérgio formalmente. – Espero que tenhamos uma ótima viagem – disse ela, enquanto abria casualmente uma revista de moda.

– Igualmente, espero que sim – respondeu Sérgio, colocando fones de ouvido.

Helena se virou para a janela e, sem perceber, acabou dormindo a viagem inteira. Acordou com Sérgio sacudindo seu ombro. Levantou-se do assento, despediu-se do homem que conheceu no avião, desceu apressadamente, pegou sua bolsa. Não tinha levado bagagem, teria que fazer compras na cidade. Caminhou até sair da pista de voo, chegou na porta de saída do aeroporto e pegou um táxi.

O trajeto do aeroporto internacional de San Antonio até Fredericksburg era de uma hora e sete minutos, dependendo do tráfego poderia demorar mais um pouco. Em silêncio durante toda a viagem, observava os campos verdes, os animais pastando, cavalos saltitando livres pelas campinas. De repente, se sentiu solitária, uma lágrima caiu e ela enxugou logo em seguida. Sua volta repentina para a fazenda trouxe à tona lembranças do seu passado. Costumava viajar de carro junto de Derek sempre que podia, principalmente no dia em que chegava tensa da faculdade. Cavalheiro, seu ex-marido dava um jeito de animá-la.

Mergulhada nas lembranças, Helena nem se deu conta de que havia chegado ao seu destino. O táxi parou na frente da porteira de madeira cor de cana. Tudo estava exatamente como antes, pensou Helena. Pagou o motorista, que se despediu educadamente e foi embora. Diante da porteira, Helena a abriu, entrou na propriedade e fechou a enorme cancela novamente. Começou a caminhar devagar, com a cabeça baixa.

Tantas lembranças dolorosas a deixaram exausta. Começou a sentir frio. Lembrou-se que janeiro era o mês em que a temperatura caía drasticamente no Texas. Mesmo assim, tirou o sobretudo e colocou nos ombros. Surpreendeu-se ao ver Alyssa. A cadela correu em sua direção e começou a cheirar Helena para se certificar que ela estava em seus registros. Helena se agachou e abraçou a cadelinha, lembrou-se de que, no dia do aniversário de três anos de Eliza, o pai havia dado um filhotinho de cachorro de presente para a filha. Isso a deixou contrariada no princípio, mas Derek e Eliza imploraram para que eles pudessem ficar com ela. Alyssa se afastou e desapareceu no celeiro. Helena parou de caminhar e ficou observando como a casa à sua frente não tinha mudado quase nada durante sua ausência. Continuou caminhando com passos lentos até chegar à porta de entrada. Quando fez menção de bater na porta ela se abriu. Helena ficou surpresa ao ver Joana. Elas se entreolharam por um tempo até que Joana a puxou e lhe deu um abraço forte. As duas começaram a chorar. Joana começou a acariciar o cabelo de Helena sussurrando palavras que pudessem confortá-la naquele momento difícil.

— Minha querida, minha Helena... eu sinto muito. Ai, meu Deus! Que saudades — disse Joana, as duas ainda abraçadas.

— Eu também estava morrendo de saudade. Joana, onde está meu pai? Onde ele está? O meu paizinho se foi para sempre... se foi para sempre — Helena soluçava de tanto chorar. — Onde está o meu irmão?

— Todos estão na sala, querida, esperando o corpo de seu pai chegar. Venha, minha querida, entra, por favor. — Helena entrou. Os móveis ainda estavam no mesmo lugar que antes, a casa emanava um cheiro de infância, ela observou uma das paredes e percebeu o desenho que fizera junto com Tom quando ainda eram crianças estava lá. Joana a conduziu até a cozinha. Helena entrou com passos lentos. Havia mudanças na cozinha. A mesa de madeira era nova, a pia que antes era de madeira foi substituída por uma de mármore, a cor amarela da cozinha também era novidade. Sentou-se em uma das cadeiras de madeira e suspirou com a cabeça baixa.

— Querida, quer um pouco de água? — perguntou Joana.

— Quero, estou morrendo de sede — retrucou. Joana encheu um copo de água do filtro de barro e ofereceu a Helena. Ela aceitou o copo e bebeu a água com prazer.

— Pensei que você não viria — falou Joana, olhando para o teto.

— Por quê? Acha que eu não viria ao velório do meu próprio pai? — questionou Helena mais espantada do que ultrajada.

— Para ser sincera, eu não sei. Faz tanto tempo que você não vem aqui, por um momento achei que não viria — respondeu Joana com a testa franzida. — Mas o que realmente importa é que você está aqui agora.

— Você tem razão, faz muito tempo que não venho aqui e, eu sinto muito, eu perdi a noção de que ainda tinha uma família, que tinha meu pai e meu irmão — Disse Helena mordendo os lábios, frustrada.

— Tenho certeza de que você tinha um bom motivo — contemporizou Joana segurando a mão de Helena em um gesto de solidariedade. — John está feliz por você estar aqui, tenho certeza disso.

— Joana, como foi que meu pai morreu? Tom ligou para mim, mas não deu muito detalhes, ele nem falou comigo direito na verdade.

— Eu estava aqui no momento — suspirou Joana. — Todos as manhãs eu vinha trazer alguma coisa para seu pai e seu irmão comerem. No dia em que seu pai se foi eu havia entrado no quarto dele para acordá-lo. Ele estava gritando sem parar o nome de... — Joana se deteve por um instante, não querendo citar o nome de Eliza diante de Helena.

— Nome de quem? — perguntou Helena, curiosa.

— Eliza — disse Joana, enfim. — Ele estava gritando o nome de Eliza. O acordei e perguntei se estava tudo bem, porque parecia que ele iria desmaiar quando levantou. Seu pai disse que sim, levantou-se e foi até o banheiro. Falou para eu esperá-lo na cozinha porque quando voltasse ia me contar. Eu ainda estava na cozinha quando seu irmão chegou. Contei a ele o que eu tinha ouvido e disse que John parecia doente. Tom respondeu que John estava se sentindo mal já havia algumas semanas e que no dia anterior ele havia desmaiado. Eu fiquei muito brava com seu irmão por não ter me contado nada. Seu pai chegou logo em seguida. Perguntei a ele o que estava acontecendo. Ele me explicou tudo. E também me contou do sonho.

— Que sonho? — perguntou Helena com os olhos marejados.

— Ele me falou que estava sonhando com Eliza, disse o quanto sentia falta dela. De repente, ele colocou a mão no peito, eu perguntei o que estava acontecendo, ele disse que era um dor horrível no peito. Cheguei mais perto, seu pai caiu sobre os meus pés desorientado e começou a dizer que Margareth e Eliza estavam lá, que Eliza o havia chamado. Eu não estava entendendo nada, ele me agradeceu por tudo e deu o último suspiro. — Os olhos enrugados de Joana estavam cheios d'água. — Simplesmente ele se foi.

— Joana! — disse Tom entrando na cozinha — o corpo do meu pai chegou. — Ele se assustou ao ver Helena, na verdade não esperava a presença da irmã, nem acreditava que ela viria.

— Olá, Tom — cumprimentou Helena. Havia três anos que não se viam.

— Oi, Helena, estou muito surpreso, pensei que não viria, quando chegou? — perguntou.

— Não faz muito tempo — respondeu Helena com a voz fraca.

— Entendi. — Voltou sua atenção para Joana — O corpo do meu pai chegou, está na sala agora.

— Já estamos indo, Tom — disse Joana, tocando nos ombros de Helena.

Helena e Joana se dirigiram à sala para velar o corpo de John. O estômago de Helena embrulhou ao ver o pai, suas pernas ficaram fracas, parecia que ia desmaiar. Ver o pai naquele estado era demais pra ela. John estava pálido, com as mãos sobre o peito, dois tufos de algodão no nariz. Seu pai estava tão frágil, aquela pessoa no caixão não parecia ser ele.

A cerimônia durou uma hora. Cada pessoa presente no velório disse algo sobre John, o quanto ele era importante. Tom foi o primeiro. Seu discurso foi breve, porém, emocionante. Joana foi a segunda que falou o quanto o amigo significava para ela. Helena também falou algo sobre o pai, mas foi um discurso rápido. Não conseguiu falar por muito tempo, a emoção que a consumiu no momento não permitiu que mais nenhuma palavra saísse entre seus lábios, falar do pai enquanto o olhava no caixão pálido e sem vida, era demais para ela. Logo depois o corpo foi enterrado no cemitério da família junto da sepultura de Margareth. Cada um jogou um pouco de terra. Emocionada, Helena ficou abraçada com Joana até o final. Quando o sepultamento terminou, cada um que estava presente saiu em silêncio. Joana foi entrando na casa e disse que iria preparar algo para comerem. Helena respondeu que ficaria mais um pouco. Parada, os olhos fixos na sepultura do pai, nenhuma palavra dizia. Tom apareceu atrás dela e Helena, submersa em pensamentos, deu um pulo.

— Assustei você? – perguntou o irmão que já estava ao seu lado.

— Sim, um pouco – disse ela, dando uma risadinha sem graça.

— Desculpa!

— Tudo bem – a voz de Helena assumira uma nuance gentil. – Eu vou ficar alguns dias, tudo bem pra você?

— Claro, quantos dias pretende ficar? – perguntou Tom, olhando Helena nos olhos.

— Duas semanas, quero ficar um pouco com você e com Joana, estava com muita saudade de vocês e...

— Então você estava com saudades? Interessante Helena, faz três anos que você não aparece e justo agora você sente saudades? – perguntou Tom, com a voz exaltada.

— Você acha que foi fácil para mim? – Helena sentiu um nó na garganta.

— Eu não sei Helena, eu realmente não faço ideia, mas você foi injusta, principalmente com nosso pai. Todos os dias ele falava sobre você, o quanto ele sentia sua falta... Eu também senti sua falta.

— Eu sei que eu não fui justa, e eu realmente sinto muito... você sabe que eu tinha que ir embora... eu não conseguia mais ficar aqui, Tom – Helena se sentou no chão e colocou a cabeça sobre as mãos. – Depois de tudo que aconteceu eu só queria ficar longe e, não pensei em ninguém, a não ser em mim mesma.

— Poderíamos ter superado isso juntos, como superamos a morte da nossa mãe.

— Você tem razão, me desculpa, só não fique me tratando assim, por favor. Estão sendo os piores dias de toda minha vida, a última coisa que quero é ficar brigando. Você é meu único irmão e eu te amo muito!

— Eu também te amo e não quero brigar com você, eu só estou chateado porque passar três anos sem falar com você foi muito ruim, muito difícil. Você teve seus motivos, eu me orgulho de você, é a pessoa mais forte que conheço. — Tom chegou perto de Helena e ergueu o braço para que ela pudesse se levantar. — Vamos para casa, acho que Joana está preocupada com nossa demora — Helena pegou o braço do irmão e se levantou. — Me desculpa Lena, você é bem-vinda pra ficar o tempo que quiser. Seu quarto ainda está intacto, nosso pai sempre o limpava.

— Obrigada, Tom — disse Helena abraçando o irmão. Logo em seguida eles saíram em direção à casa. Antes de ir, Helena deixou uma flor no túmulo do pai.

O trânsito estava bastante movimentado, reparou a mulher pela janela do carro que eles haviam alugado no aeroporto. Olhou para o relógio pela milésima vez e bocejou, tentando chamar a atenção do homem ao seu lado. Sem sucesso na sua trama, ela começou a estalar a língua que transmitia um som levemente irritante, logo em seguida pigarreou exageradamente. Ela reparou que estava escurecendo, parece que o lugar era do outro lado do mundo, aumentou o volume do rádio e mudou de estação a procura de alguma música, depois de algumas tentativas, finalmente encontrou o que estava procurando, aumentou ainda mais o volume, e começou a cantar apesar de não conhecer a letra da música.

— Juliana, pelo amor de Deus! — reclamou o homem batendo no volante. — Já faz duas horas que estamos neste carro e você não para quieta um minuto.

— Estou entediada, parece que este lugar não chega nunca. Aliás, o que você veio fazer mesmo? — perguntou Juliana com os braços cruzados.

— Eu vim porque preciso resolver algumas coisas. — explicou, com os olhos fixos na estrada.

— No Texas?

— Sim meu amor, no Texas, por que você não lê alguma coisa? — perguntou ele com desdém — Eu prometo que vai ser rápido. Dependendo do comprador, daqui a uns dias estamos de volta.

— Comprador? O que você vai vender? Você não me falou nada sobre isso!

— Eu tenho uma fazenda aqui no Texas, eu coloquei à venda faz alguns anos, mas só agora apareceu alguém interessado... Estou com sede amor, pegue uma garrafa de água para mim, por favor! – Juliana pegou a garrafa de água que estava dentro da caixa de isopor, abriu com habilidade, bebeu um gole e deu a garrafa para o homem. – Obrigado, meu amor, estava morrendo de sede!

— Percebe-se, você bebeu a água quase toda, espero que estejamos perto de chegar se não vamos morrer de sede – disse ela, bebendo o resto da água que sobrou.

— Deixe de ser exagerada, não vamos morrer de sede, acabamos de chegar, bem-vinda a Fredericksburg – disse ele olhando para a placa enorme que indicava que já haviam chegado ao seu destino.

— Finalmente, Derek Mcgray! Espero que tenha biblioteca nessa cidade.

— Também espero! – disse ele com ternura.

— Por que diz isso? Você nem gosta de ler... – perguntou curiosa.

— Porque assim você me deixa em paz, Juliana Miller – ele riu logo que viu a cara de decepção que a namorada fez. – Estou brincando amor, sabe que eu te amo, né?

— Eu te odeio, Derek – disse ela em um tom carinhoso, beijando a bochecha do homem que, sorrindo, retribuiu o carinho.

# CAPÍTULO 3

O vento soprava sobre os cabelos claros e longos de Helena. O ar gelado batia em seu rosto com graça. Ela respirou fundo, inalou o ar fresco e suspirou. O dia ainda estava amanhecendo, o relógio marcava cinco e meia da manhã, ela estava muito feliz por estar ali. Helena desceu da enorme pedra em que costumava subir quando criança para observar o sol nascer. Desceu com um pouco de dificuldade e começou a caminhar com elegância. Andou nesse ritmo até a árvore e sentou-se no balanço branco. Fechou os olhou e começou a se balançar levemente. Sem se dar conta, Tom estava na sua frente. Helena se assustou ao ver o irmão.

— Você gosta de me assustar! — disse ela, dando um leve soco no ombro do irmão.

— Virou um hábito — retrucou Tom. — O que está fazendo acordada a essa hora da manhã? — perguntou ele, curioso — Que eu me lembre, você acordava só depois do almoço!

— Que mentiroso! Era você que acordava essa hora. E se não me falhe a memória, era só um balde de água que dava conta do recado!

— Os tempos mudaram, maninha, agora eu sou um homem de negócios. — Disse com desdém.

— Um homem de negócios, meu irmão agora é um homem de negócios, quem diria?

— Tenho que ser. Agora que nosso pai se foi, tenho que cuidar de tudo. — Tom abaixou a cabeça de repente e passou a mão sobre os cabelos ruivos. Parecia exausto, falar do pai era muito doloroso para ele.

— Eu imagino como está sendo difícil pra você. Quero que saiba que estou aqui e, qualquer coisa que você precisar, é só falar que vou fazer o possível para ajudar.

— Obrigado, Lena — Tom olhou para a irmã. Ele sabia que ela estava sendo sincera. Apesar de todos os anos que ficaram sem contato, ainda amava muito a irmã.

— Não precisa me agradecer — disse ela com ternura, levantando-se do balanço e tomando a direção do irmão. Deu-lhe um abraço forte. Tom aceitou o abraço sem relutância, ele acariciou o cabelo de Helena e sussurrou — Eu te amo! — Helena suspirou aliviada ao ouvir aquela frase tão curta, mas com um grande significado. Depois de passarem um tempo abraçados, Tom a chamou para dar um passeio pela fazenda antes do café da manhã. Helena aceitou. Os dois caminhavam lado a lado. Conversavam sobre várias coisas, principalmente o que eles faziam quando eram crianças. Foram até o celeiro e Tom aproveitou para checar se o potro estava bem. Helena foi ver se os animais tinham água e comida e se estavam todos alimentados. Depois os dois foram até o galinheiro pegar ovos. Helena fez questão disso. Pegou a cesta que estava pendurada na cerca e coletou os ovos. Quando terminaram foram até o chiqueiro dos porcos. Era o lugar que ela mais odiava. Tom pegou a comida que estava em dois baldes grandes e colocou nas vasilhas. Depois de concluírem, eles foram caminhando lentamente até a casa.

— Como você consegue fazer tudo isso sozinho? — perguntou Helena, ofegante.

— São anos de prática, maninha, acabei me acostumando ao trabalho pesado.

— Você é muito forte, eu não conseguiria fazer isso todos os dias!

— Claro que não — debochou ele.

— O que quer dizer com isso? Acha que eu não conseguiria só porque sou mulher? Você está muito errado.

— Você que está dizendo, eu não falei nada — retrucou.

— Mas foi o que quis dizer. Bom, você está errado, eu sou muito forte, tenho certeza que trabalhar aqui é mais fácil do que trabalhar com os meus colegas de trabalho.

— Onde você trabalha? Conseguiu seguir a carreira de psicóloga? — perguntou o irmão.

— Eu trabalho em uma empresa de marketing. E sim, sou a psicóloga da empresa. Consegui o emprego logo que cheguei à cidade. Por uma dessas brincadeiras do destino, eles estavam precisando de uma psicóloga e eu aproveitei a oportunidade.

– Fico muito feliz, você é muito inteligente, eu que nunca quis estudar nada – ele ficou sem graça ao pensar que não havia nem terminado o ensino médio. – Você sempre foi o orgulho da família.

– Não exagere, você também é muito inteligente e o orgulho da família – disse Helena, segurando a mão do irmão. – Você ajudou muito o papai, coisa que eu não fiz, eu sou muito agradecida, tenho certeza que ele também.

– Acho que sim.

– Eu tenho certeza disso, você ajudou o nosso pai nas horas mais difíceis da vida dele, e eu simplesmente fui embora, e eu... – Ela suspirou um instante e ajeitou o cabelo em frente dos olhos, colocando-o atrás da orelha. – Eu nunca vou me perdoar por isso.

– Não precisa se perdoar por nada, Lena, você não fez nada de errado, nosso pai não iria gostar de ver você se culpando desse jeito. Aliás, você veio para Fredericksburg para se reconciliar, certo? E você não vai conseguir se culpando. – Tom pegou o braço da irmã, a puxou para perto e lhe deu um abraço apertado. Helena, envolta nos braços do irmão, começou a chorar baixinho – Pode chorar... chore... faz bem. – Tom colocou o queixo em cima da nuca de Helena, inalando o cheiro conhecido do cabelo dela e suspirou lentamente. – Nem parece que nós dois estávamos quase nos matando algumas horas atrás – Eles deram uma gargalhada involuntária e Helena se afastou lentamente, olhando nos olhos verdes de Tom.

– Cuidado, maninho, isso ainda pode acontecer, é melhor ter cuidado.

– Está me ameaçando? – Tom perguntou dando um passo teatral para trás.

– Não, é apenas um aviso. – Helena saiu com graça nos seus passos e caminhou em direção à casa que estava logo à sua frente. Tom a seguiu e os dois caminharam juntos até a casa que há alguns anos tinha sido seu lar. Enquanto caminhavam Helena começou a imaginar o quanto a vida dela tivera uma reviravolta de repente. Um dia atrás ela estava em Nova York discutindo com sua melhor amiga sobre relacionamentos; agora estava na sua cidade natal, a terra que jurou para si mesmo que nunca mais iria pisar. Lá estava ela em Fredericksburg.

Seus pensamentos mais sombrios a atormentavam de uma maneira tal que ela tinha que manter em segredo. Durante o caminho, ao lado do irmão, suas lembranças vinham à tona. O percurso que ela e o irmão estavam trilhando a fazia lembrar dos passeios com sua filha. Todos os dias de manhã, Eliza acordava Helena com um toque suave no nariz e chamava a mãe para ir à casa do vovô John. Era assim que ela o chamava. E quando estavam na fazenda do avô ela saía correndo logo que chegava. A menina tinha energia de sobra. Helena sentava na varanda com o pai e os dois conversavam sobre tudo, sobre o clima, esportes, sobre a faculdade que estava na reta final de Helena e principalmente sobre Eliza. Falar sobre a filha era o seu assunto favorito. Eles ficavam observando Eliza brincar com a cachorrinha Alyssa e davam altas gargalhadas. Afogada em lembranças, Helena não percebeu que já havia chegado à casa.

Joana estava esperando ansiosamente os dois na cozinha para tomarem café da manhã. Eles entraram, colocaram os casacos no gancho, foram até a cozinha, cumprimentaram Joana, sentaram à mesa e se serviram com café quente, saboreando o bolo de chocolate que Joana havia preparado.

— O que fizeram hoje? — perguntou Joana, quebrando o silêncio entre eles.

— Fizemos um belo passeio! — Tom respondeu comendo um pedaço de bolo. Sem prestar muita atenção, com um gesto involuntário colocou o pé em cima da perna de Helena. — Hoje eu ensinei Helena a ser uma verdadeira fazendeira, não foi, Lena? Ela aprendeu tudo direitinho.

— Eu já sabia, esqueceu que eu cresci em uma fazenda? — Helena tirou a perna de Tom com suavidade e piscou para ele. — Eu acho que você, senhor Tomas, é que precisa aprender a ser um verdadeiro fazendeiro, você está precisando!

— Concordo com você, minha menina. — disse Joana, tocando o braço de tom.

— Nossa, eu não acredito! Até você, Joana, está contra mim?

— Claro que não, estou totalmente do seu lado. — Joana deu uma leve risadinha e saiu em direção à pia para lavar a louça.

— Eu vou à cidade hoje, quer vir comigo? — perguntou o irmão, descontraído, com Alyssa lambendo sua mão enquanto ele a acariciava.

— O que vai fazer?

— Preciso comprar algumas ferramentas que estão faltando para consertar a cerca perto do lago. Você pode aproveitar e comprar algumas coisas para você.

— Claro, estou precisando mesmo comprar algumas roupas. Saí de Nova York às pressas, não deu tempo de pegar nada.

– Eu percebi que você veio sem bagagem. Pensei que ia ficar só um dia, mas graças a Deus vou ter minha irmã por mais tempo – Tom deu uma piscadela para Helena e sorriu.

– Não vá se acostumando, meu amor é limitado – Helena soltou uma risadinha, pegou outro pedaço de bolo e comeu.

– Bom, meus amores, eu preciso ir – disse Joana, enxugando as mãos com um pano de prato – Está tudo em ordem, só falta colocar a ração da Alyssa. Pode fazer isso para mim, Helena?

– Claro que sim, muito obrigada, Joana, o seu bolo estava uma delícia, tudo estava uma delícia, senti muita falta de você!

– Não precisa me agradecer, meu amor, eu também senti muito a sua falta, eu amo você. – Joana beijou a testa de Helena.

– Ei, eu não ganho um beijo não? – disse Tom, com uma leve expressão de quem havia sido magoado.

– Também te amo, Tomas. – Joana beijou a testa do rapaz e saiu pela porta dos fundos.

– Também precisamos comprar comida, o armário está quase vazio. – observou Tom.

– Tudo bem, eu faço as compras. Vou me arrumar! – Helena se levantou da cadeira e foi para o quarto. Tom também havia ido se arrumar.

Quando entrou no quarto, Helena abriu a sacola que Joana deixou em cima da cama e pegou o conjunto de roupas: um vestido azul turquesa com rosas vermelhas sem mangas era a única roupa que tinha no momento. Helena teve sorte de Catherine ter o seu mesmo manequim, não havia trazido nenhuma roupa, só a que vestiu para viajar. Ela tirou a roupa que Joana havia emprestado, foi até o banheiro tomou um banho gelado. Depois do banho ela se colocou diante do espelho e ficou um tempo observando a imagem à sua frente. Apesar de estar quase com trinta anos, o seu físico aparentava ter menos, Thereza sempre dizia para ela o quanto ela era bonita. Saiu do banheiro enrolada em uma toalha rosa. No quarto, penteou os cabelos escorridos com auxílio de uma escova. Tirou da bolsa, a única coisa que trouxe da viagem, e pegou a necessaire que sempre levava consigo, para dar vida ao rosto usou um pouco de maquiagem, também passou um creme hidratante que fazia questão de levar para o trabalho e vestiu-se rapidamente. Calçou suas sandálias cor de ouro com pedrinhas brilhantes semelhantes a um diamante. Certificou-se de que o cartão de crédito estava lá e desceu as escadas. Quando o irmão a viu, olhou-a de baixo para cima com uma impressão indecifrável no rosto. Helena sorriu e perguntou a Tom se estava bonita. Tímida, mantinha a cabeça baixa e ficava passando as mãos no cabelo.

— Você não está linda... longe disso, você está incrível — elogiou o irmão, segurando-a pela mão e fazendo com que desse uma voltinha. — O vestido está lindo em você.

— Muito obrigada, está pronto para ir? — Helena perguntou entusiasmada.

— Eu nasci pronto.

— Então, vamos às compras. — Os dois saíram juntos em direção à caminhonete vermelha de Tom. A cidade ficava vinte quilômetros distante. Por sorte, Helena amava viajar de carro.

— Juliana, onde estão minhas chaves? — O homem remexia a gaveta — Juliana, pelo amor de Deus! Onde está a chave do carro?

— O que é, Derek? Que gritaria é essa? O que você quer? Você atrapalhou meu momento mais sagrado, eu estou lendo. — A mulher apareceu com uma xícara de café na mão que tinha pedido ao serviço de quarto e os óculos de leitura pendurado na blusa de algodão. Nela havia uma estampa enorme de um livro aberto.

— Você viu minhas chaves? — perguntou o homem, impaciente.

— Derek! — disse a mulher, incrédula.

— O que foi, você viu? Sim ou não?

— As chaves estão na sua mão! — Juliana respondeu com desdém apontando o dedo indicador para as chaves do carro na mão de Derek. — Depois diz que eu que sou a esquecida.

— Ai, meu Deus! Como eu não percebi que as chaves estavam na minha mão? Obrigado, meu amor, pode voltar a ler. — Derek beijou a testa da namorada e fez menção de sair.

— Aonde você vai? — perguntou ela, bebericando o café, curiosa. — Esqueceu que tem mulher?

— Ah, meu amor, me desculpa, eu vou me encontrar com o comprador da fazenda, vou levá-lo até a propriedade. Se ele gostar e fechar negócio, amanhã mesmo vamos embora.

— Sério? Ai, meu Deus! Essa é a melhor notícia do dia! Onde vão se encontrar? Espero que dê tudo certo, meu amor — disse ela, agora agarrada nos braços de Derek. Ela o puxou pela cintura e lhe deu um beijo demorado nos lábios. – Tenho certeza de que tudo vai dar certo. – Ela o beijou novamente.

– Vou encontrá-lo em um restaurante bem conhecido da cidade e vai sim dar tudo certo, meu amor, eu tenho certeza disso. Agora preciso ir, senão vou me atrasar. – Derek beijou a mulher e saiu depressa do quarto do hotel. A cidade era bem conhecida e pequena, Derek não enfrentaria trânsito. Ele desceu as escadas e foi em direção ao carro, entrou e deu partida no motor. Quando ia saindo, o telefone tocou. Derek atendeu. Era Juliana.

– Oi meu amor, algum problema? – perguntou preocupado.

– Você não me disse o nome do comprador! – falou isso quase gritando, com um tom de voz magoado.

– Isso é sério?

– É claro que sim.

– Sérgio Monteiro, esse é o nome dele – disse Derek.

– Sérgio Monteiro, gostei do nome – a mulher riu e desligou o telefone. Derek se despediu e deu partida no carro em direção ao centro de Fredericksburg.

# CAPÍTULO 4

A loja de grife que tinha por nome "Marie Close" era localizada no centro da cidade. Logo que chegou, Helena observava as lojas com atenção, estava ansiosa para comprar roupas novas. Ela pediu para que o irmão a deixasse em frente à loja, ela conhecia a cidade como a palma de sua mão e isso deixava Tom mais tranquilo em relação a sua segurança. Ele a deixou e disse que iria para a loja de material de construção comprar as ferramentas que precisava. Quando voltasse a buscaria para irem ao mercado. Helena entrou na loja e foi atendida por uma moça educada.

— Olá senhorita, bom dia, como posso ajudar? — perguntou a atendente simpática que veio logo recepcioná-la com um sorriso largo estampado no rosto.

— Bom dia, eu quero escolher algumas roupas. Quando terminar te chamo, tudo bem?

— Claro que sim, senhorita, pode ficar à vontade. Aceitaria um café? Água?

— Obrigada, aceito um copo de água, por favor — disse Helena olhando algumas blusinhas enquanto conversavam com a atendente.

— Certo, vou trazer sua água. Com licença. — A moça saiu com passos apressados. Helena observava cada peça de roupa, não precisaria de muito, só iria ficar duas semanas. A moça voltou com o copo de água. Helena aproveitou e lhe mostrou algumas roupas que haviam lhe interessado. Depois de experimentar, escolheu algumas e foi até o caixa realizar o pagamento. Aproveitou e comprou algumas sandálias e uma bota para usar quando fosse caminhar pela fazenda. Pagou com o cartão de crédito, despediu-se da simpática atendente e foi até a porta esperar o irmão. Tom chegou em cinco minutos. Parou o carro no estacionamento, saiu e acenou para Helena. Ele viu que ela estava cheia de sacolas de roupas. O irmão tirou sarro dela pela quantidade excessiva de sacolas. Pegou algumas e ajudou a irmã a levar até o carro. Dali foram até o supermercado local e compraram o que precisavam, principalmente chocolates. Era o doce preferido de Helena.

— Quer comer alguma coisa? — perguntou Tom colocando algumas sacolas de compras do supermercado no porta-malas. — Lembra do Cherry? A comida lá ainda é muito boa.

— Claro que sim. Vamos logo, estou morrendo de fome.

— Também estou. — Tom saiu do estacionamento do mercado e foi em direção ao restaurante mais famoso da cidade. Helena bebia água de coco enquanto folheava um jornal local. Uma coisa lhe chamou a atenção. Um anúncio de venda de terras. A moça observou mais de perto, colocando seus óculos de leitura. *"Fazenda Mcgray está à venda. Tratar com o proprietário."* O número de telefone estava abaixo da imagem.

— Ele ainda não vendeu? — Helena pergunto com a voz fraca, olhando fixamente para o anúncio.

— Do que você está falando? — perguntou o irmão, com as mãos no volante, prestando atenção na estrada.

— Eu pensei que a fazenda onde eu morava quando era casada já tinha sido vendida. — Helena mostrou a folha do jornal para o irmão apontando o anúncio com o dedo indicador.

— Ah! Sim. Não... não foi vendida. Aliás parece que não teve nenhuma proposta.

— Sério? É um lugar tão agradável e lindo, principalmente o campo de girassóis... — Helena respirou fundo e suspirou depois do turbilhão de sentimentos que surgiu. Falar no lugar que foi seu lar um dia, que a fez feliz como nunca foi antes, não era fácil, ainda mais por isso incluir Derek, seu ex-marido, o homem que mais amou na vida. Seu primeiro beijo foi no campo de girassóis. De alguma maneira, Derek sabia que era seu lugar favorito.


*— Para onde você está me levando? — perguntou a garota, sorrindo com uma venda nos olhos. — Eu tenho que voltar pra casa, tia Brigida vai jantar em casa hoje à noite, tenho que ajudar Joana a cozinhar... Derek?*

*— Calma, eu não vou te sequestrar, já estamos chegando. — disse ele, segurando a mão de Helena — Você vai amar a surpresa!*

*— Espera aí, eu conheço esse cheiro... — Helena inalou o ar com um prazer imenso e suspirou com calma. — É o campo de girassóis? Não acredito que estamos aqui! — Ela caminhou mais um pouco. Derek a fez parar em um certo ponto. Helena estava ansiosa e começou a mordiscar os lábios.*

— *Pronto, chegamos!* — *Derek tirou lentamente a venda dos olhos da garota e ficou imóvel. Contemplava a beleza de Helena. O vestido rodado com mangas bufantes decoradas com margaridas era estranhamente perfeito para aquele momento.* — *Você é tão linda, a garota mais linda que eu conheço.* — *passou as mãos delicadamente nos cabelos longos e dourados dela* — *Helena. Eu te trouxe aqui e...*

— *Você está nervoso? Derek? Por que me trouxe aqui?* — *Ela perguntou surpresa e espantada com o jeito com que o amigo estava agindo.*

— *Tudo bem... eu vou falar.* — *O rapaz suspirou* — *Eu estou apaixonado por você, eu não sei como, mas estou, sei que somos amigos e eu amo isso, o fato de sermos amigos. Você é uma ótima amiga, aliás, você é linda, você é incrível... E você é a melhor pessoa do mundo. Se você não quiser, se você não estiver a fim ou apaixonada por mim, está tudo bem, podemos continuar sendo amigos, eu quero você, eu te amo, Helena e quero que seja minha namorada.* — *Estupefata, Helena ficou sem reação. Derek percebeu que ela estava imóvel. Parou de falar e enrubesceu.*

— *Nossa... eu pensei que você nunca ia me dizer isso, eu também estou apaixonada, você é incrível. Eu quero você.* — *Derek a puxou para perto e beijou apaixonadamente seus lábios com intensidade. Helena retribuiu o carinho e os dois ficaram alguns minutos se beijando. Estavam à luz do pôr do sol, o que deixava a imagem ainda mais linda. O sol refletia no campo de girassóis. Era o momento perfeito para Derek fazer a pergunta que queria havia muito tempo, desde o primeiro dia em que a viu. Ele se afastou com delicadeza e se ajoelhou na frente de Helena, tirando uma caixinha vermelha do bolso.*

— *Quer namorar comigo?* — *Perguntou ele com os olhos marejados.*

— *Claro que sim! Sim! Sim! Sim!* — *ela se ajoelhou e o beijou. Os dois ficaram deitados em uma tolha xadrez, observando o sol se pôr.*

— Realmente é um lugar incrível. — Helena se assustou com a voz do irmão. Seus pensamentos estavam em outro lugar, um lugar distante em que ela deveria ter ficado. Desejava que o tempo nunca tivesse passado. Por que aquilo agora? Por que seus pensamentos a levaram de volta a seu primeiro beijo? Isso só a fez lembrar do seu casamento fracassado. — Lena, está tudo bem? Você está chorando? — Helena viu seu reflexo no espelho e uma lágrima solitária caiu. Seu nariz vermelho brilhava como uma lanterna e isso a denunciava. Ela enxugou a lágrima e se voltou para Tom, que olhava pra ela preocupado.

— Sim, eu estou bem, estou ótima! — Tom saiu do estacionamento e dirigiu até o restaurante. Helena colocou seu fone de ouvido e pôs pra rodar sua música favorita, *Lovely*, da cantora Billie Eilish. Encostou a cabeça na janela e fechou os olhos para se livrar de suas lembranças dolorosas.

Raramente ele frequentava restaurantes como aquele, o lugar era pequeno, porém, elegante. Tinha uma ótima estrutura e um bom atendimento. O restaurante Cherry era muito frequentado pelos moradores de Fredericksburg, muitas mulheres e crianças. O homem se assustou quando um prato caiu próximo à mesa onde ele estava sentado. Uma criança havia derrubado. O prato se quebrou em mil pedaços pequenos. A mãe veio se desculpar e o homem disse que não tinha problema, que a culpa não era do garoto. Era apenas uma criança sendo criança. O homem educadamente chamou o garçom. O rapaz com roupas elegantes veio depressa com uma vassoura e uma pá e coletou os cacos, saindo logo em seguida. A mulher se despediu agradecida e voltou para a mesa perto da janela, onde tinha um homem sentado lendo um jornal, provavelmente o marido dela.

Sérgio olhou o relógio. Era uma e meia da tarde, ele tinha marcado com o proprietário para se encontrarem à uma da tarde, será que ele não viria? Ele, impaciente, ajeitou a manga da camisa social que estava usando e pegou o celular do bolso. Discou o número, o celular estava fora de área. Guardou o telefone no bolso e olhou para a entrada do restaurante. Avistou um homem bem vestido e com as características do proprietário. O homem viu Derek de longe e acenou. Provavelmente o reconheceu, ele conversou com o garçom por alguns minutos e veio em direção à mesa de Sérgio.

– Olá, boa tarde. Sérgio Monteiro? – Derek cumprimentou Sérgio com um aperto de mão.

– Sou eu mesmo, presumo que o senhor seja Derek...

– Mcgray, Derek Mcgray, sim, sou eu! – Derek sorriu e Sérgio ofereceu a cadeira para que ele sentasse – Eu peço desculpas pela demora, eu tive um imprevisto e acabei me atrasando.

– Derek Mcgray, é um prazer conhecê-lo pessoalmente, seu nome... seu nome não me é estranho, eu já ouvi em algum lugar– um *flashback* veio à mente de Sérgio como uma flecha, ele lembrou da mulher que havia conhecido no avião, ele não havia parado de pensar nela um segundo sequer. Ela era linda, sua beleza era marcante e, de algum modo, a mulher estava frágil naquele dia, não porque tinha medo de viajar de avião. Sérgio se lembrou que ela agarrou seu braço no momento da decolagem. Como poderia esquecer? Mas o estado da moça provinha de um outro motivo, não do medo de avião. Ele fez menção de perguntar, mas ela se virou para a janela e dormiu. Helena... Helena, Mcgray esse era o nome dela. Será que ele a conhecia? Poderia ser sua irmã ou talvez sua mulher. Os pensamentos de Sérgio sumiram quando uma mulher entrou no restaurante com um homem alto de cabelos ruivos.

— Deve ser porque o nome da propriedade seja Mcgray — disse Derek folheando o cardápio.

— Claro... então vamos falar de negócios — Sérgio ajeitou a gola da camisa com um gesto teatral.

— É claro, você vai pedir alguma coisa?

— Eu estou satisfeito, vou pedir só um café.

— Tudo bem, vou fazer o pedido — Derek acenou para o garçom que estava servindo a mesa ao lado e pediu duas xícaras de café. Perguntou a Sérgio que tipo de café gostaria de pedir, o homem educadamente disse que queria o simples. Derek fez o pedido, o garçom anotou e saiu.

— Então... voltando aos negócios, o que o traz a Fredericksburg? — perguntou com um tom casual, como se conversasse com um amigo.

— Novos ares... eu preciso de ar puro, estou cansado da cidade grande, e morar em uma fazenda é meu sonho de infância. — respondeu Sérgio enquanto mexia com os próprios dedos, ele sempre fazia isso em reuniões, era uma mania.

— Eu tenho certeza que você vai gostar, é um lugar incrível, a fazenda pertencia a meu pai, como filho único, herdei a propriedade e morei um tempo lá, mas agora tenho outros planos e pretendo colocá-los em ação.

— Eu entendo, às vezes o destino nos propõe outras aventuras, outros planos, nem sempre é do jeito que nós planejamos. Eu já me aventurei muito nesta vida, agora preciso descansar!

— É isso mesmo, quero me aventurar, conhecer novas paisagens. Na verdade, planejo viajar para alguns lugares que tenho vontade de conhecer e não posso deixar a fazenda abandonada. Se preciso seguir em frente, tenho que deixar algumas coisas para trás, e... — Derek suspirou, um sentimento de culpa veio de repente. Visualizou em sua mente a imagem de Helena sorrindo e correndo no campo de girassóis, com os cabelos balançando ao vento, um vestido azul marinho com flores amarelas sobre o corpo. Os olhos azuis de Helena, de um certo modo, o prendiam como correntes de aço, aquele sorriso atingia seu peito como uma flecha. Ele balançou a cabeça desorientado. Por que aquilo estava acontecendo? Por que pensar em Helena, a mulher do seu passado. Não fazia o menor sentido. Olhou para Sérgio e sentiu uma forte dor no peito. Engoliu em seco e uma lágrima caiu sobre seu rosto.

— Você está bem? – perguntou Sérgio, preocupado.

— Estou... eu preciso fazer uma ligação, vou ao banheiro. Já volto. – O homem saiu da mesa rapidamente e tomou a direção do banheiro, que era próximo à porta de saída.

— Tudo bem, eu espero aqui! – O que teria acontecido? Talvez fosse algo pessoal. Sérgio olhou para o celular em cima da mesa. Era o de Derek, com certeza ele não foi ao banheiro fazer uma ligação. O garçom chegou com duas xícaras de café em uma bandeja quadrada e as posicionou adequadamente. Sérgio se assustou com a demora para entregar um café simples. O garçom saiu com passos elegantes em direção à cozinha. Sérgio pegou a xícara de café e tomou um gole. Ficou satisfeito com o sabor, mas parou o que estava fazendo quando percebeu que uma mulher se aproximava. Ela tinha altura média, usava um vestido azul turquesa com flores vermelhas. Seus cabelos pareciam cuidadosamente esculpidos pela natureza, o corpo era esbelto e cheio de curvas. Seu rosto angelical não era estranho. *"Meu Deus, é ela!"* Sérgio não acreditava no que estava vendo. Era ela e estava caminhando em direção à sua mesa. Suas mãos começaram a tremer, ele colocou a xícara de café em cima da mesa pra que não escorregasse de suas mãos trêmulas.

— Olá, você é o moço do avião, não é? Como era seu nome mesmo? Sérgio... Sérgio Monteiro. Que coincidência, não? – perguntou Helena, olhando diretamente nos olhos negros de Sérgio. O homem não conseguiu responder de imediato, parecia que sua língua havia travado.

— Helena? Helena Mcgray, é um prazer te ver de novo, eu não sabia que ia te encontrar novamente, como você está? É sim uma grande coincidência.

— Pensei que não iria lembrar de mim. É um prazer te ver de novo, eu estou bem, e você? O que está fazendo em Fredericksburg, férias?

— Como eu não iria lembrar de você, isso seria impossível – Sérgio sorriu sem graça – Estou aqui a negócios. Mas, e você, está de férias?

— Ah, não, eu vim visitar minha família. – Enquanto os dois conversavam, um homem ruivo alto se aproximou.

— Vamos, Helena, é melhor irmos, a casa ficou aos cuidados do Tailan, tenho medo dele incendiar a fazenda.

— Tá bom, eu já estou indo, deixa eu te apresentar uma pessoa. Tom, esse é Sérgio Monteiro, nos conhecemos no avião. Sérgio, esse é meu irmão Tom — os dois se cumprimentaram com um aperto de mão e Helena se despediu educadamente. — Foi um prazer imenso te encontrar novamente, Sérgio.

— O prazer foi todo meu. Espero que nos encontremos de novo. — Enquanto Sérgio conversava com Helena, não parava de olhar para os olhos da mulher que havia conhecido no avião. Eles não eram frios e nem cheios de dor. Agora eles estavam vivos como brasa quente e como a brisa do verão. Os olhos de Helena eram azuis como as águas do mar.

— Eu também espero, a cidade é pequena, então... em algum momento nossos caminhos vão se cruzar.

Eles se despediram, Sérgio e Helena se entreolharam. O olhar intenso que os dois compartilhavam a fizeram desviar a vista rapidamente para os lados e seguir seu caminho. Sérgio ficou muito feliz por saber que o homem que estava com ela não era seu marido, o que ele achava um tanto estranho. Será que ele estava se apaixonando por uma mulher que conheceu havia apenas dois dias? Isso não era possível. Ele a viu sair pela porta elegante do restaurante. Derek saiu do banheiro no mesmo instante. Por um momento pensou que iriam se cumprimentar, mas não seria possível, pois os dois não chegaram a se ver. Derek vinha à mesa em que Sérgio estava esperando, assombrado ainda, com os pensamentos presos naquela mulher fascinante.

— Desculpe pela demora, Sérgio. — Derek sentou-se à mesa, agora com mais calma, seus pensamentos ainda estavam naquela imagem que seu subconsciente havia criado, mas não era algo nítido. Ele agradeceu baixinho por isso. A única coisa que queria era vender a fazenda, tanto tempo a propriedade estava nos anúncios de todos os jornais e agora ele não poderia estragar a única chance que tinha.

— Sem problemas. Bom, como eu estava dizendo, estou muito interessado em sua propriedade. Gostaria de fechar o negócio.

— Ótimo, podemos marcar uma visita. Se você quiser podemos ir hoje, tenho certeza de que vai se interessar mais ainda quando vir com seus próprios olhos, o que acha? — perguntou Derek, bebericando o café que já havia esfriado. Ele fez uma careta ao perceber.

— Eu sinto muito, mas hoje eu tenho um compromisso. Amanhã estou livre o dia todo, podemos marcar para amanhã?

— Claro que sim, nos encontramos aqui no restaurante e eu te levo lá. Que tal às quatro da tarde?

— Está combinado, estarei aqui no restaurante às quatro em ponto — disse Sérgio se levantando da cadeira e erguendo a mão para cumprimentar Derek antes de ir embora.

– Combinado. – Os dois homens se despediram com um aperto de mãos firme. Sérgio chamou o garçom e pagou a conta com cem dólares. O garçom devolveu o troco, mas o homem disse que não precisava. Sorrindo, o garçom agradeceu e continuou seu trabalho. Derek saiu do restaurante junto com Sérgio. Os dois conversavam sobre assuntos aleatórios como o clima e como a cidade era calma. Em um momento os dois se separaram e Derek foi até seu carro. Abriu a porta do motorista e ficou observando o homem elegante com quem havia feito negócio entrando em uma BMW de luxo. Dinheiro não parecia ser problema pra ele. Derek agora, mais do que nunca, estava confiante que ia fechar negócio e finalmente vender a sua propriedade.

O hotel cinco estrelas ficava no centro da cidade. Era uma boa localização e tinha uma ótima vista panorâmica. Sérgio havia se hospedado por indicação de um amigo que passara dias ali quando estava de férias. A cidade era muito bonita e aconchegante, possuía muitos pontos turísticos, tinha museus, ótimas vinícolas e outras opções de entretenimento, mas Sérgio não estava na cidade em busca de diversão. Os motivos que o levaram lá eram outros. Um deles era comprar a propriedade que tinha visto em suas pesquisas, a propriedade Mcgray. Ele entrou em contato com o vendedor no mesmo dia em que viu o anúncio. Agendou a visita e deixou sua empresa aos cuidados da sua cunhada, que também era a gerente. Finalmente realizaria o sonho de sua esposa de viver em um lugar tranquilo e longe da cidade grande.

Sérgio desceu do carro, ativou o alarme e entrou no hotel. Pegou o cartão de acesso do quarto na recepção. A atendente fez a entrega e sorriu para ele. Depois de pegar o cartão tomou o elevador e subiu para o sétimo andar do prédio, onde estava sua suíte. Junto com ele entrou um casal de jovens apaixonados. A menina pisou no pé de Sérgio e pediu desculpas com um olhar provocativo enquanto o namorado estava distraído no celular. Meio constrangido, Sérgio aceitou as desculpas pelo incidente. Afastou-se um pouco do casal e ficou encostado na parede do elevador. Para disfarçar e quebrar o clima tenso pegou o celular do bolso e ligou o aparelho. Tinha o costume de desligar o celular em todas as suas reuniões para não ser interrompido. Quando a tela finalmente se acendeu, ele digitou sua senha. Havia algumas mensagens e ligações perdidas entre elas a de Débora, sua cunhada. Essa era a única ligação que lhe interessava retornar.

Quando finalmente o elevador parou no sétimo andar, Sérgio saiu, aliviado. Estranhamente havia parecido que nunca chegaria. Ele olhou para trás por um instante e a menina lhe deu uma piscada. Incrédulo, Sérgio saiu o mais rápido possível. Seu quarto era na terceira porta à direita. Sérgio colocou o cartão de acesso, a porta se abriu e ele entrou. O quarto era extremamente luxuoso. Tinha uma cama enorme feita de madeira, um sofá bege com almofadas de veludo, uma mesa de centro feita de vidro cuidadosamente decorada com uma cesta das mais diversas frutas, um balde de prata cheio de gelo com uma garrafa de champanhe dentro, duas taças de vinho e um uísque ao lado. O que Sérgio mais queria no momento era tirar seus sapatos e mergulhar os pés no tapete felpudo enorme que cobria o chão do quarto. Ele tirou a camisa e jogou em cima da cama, tirou os sapatos e as meias e afundou os pés no tapete. Sentou-se no sofá, encostou a cabeça em um dos travesseiros e começou a pensar na mulher que insistia em habitar seus pensamentos. Como ela era linda, como o seu olhar era marcante. Será que iriam se encontrar de novo?

Sérgio logo repreendeu seus pensamentos. Havia jurado para si mesmo que não iria se apaixonar de novo. Faria o possível e o impossível para que isso não acontecesse. Levantou do sofá e pegou uma taça de vinho. Abriu a garrafa e despejou o líquido roxo dentro dela. Pegou seu colar e abriu. Era um daqueles colares em que se colocavam fotos como pingente. Sérgio observou a foto da mulher sorrindo abraçada com um homem em uma praia deserta. Aquela foto tinha sido tirada nas Maldivas na última viajem que fizeram juntos. O homem também sorria na foto enquanto admirava a mulher que segurava pela cintura. Será que ele voltaria a ser aquele homem novamente? Impossível. Depois da morte da esposa, sua vida perdeu o sentido, seu mundo não era o mesmo sem a alegria contagiante de Sarah. – Minha Sarah, minha doce Sarah... Sinto tanta a sua falta, como eu sinto. – Sérgio suspirou, fechou o colar e continuou bebendo o vinho, afogado nas lembranças dolorosas e na esposa amada que havia perdido para sempre.

# CAPÍTULO 5

Em Fredericksburg o inverno do mês de janeiro estava se aproximando. A água gelada que caía sobre o corpo de Tom mostrava isso, o aquecedor havia quebrado e ele se arrependeu de não ter consertado antes. Tom terminou o banho, se enrolou em uma toalha e foi para a frente do espelho. Seu reflexo denunciava que a barba estava grande, precisava ser feita. Ele pegou a espuma de barbear em cima da pia, passou no rosto e a tirou com o barbeador. Depois de terminar, pegou a loção pós barba e colocou sobre o rosto já liso novamente. A loção tinha um aroma de almíscar de madeira, âmbar e musgos, era o cheiro da masculinidade e Tom adorava. Ele saiu do banheiro e foi até o guarda-roupas escolher o que ia vestir durante o dia. Não demorou muito e já havia decidido. A blusa que usaria era xadrez com mangas longas; a calça jeans, azul marinho com bolsos desbotados. Calçou um par de botas marrons e colocou um pouco de perfume. Tom estava preparado para começar o dia. Sentou-se na cama e, no mesmo momento, o celular vibrou. Quem seria àquela hora da manhã? Tom se perguntou. Pegou o celular e viu a mensagem. *"Estou ansiosa para almoçar com você e finalmente conhecer sua irmã, espero que ela goste de mim, te amo."* Era o almoço com a namorada que ele tinha se esquecido completamente! Escreveu rapidamente a mensagem de texto e enviou. *"Também estou, meu amor, nos vemos mais tarde, também te amo."*

Ele havia marcado com a namorada para que ela almoçasse em sua casa e aproveitasse a especial ocasião para conhecer a então misteriosa Helena, sua cunhada. Tom saiu do quarto com passos apressados e desceu as escadas. Chegando à cozinha, avistou Helena ao pé do fogão preparando o café da manhã. A cozinha estava tomada pelo cheiro dos ovos com bacon.

– Quem diabos usa loção pós barba a essa hora da manhã? – perguntou Helena, com desdém – Bom dia, maninho.

— Bom dia. A barba estava grande e eu tirei, aliás eu amo o cheiro dessa loção, é minha favorita.

— Adoro o cheiro de almíscar de madeira, eu tenho vários perfumes com essa fragrância. Pra onde você vai? Tá todo estiloso.

— Eu vou até a cidade com o Tailan, preciso comprar outras ferramentas para consertar a cerca, esqueci de comprar algumas.

— Não acredito que você e o Tailan ainda são amigos, vocês só andavam brigando. — Helena pegou dois pratos no armário e serviu os ovos mexidos e o bacon. Havia preparado café e fervido um pouco de leite, ela adorava café com leite. Também tinha preparado algumas panquecas e torradas. Pegou duas xícaras brancas, colocou na mesa, pegou o prato com as panquecas e sentou-se perto do irmão.

— Nem eu acredito que ainda somos amigos. Eu nem te perguntei, tem algum problema ele ficar aqui por alguns dias? Eu vou precisar de ajuda no conserto da cerca e o chamei pra me ajudar, tudo bem para você? — perguntou Tom, comendo um pouco dos ovos com bacon.

— Claro que não, sem problemas, fico feliz que ele te ajude e que você tenha companhia — respondeu a irmã bebericando um pouco de café com leite. Eles continuaram comendo em silêncio. Para surpresa de Helena, a comida estava deliciosa, não tanto quanto a de Joana, mas Helena tinha se saído muito bem. De repente a porta de entrada se abriu e apareceu uma figura horripilante, os cabelos estavam arrepiados com galhos de árvores pendurados. A criatura estava com um pássaro enorme preto em umas das mãos e uma arma enorme nas costas. Sua testa sangrava.

— Tailan? Onde diabos você se meteu? — perguntou Tom, rindo enquanto observava a expressão da irmã enquanto ela olhava para Tailan. Helena se assustou com a aparência do homem e começou a rir, ele estava extremamente machucado.

— Não, é o presidente do Estados Unidos. Que droga, eu trouxe o café da manhã. — Tailan jogou o pássaro em cima da mesa e Helena, assustada, saiu da mesa.

— O que diabos é isso? Você trouxe um abutre para dentro de casa? Que palhaçada! — Helena esbravejou. Ela não acreditava que tinha um pássaro morto enorme em cima da mesa de jantar — Tira essa droga de pássaro em cima da mesa agora, Tailan!

— Calma. Leninha, eu vou tirar. Aliás, é bom te ver de novo, você está linda. Tá casada? — perguntou o homem, olhando para ela de cima a baixo.

— Que pena que não posso dizer o mesmo. Nem se você fosse o último homem do mundo eu ficaria com você! Nunca! — Ela sorriu, claramente se divertindo com o que dissera. – É melhor você ir tomar um banho se quiser comer.

– Nossa, Lena, magoou legal, você é má, eu já estou indo. Segura sua irmãzinha, Tom, ela está muito estressada.

– Anda logo, vá tomar banho. E leve seu amiguinho junto com você – Tom pegou o pássaro e jogou para o amigo.

– Tenho certeza de que ele vai amar – retrucou. Tailan partiu rumo à porta de saída. Depois de alguns minutos voltou para dentro já sem o pássaro e subiu as escadas, entrou no banheiro, quando o chuveiro ligou, ele começou a cantar umas das músicas de Michel Jackson.

– Tailan é louco. – sorriu Helena, descontraída. – Algumas coisas nunca mudam. O que ele pretendia fazer com aquele pássaro? Será que não sabia que era um abutre? Ele é o mesmo de sempre.

– Desculpa, Lena, ele é o mesmo Tailan de sempre, por isso ainda somos amigos, eu gosto de ficar na companhia de pessoas verdadeiras. E tenho certeza de que ele sabia que o coitado do pássaro era um abutre. Acho que ele quis te dar boas-vindas, bem ao estilo Tailan.

– Eu agradeço só pelo fato de não ter sido uma cobra, eu tenho pavor! – Ela sorriu para o irmão e se levantou para preparar um prato para o amigo de Tom. Quando terminou, Helena voltou para a mesa e continuou comendo.

– Helena, eu tenho que te contar uma coisa, eu tenho uma namorada!

Helena havia acabado de bebericar um pouco de café e, com a notícia repentina, cuspiu tudo fora.

– O quê? Uma namorada? Por que não me disse antes? – perguntou ela, limpando a boca com o guardanapo.

– Surpresa! – Ele riu da cara que a irmã fez. – Estava esperando o momento certo para te contar.

– Ai, meu Deus! Meu irmãozinho tem uma namorada. – Ela foi até o irmão e deu um abraço apertado. – E quando eu vou poder conhecer a moça?

– Hoje mesmo! – Tom beijou a bochecha da irmã e saiu da cadeira.

– Como assim "hoje"? Que horas? Você é cheio de surpresas – Helena pegou os dois pratos da mesa e foi até a pia.

– Ela vai vir almoçar com a gente hoje, não é incrível?

– Hoje? Mas, o que vamos cozinhar? Por que você não me avisou antes, poderíamos ter planejado alguma coisa especial, o que vamos fazer? – disse Helena, preocupada com o fato de que iria conhecer a namorada do irmão e ele não a havia avisado.

— Não se preocupe com a comida, eu encomendei à senhora Johnson. A comida deve chegar às onze horas, aí é só arrumar a mesa e
pronto, todos ficarão felizes para sempre.

— Você planejou tudo, merece parabéns. Então vou conhecer a
namorada do meu irmão, estou muito animada! — Helena enxugou os
dois pratos, os copos e os talheres que havia lavado e pediu para que
Tom os guardasse. O irmão pegou tudo e organizou no armário. — Será
que ela vai gostar de mim?

— Acredite em mim, ela me fez essa mesma pergunta. — Tom sorriu
e se sentou na cadeira perto do balcão. — Tenho certeza que sim, vocês
se parecem muito. Ela vai amar você, ela é maravilhosa!

— Como se conheceram? Você nunca foi muito de relacionamentos.

— Foi em um evento de caridade aqui na cidade. Eu estava como
voluntário e ela também. O evento durou três dias. No último dia eu
contei para o Tailan sobre ela e o que eu estava sentindo. Ele me puxou
para falar com ela, você não sabe a vergonha que eu passei, eu conversei
com ela um pouco e a chamei para sair. Ela aceitou e saímos por alguns
dias. A achei incrível e inteligente. Um mês depois, eu a pedi em namoro.
Hoje faz um ano que estamos juntos. Quando eu disse que você estava
aqui ela quis te conhecer.

— Agradeça ao Tailan por estarem juntos — Helena sorriu. — Estou
muito feliz por você, meu amor, sua felicidade é minha felicidade, estou
ansiosa para conhecê-la. Vou fazer uma sobremesa, já que temos o
almoço pronto.

— Nosso pai a adorava, ele disse que ela lembrava muito você. —
Aquelas palavras foram como um soco no estômago de Helena. Voltou
com muita força o arrependimento que sentiu por passar tanto tempo
longe de seu querido pai, longe da sua família. Tom percebeu que a
expressão do rosto da irmã havia mudado e logo se arrependeu de ter
falado aquilo. Não tinha a intenção de magoar a irmã. — Eu sinto muito,
Helena, eu não quis dizer isso, eu...

— Está tudo bem, eu fico feliz por meu pai ter gostado dela, fico
muito feliz de verdade. Tenho certeza de que ela é uma ótima pessoa
e que eu vou adorá-la. Bom, eu preciso pôr a mão na massa, vou fazer
a sobremesa.

— Quer ajuda? — perguntou Tom, ainda pensando o quanto foi idiota
em ter citado o nome do pai, que ainda era uma ferida aberta para os
dois. Helena se levantou da mesa e ajeitou o cabelo.

— Você não vai para a cidade?

— Sim, é verdade, já tinha me esquecido. Eu vou, mas volto rápido, não vou demorar muito. Quer que traga alguma coisa para você?

— Não, eu não preciso de nada, obrigada. Tailan não vai vir tomar café? – Quando Helena perguntou pelo amigo de Tom, um perfume forte com toque amadeirado tomou conta do ambiente. Aquele ser horripilante de antes foi substituído por um homem elegante, de terno e gravata, cabelos cuidadosamente penteados, olhos cor de mel. Destacava-se o bigode arrumado, o deixava ainda mais charmoso.

— Cumprimentem agora o doutor Tailan Guerreiro, renomado advogado de Fredericksburg – Tailan desceu as escadas com pose teatral e se virou para a plateia, formada pelo melhor amigo e a irmã dele.

— Olha só, o que você fez com o monstro de mais cedo? – perguntou Tom, tocando no terno de Tailan.

— Muito engraçado. E agora, senhorita Helena, ficaria com este humilde senhor? – Tailan se ajoelhou na frente de Helena.

— Não mesmo, mas você está bem apresentável, confesso. Onde vai vestido assim? – perguntou Helena se afastando.

— Preciso falar com um dos meus clientes e vou aproveitar a carona. Seu irmão vai ter o privilégio de andar comigo, não é mesmo, Tom?

— Com certeza, estou com o melhor advogado do mundo. Deveria dar uma chance para ele, Lena!

— É melhor vocês irem. Já são nove horas da manhã e você, meu irmão querido, deve retornar antes das onze – Helena segurou nos braços dos dois e os levou em direção à porta. O irmão se despediu, entrou no carro e deu partida no motor. Helena entrou e trancou a porta. Não se importava muito em ficar só, o lugar era seguro e tranquilo. Foi à cozinha, pegou o celular para pesquisar alguma receita de sobremesas rápidas e fáceis quando viu a foto dela e Thereza na tela inicial do celular. Assustou-se quando percebeu que não tinha falado com a amiga desde que chegou à cidade. Checou os registros de chamadas, pesquisou o nome de Thereza, que estava salvo como "melhor amiga" e ligou. O celular chamou por alguns minutos. Thereza atendeu.

— *Lena? Você está bem? Por que não me ligou antes? Já esqueceu de mim?* – disse a voz do outro lado da linha.

— Oi, Thereza. Calma apressadinha, respira um pouco. Primeiramente eu estou bem, estou viva e com muitas saudades. Como você está? Como está se virando sem mim? – Helena subiu para o quarto e deitou na cama.

— *Eu estou muito bem, estou morrendo de saudades, menina, você nem ligou para mim.*

— Eu tenho tanta coisa para te contar, tantas novidades, você está com tempo pra me ouvir?

— *Sempre tenho tempo para você!* — disse Thereza com a voz delicada.

Helena contou tudo desde o começo, quando embarcou no avião e agarrou no braço de um homem sem querer porque tinha esquecido os remédios que a faziam dormir durante as viagens. Contou também que havia reencontrado o homem do avião na cidade, contou sobre o irmão, que eles estavam brigados, mas que haviam se reconciliado, contou sobre como era ter voltado para a cidade onde havia nascido e vivido toda a infância, o sentimento de ter reencontrado o irmão novamente, como foi difícil enterrar o próprio pai, como eram dolorosas as lembranças do passado e também como era difícil estar no lugar de que ela havia fugido há tanto tempo.

Contar tudo aquilo para a melhor amiga foi como ter tirado um peso das costas. As duas choraram por telefone e Thereza confortou a amiga dizendo que ia ficar tudo bem, que Helena era a mulher mais forte que ela conhecia. As duas conversaram por duas horas. Thereza também falou do seu dia a dia, do que tinha acontecido, falou do trabalho e que James havia perguntado por ela, contou de uma amiga que havia sido promovida e como Helena fazia falta no trabalho. Depois daquela longa e boa conversa, elas se despediram. Helena disse para a amiga que estaria de volta na semana seguinte. Ao desligar o telefone percebeu que o relógio marcava onze horas e dez minutos. Levantou-se da cama rapidamente e foi para a cozinha. Tinha conversado tanto com Thereza que se esqueceu completamente que iria fazer a sobremesa. E agora? Ela não tinha ideia. A companhia tocou e Helena se assustou. Olhou pelo olho mágico. Era a senhora Johnson. Helena abriu a porta.

— Olá, senhora Johnson, como a senhora está? — cumprimentou educadamente.

— Helena? É você mesmo? — A idosa tocou nas mãos de Helena e logo em seguida em seu rosto — Como você está linda, você está maravilhosa.

— Muito obrigada, por favor, entre. — Helena ajudou a senhorinha a entrar na casa. Atrás dela veio uma moça baixinha de cabelos cacheados. Era sua neta. A mulher havia preparado strogonoff de frango, purê de batata, arroz solto e batata palha, era a comida especial "brasileira" e fazia muito sucesso.

Ela também ajudou Helena a colocar a mesa e as duas conversavam enquanto isso. Depois que terminaram de arrumar, Helena se deslumbrou com a mesa. Estava linda. Melissa Johnson tirou uma travessa de uma das suas enormes bolsas.

— Olha, querida, diga ao Tom que fiz essa sobremesa especial para ele e vai ficar por conta da casa, é um pavê de chocolate, ouvi dizer que é a preferida dele. — Helena suspirou de alívio, Deus havia ouvido suas preces. Estava preocupada com a sobremesa que não se lembrou de fazer, mas fortuitamente a senhora Johnson havia preparado com todo carinho.

— Obrigada, senhora Johnson, muito obrigada. É mesmo a sobremesa preferida dele e a minha também, eu amo pavê de chocolate!

— Ótimo, minha querida, agora eu preciso ir, tenha uma boa refeição.

— Muito obrigada, foi um prazer imenso rever a senhora — disse Helena acompanhando a mulher até a saída — espero que nos vejamos de novo.

— Eu também espero, tchau, querida. — Helena observou a senhora Johnson entrar no carro. Quando o motorista deu a partida ela se virou e entrou na casa. Depois subiu as escadas, entrou no quarto, trancou a porta e foi ao banheiro. Tomou um belo banho e lavou seus cabelos, lavou seu rosto com um dos produtos que Thereza vendia. Eram muito bons, mas tinham que ser, pelo preço alto que custavam. Depois de terminar seu ritual de beleza, saiu do banho enrolada em um roupão rosa. Secou os cabelos com o secador que havia comprado. Quando secos, os cabelos de Helena tinham ondulações naturais. Era o que Helena mais amava em seus cabelos. Em seguida fez uma maquiagem básica no rosto e escolheu um dos vestidos que havia comprado. O escolhido foi um vestido de malha leve, sem mangas, com um decote que destacava seus seios pequenos. O tecido era coberto de estampas exclusivas da cidade. Sua cor era laranja. Uma fenda até a altura das coxas lhe dava destaque. Flores dente de leão compunham o tema das estampas. Era um dos vestidos mais lindos que Helena já tinha usado. Sentindo-se bem consigo mesma, calçou sandálias prateadas cheias de brilho. Aplicou sobre si um perfume francês. Era o único de que tinha gostado na loja. Depois de pronta, desceu as escadas e foi se certificar se estava tudo certo. O strogonoff e o arroz haviam esfriado um pouco, ela os colocou no forno pra esquentar. Ouviu do lado de fora som de portas se abrindo. Reconheceu a voz de Tailan e do irmão, ficou nervosa por um instante e se recompôs. Manteve-se ao lado da mesa, esperando que eles entrassem. Quando a porta finalmente se abriu, Tailan entrou primeiro.

— Uau, que cheiro maravilhoso é esse? — Quando Tailan avistou Helena, cobriu os olhos e começou a chegar perto. — Ai, meu Deus! Eu estou vendo a própria medusa, eu não posso abrir meus olhos, mas não

tem como resistir a tamanha beleza. Ai, meu Deus! Eu não vou conseguir.
– Ele abriu os olhos e ficou parado como uma estátua.

– Se está para nascer uma pessoa mais idiota que você, eu quero testemunhar. – brincou Helena. Tailan foi em direção a ela e desta vez estava sério.

– Você está maravilhosa, é a mulher mais linda que já conheci.

– Muito obrigada, cavalheiro. – Helena agradeceu. Depois disso Tailan foi até a geladeira beber um pouco de água. O irmão apareceu primeiro pelo batente da porta e a cumprimentou com um beijo na bochecha. Helena perguntou onde estava a namorada. Tom disse que ela ainda estava no carro e chamou a namorada pelo nome. A princípio ele a chamou de Fran. Passados alguns segundos, a mulher apareceu. Tinha cabelos curtos e negros, olhos castanhos semelhantes aos de Tailan e um corpo esbelto. Era de fato muito bonita. Apareceu pela porta e Helena ficou boquiaberta. Aproximou-se da moça e a abraçou.

– Fran, eu não acredito que é você. Ai, meu Deus! Você está linda, você está maravilhosa! – Helena falava e continuava abraçada à então cunhada.

– Helena Mcgray, é você mesmo? Uau, quanto tempo! – Tom entrou no meio das duas.

– Vocês se conhecem? – perguntou confuso.

– É claro que sim, éramos melhores amigas na faculdade. – respondeu Fran, eufórica. – Porque você não disse que era irmão de Helena Mcgray, eu não teria ficado tão nervosa.

– Vocês, mulheres, são cheias de surpresas. Agora que vocês se conhecem não precisa mais de tanta cerimônia. Que tal comermos?

– Já era hora, estou morrendo de fome. – respondeu Tailan deitado no sofá com uma almofada na cabeça. Tom se aproximou e puxou a perna do amigo fazendo-o cair. Tailan levantou rindo da situação e eles foram até a mesa, fizeram a oração de agradecimento e comeram a deliciosa refeição. Conversaram por horas sobre a faculdade, a época em que as duas estudavam juntas, "os paqueras" de Helena, também os namoricos de Fran, que ria envergonhada. Depois de comerem, se deliciaram com o pavê de chocolate e ficaram conversando por mais alguns minutos sobre outros assuntos. Fran se ofereceu para lavar a louça e Tailan foi ajudá-la, por coincidência Fran era irmã de Tailan, Helena ficou chocada ao saber disso e enquanto os dois levavam louça, Tom e Helena ficaram sentados no sofá comendo mais um pouco do pavê que estava uma delícia.

— Eu amei o nosso almoço de hoje. – disse Helena. – Você escolheu muito bem, Tom. Fran é maravilhosa, espero que sejam felizes juntos, você merece o melhor.

— Eu também amei. Fran e eu nos amamos e ela me faz muito feliz. Eu a amo, e, desde quando a vi pela primeira vez, tive certeza de que aquela seria a mulher da minha vida – Respondeu Tom, com uma alegria notável em seu rosto.

— Estou muito feliz por você, maninho – Helena foi até o irmão e o abraçou. – Hoje eu vou a um lugar!

— Aonde você vai? – perguntou.

— Eu vou ao cemitério visitar o túmulo da minha filha. – Helena encostou a cabeça nos ombros do irmão e ele acariciou seu cabelo.

— Você tem certeza? Quer que eu vá com você?

— Eu preciso ir, me sentiria péssima se não fosse visitar minha filha antes de ir embora. Eu sei que vai doer, mas tenho que ir. Não precisa ir comigo, quero fazer isso sozinha.

— Claro, tenho certeza que você sabe o que é melhor para você, eu vou levar a Fran de volta, e vou levar Tailan comigo, preciso comprar ração para os animais, depois vamos jantar juntos, talvez chegaremos um pouco tarde – disse Tom, ainda acariciando o cabelo da irmã.

— Eu quero ir a cavalo, tem algum disponível? Quero ter contato com a natureza, e você sabe o quanto eu amo galopar. – disse Helena sorrindo.

— Claro que tem, eu vou preparar um dos meus cavalos mais mansos para você não correr o risco de cair. – disse o irmão, visivelmente preocupado.

— Obrigada! – Depois de passarem um tempo conversando, Tailan e a irmã haviam terminado de lavar a louça e os quatro foram para a varanda tomar um pouco de cerveja. Helena recusou porque não gostava da bebida. Depois de beberem um pouco, Tom disse que já estava indo para a cidade e Fran se despediu de Helena com um abraço.

— Foi muito bom te ver novamente. Esse é meu cartão profissional, se quiser ir me visitar, podemos marcar um horário – Fran entregou um cartão vermelho com o nome dela e sua profissão de psicóloga estampados nele.

— Obrigada. Antes de ir embora eu te envio uma mensagem.

— Ótimo. – Fran se despediu e entrou no carro. Tom e Tailan já estavam lá dentro esperando por ela.

— Helena, meu amor, não chore, eu voltarei. – gritou Tailan dentro do carro. Ela, sorrindo, deu um "tchauzinho" com a mão e quando o carro sumiu de vista, foi até o celeiro. Tom já havia preparado o cavalo. Era um garanhão muito dócil. Ela passou a mão no pescoço dele e o cavalo colocou o focinho em suas mãos à procura de petiscos. Helena foi até a cozinha, pegou algumas maçãs e deu ao cavalo, que as devorou em segundos.

O relógio marcava quatro em ponto. O homem fez questão de chegar mais cedo para evitar o risco de se atrasar novamente. Depois de parar o carro no estacionamento do restaurante, Derek entrou e pediu um cappuccino duplo com bastante açúcar. Sentou-se na primeira mesa, estava ansioso para mostrar a propriedade para Sérgio Monteiro. O homem parecia muito interessado e, com sorte, Derek fecharia a venda naquela mesma semana e iria embora de Fredericksburg para sempre. Voltar à cidade que há muito tempo havia deixado para trás não era fácil. Enquanto bebia seu café, uma menininha chegou perto dele. Era linda, tinhas olhos azuis, era loira e provavelmente tinha a mesma idade que sua filhinha tinha quando faleceu. Lembrar da filha era uma dor insuportável. Ele baixou a cabeça e enxugou do rosto as lágrimas que surgiram, a menininha olhou para ele e tocou sua face.

— Você está bem, papai?

Derek olhou nos olhos da menininha, ela retribuiu o olhar e sorriu.

— Alice... ai, menina, onde você estava? Te procurei por toda parte, mamãe estava preocupada! — Uma mulher veio até Derek ofegante, pegou a criança e a colocou no colo.

— Me desculpe, moço, é que ela gosta de dar um "sustinho" em mim de vez em quando. Ela não tem o costume de sair e falar com pessoas que não conhece, na verdade ela nunca fez isso.

— Desculpa, mamãe. — falou a menina arrependida abraçando a mãe.

— Está tudo bem, sua filha é um doce. — disse Derek, tocando no braço da menininha. A mulher sorriu e saiu com a filha no colo. De longe, a menina olhou para Derek, acenou e mandou beijinho com as mãos, ele sorriu e acenou de volta.

*— Boa noite, senhor, bem-vindo ao nosso restaurante, como posso ajudar? — perguntou a recepcionista, sorridente.*

*— Boa noite, senhorita, eu tenho uma reserva — respondeu educadamente.*

*— Certo... Está em nome de quem? — perguntou a recepcionista folheando o caderno.*

*— Derek Mcgray — disse o homem, distraído com a filha puxando seu casaco. — Papai, onde está a mamãe? — perguntou a menininha.*

*— Pronto, senhor, aqui está, Derek Mcgray, não é isso? Pode entrar, tenha uma ótima noite e uma boa refeição — Derek entrou e pegou Eliza no colo.*

*— Papai, papai, papai, onde está a mamãe? — insistia a menina.*

*— Sua mãe já está chegando, meu amor, hoje é um dia muito especial, você, a mamãe e eu vamos comemorar. — Derek chegou à mesa e colocou Eliza na cadeira. A garotinha sentou e ficou brincando com a boneca que seu avô lhe deu de presente. — Olha, filha sua mãe chegou. E ela está linda, não está? — Helena usava um vestido rosa brilhante. A filha havia escolhido para ela no shopping em um dia de compras. Helena se aproximou da mesa e deu um beijo no marido. Foi até a criança e a pegou no colo. — Boa noite, meu amor, você está incrível, esse vestido ficou lindo em você, combina com seus olhos. — elogiou o marido.*

*— Obrigada, meu amor, você é maravilhoso. Hoje é um dia especial, nossa princesa e guerreira Eliza venceu, hoje foi sua primeira quimioterapia, você vai receber uma coroa pela sua bravura e coragem. — um dos garçons trouxe em uma almofada uma coroa de ouro com pedras brilhantes. Helena a pegou, tirou o lenço da cabeça da filha e colocou a coroa. Os olhos de Eliza brilham e ela sorriu. Outro garçom trouxe um bolo temático da princesa Cinderela.*

*— Mamãe? Esse bolo é pra mim? — perguntou a filha.*

*— É claro que sim, meu amor, você merece isso e muito mais. Você é uma princesa, a princesa mais linda que eu já conheci.*

*— Mas mamãe... eu não sou uma princesa. — Eliza baixou a cabeça e deixou a coroa cair. Derek se assustou com o que a filha acabara de falar e pegou a coroa do chão. Ele se ajoelhou na frente da filha.*

*— Por que você disse isso, meu amor? — perguntou o pai.*

*— Porque não existe princesa sem cabelos. — Aquilo foi como um soco no estômago de Derek e de Helena. Com os olhos marejados, Helena pegou a coroa das mãos do marido e colocou de volta em Eliza.*

*— É claro que existe. Você é uma princesa, você é linda do jeito que é. Não importa se você tem cabelos ou não, você é nossa princesa, a princesa mais linda e corajosa. E sabe o que mais? Você está enfrentando o vilão mais poderoso do mundo e estamos muito orgulhosos de você, meu anjinho.*

*— Sério, mamãe e papai, então... eu sou uma princesa? — Eliza perguntou tocando na coroa.*

*— É claro que é, vem cá dar um abraço no papai e na mamãe. — Eliza saiu da cadeira e abraçou os pais, Helena olhou Derek nos olhos e sorriu.*

Derek bebeu o resto de café e olhou o relógio. Eram quatro e vinte da tarde. Ele pagou o café e foi para fora do restaurante.

– Por quê? – Derek se perguntava batendo com as mãos na cabeça – Por que voltou? Será que era mesmo necessário, voltar a Fredericksburg? Foi uma péssima ideia. Ah, que tal uma bebida? Talvez uma bebida resolva. – Quando Derek voltava ao restaurante para comprar uma bebida, a BMW de Sérgio estacionou bem na sua frente.

– Olá, senhor Mcgray, estou atrasado? – perguntou Sérgio.

– Não, claro que não. Está dez minutos adiantado. – recompôs-se com um sorriso forçado. Seu problema não era com Sérgio, mas consigo mesmo.

– Então... eu trouxe meu carro, algum problema?

– Podemos ir em carros separados, é só me seguir que você não vai errar o caminho.

– Combinado.

– Quando Derek deu partida no veículo, Sérgio o seguiu. Derek logo pegou a rodovia. O caminho era muito familiar e lhe proporcionava certa nostalgia. Costumava galopar nos campos verdes. A estrada de terra não facilitava, tinha algumas pedras e buracos. Depois de vinte minutos na estrada, Derek finalmente chegou ao seu destino. Um garotinho abriu a porteira e Derek lhe deu uma gorjeta. Os dois carros entraram e se depararam com a plantação de uva dos Johnson. As fazendas eram divididas em três estradas. A primeira era dos Johnson, a segunda dos Patterson, e a terceira dos Mcgray. Derek seguiu a estrada que levava até sua propriedade e, cerca de cinco minutos depois, eles chegaram. O lugar era bonito, o terreno era amplo, o pasto era extremamente farto. Havia um pequeno lago artificial para os patos, plantações de coco e lindas palmeiras.

– Uau. Este lugar é incrível! – disse Sérgio. Estava impressionado.

– Calma, você ainda não viu tudo. – Derek mostrou a casa de campo. Era linda e aconchegante. Nada do luxo com que Sérgio estava acostumado, mas ele poderia fazer alguns retoques. A casa também possuía uma piscina de adulto e uma para crianças. Depois de ter mostrado toda a casa para Sérgio, Derek deixou o melhor para o final. Ele disse a Sérgio que ele iria ver o lugar mais incrível do mundo. Criada a expectativa, Derek levou o virtual comprador da propriedade por um curto caminho, cerca de um quilômetro da casa. Depois de caminharem por alguns minutos, finalmente chegaram. Atravessaram uma pequena plantação de cana e pronto. Os olhos de Sérgio contemplaram uma incrível paisagem, era um campo enorme cheio de girassóis, algo incrível.

– Isso é espantoso, você tem um campo de girassóis? – perguntou Sérgio, entrando na plantação e arrancando uma flor enorme.

– Sim, é demais, não é? Eu sabia que você ia gostar, é meu lugar favorito. Ou melhor, era meu lugar favorito.

– Certamente é o lugar mais lindo que já vi. Quando podemos fechar a compra? Este lugar é exatamente o que eu estava procurando. Se você quiser, eu pago o dobro do que você está pedindo.

– O dobro? – Derek perguntou surpreso.

– Sim, vou pagar o dobro, este lugar é realmente fantástico. E você vai poder recomeçar sua vida sem preocupações.

– Já que você insiste... Mas eu preciso de três dias para acertar a papelada, depois fechamos o negócio. Só vou pedir alguns documentos para o meu corretor e você vai poder assiná-los. Aí a propriedade será todo sua. – respondeu Derek, inalando o ar fresco. Sérgio e Derek saíram em direção à casa principal. Quando chegaram, foram até os carros que estavam estacionados à sombra de uma árvore. Sérgio entrou no seu carro e ligou o motor.

– Você conseguiria ir sem mim? Tenho que ir a um lugar – perguntou Derek encostado no carro de Sérgio.

– Claro, tudo bem, eu sei o caminho, nos vemos em três dias. Obrigado, senhor Mcgray, tenha um bom dia. – Sérgio deu partida no motor e em poucos minutos já havia sumido de vista. Derek entrou em seu carro e pegou algo que estava dentro do porta-luvas. Era a foto de Eliza abraçada com uma cachorrinha. Ele havia tirado aquela foto no dia em que a filha ganhou um filhote de cachorro, um presente do avô. Ah, como ela tinha ficado feliz com o presente. Ele não deixou a cena pertencer ao domínio das lembranças apenas. Aproveitou para capturar aquela imagem cheia de alegria e amor em uma foto. Derek a olhou e a colocou de volta no porta-luvas. – Hoje papai vai te visitar, filha. – deu partida no motor e dirigiu até a estrada principal, seguindo rumo ao cemitério onde sua filha fora sepultada.

A estrada era tranquila e o fim da tarde estava perfeito para um passeio a cavalo, Helena estava com o vestido laranja que usara no almoço. Logo se arrependeu de não ter vestido sua roupa de montaria, mas o cavalo que Tom escolheu para ela era dócil e tranquilo, não havia nenhum perigo iminente com que se preocupar. O caminho entre a casa onde estava e o cemitério era de quatro quilômetros. Helena fez o trajeto em quinze minutos. Avistou o portão de entrada de longe, era dourado e tinha o nome da cidade estampado nele.

Ela desceu do cavalo e o amarrou em uma das árvores perto do portão. Odiava cemitérios desde pequena. Quando o pai visitava os Mcgray, Helena ia junto e tinham de passar em frente ao cemitério. A garota tapava os olhos. Enorme. Lápides por toda parte. Helena reconheceu alguns dos nomes escritos nelas, inclusive o de Michel Mcgray, pai de Derek. Algumas flores aparentemente recentes podiam ser vistas sobre essa lápide. Helena tocou nela em sinal de reverência e continuou seu caminho até chegar à lápide de sua filha. Também ali havia algumas flores frescas. Quem a teria visitado recentemente? Ela não fazia ideia, mas isso a reconfortava, saber que a filha não havia sido esquecida. Ela se aproximou e se ajoelhou em frente à lápide.

— Oi, meu amor... Meu amorzinho, hoje finalmente a mamãe veio te ver. Eu sinto muito por não ter vindo antes, mas eu não me sentia pronta. Sua mamãe estava em outro lugar. Depois que você se foi, me mudei para outra cidade. Então... Eu estou morando lá com uma amiga, o nome dela é Thereza. Você ia adorar a Thereza, ela é incrível. Eu confesso que a vida não está sendo fácil sem você, meu amor. — Helena tocou na foto da filha que estava na lápide e desabou. — Deus, como eu te amo, eu te amo minha filha, minha filhinha. Sinto tanto a sua falta, por que você deixou a mamãe? Por que você se foi? Era pra você estar aqui comigo... e você não está... — Helena soluçava e se derramava em lágrimas. Seu peito estava sufocado com tanta dor, todo o sentimento que tinha reprimido. Agora estava colocando pra fora. A tarde virava noite e Helena nem havia reparado. — Eu te amo, eu te amo muito, filha! — Helena levantou e ouviu passos vindo em sua direção. Imaginou que poderia ser o coveiro. Depois de um certo horário o cemitério fechava por conta de roubos que aconteciam durante a noite.

— Olá, nós já iremos fechar, senhorita. — Ela se assustou com uso do "nós", como se houvesse outra pessoa, mas era só um senhor de idade com uma pá e um rastelo na mão. Helena reparou que estava escurecendo.

— Claro, eu já estou indo, tenha uma boa noite. — Helena saiu com passos apressados e foi caminhando até a saída do cemitério. Quando estava próxima do portão de saída percebeu que o cavalo não estava mais onde ela havia amarrado. — Meu Deus, onde está o cavalo? — Ela foi até a árvore e não tinha nem sinal dele. Olhou ao redor, e nada, simplesmente o animal sumiu no mapa. E agora? Como ela iria embora daquele lugar horripilante? O cavalo havia se soltado, ela não estava com o celular e mesmo que estivesse o aparelho não iria funcionar por falta de sinal. E ela não sabia ao certo o horário que Tom voltaria da cidade. O único jeito era ir andando. Helena ajeitou o cabelo. Algumas folhas haviam grudado nele. Arrumou o vestido dando um nó. Começou a caminhar na estrada deserta. A temperatura estava muito baixa e Helena com muito frio. Cruzou os braços para tentar se aquecer um pouco. Já havia escurecido e ela não estava enxergando quase nada. Com muito medo, começou a chorar. Aconteciam muitos assaltos naquela estrada e ela temia que lhe acontecesse algo pior. Uma luz forte tomou conta do ambiente. Era um farol de carro, observou Helena. Brilhava muito forte e acabou ferindo os olhos dela. Helena se encolheu e seu mandíbula começou a tremer de frio.

— Olá, você está bem? — perguntou o homem abrindo a porta e saindo do carro. Ele percebeu que a mulher estava com muito frio e provavelmente com medo, talvez pelo fato de estar diante de um estranho e sozinha.

— Oi... Eu estou bem... obrigada. — disse a mulher tremendo com a voz fraca.

— O que você está fazendo sozinha aqui a esta hora? Não é um pouco perigoso? — perguntou ele, ainda sem se aproximar.

— Eu... eu estava passeando e eu acabei perdendo meu cavalo, na verdade eu o amarrei e ele se soltou. — O homem se comoveu com o estado em que ela estava, pálida e tremendo por causa do frio intenso. — Mas estou bem, minha casa não é tão longe, posso ir andando.

— Você quer uma carona? — O homem se arriscou a perguntar.

— Não precisa. Fico muito agradecida, mas prefiro ir andando.

— Não precisa ter medo de mim, eu não vou lhe fazer mal. — disse ele com uma voz gentil e terna. — Está muito frio e é muito perigoso você ir sozinha.

— Não se preocupe comigo, eu estou bem, minha casa não é longe.

— Tudo bem. Posso te emprestar meu casaco? Está muito frio e não é saudável, você pode sofrer uma hipotermia. — Helena estava com muito medo daquele homem desconhecido. Confusa pelas circunstâncias, imaginava que ele poderia lhe fazer algum mal. Contudo, ele não parecia ser perigoso e ela estava morrendo de frio, o casaco seria muito bem-vindo. Com um pouco de relutância, Helena aceitou.

— É claro, eu fico muito agradecida. — respondeu a mulher.

— Eu posso levar o casaco aí? Ou você quer pegar aqui? — perguntou com cautela.

   

— Você o traria até aqui? Por favor. — Helena ainda estava com muito medo e não iria se arriscar a se aproximar do carro.

— É claro. — Caminhando até ela, o homem tirou o casaco para lhe dar. Ele estava muito longe e não dava para que um visse o rosto do outro. Quando ele chegou mais perto de Helena ela começou a reconhecer suas feições. O mesmo aconteceu ao homem misterioso. "Não pode ser!", disse ele a si mesmo. Estaria vendo coisas? Quanto mais se aproximava mais percebia que não estava enganado. Derek reconheceu a mulher que estava à sua frente. Aquela mulher indefesa e tremendo de frio foi o grande amor da sua vida no passado. Derek começou a respirar com dificuldade e a ficar ofegante. Não era possível!

— Helena? — perguntou surpreso, agora a poucos centímetros dela, que deu um passo para trás assustada. Também começara a reconhe-cê-lo. Helena colocou os cabelos atrás das orelhas e olhou Derek direto nos olhos. Um olhar frio e assustado.

— Derek? O que você... o que você está fazendo aqui? — Helena ainda sentia muito frio, sua voz estava fraca, ela não conseguia mais pronun-ciar nenhuma palavra, seu coração estava a mil por hora. Helena sentiu suas pernas falharem, o mundo começou a ficar sem cor e bagunçado, era como se suas pernas não pertencessem mais a ela. Olhou Derek nos olhos mais uma vez e desmaiou. O homem correu até ela desesperado chamando-a pelo nome, mas ela não respondia. Ele então a segurou pelos braços. — O que você está fazendo? — Helena estava muito fraca e desorientada. Desmaiou novamente. Derek a pegou no colo e a levou até o carro, parecia que a hipotermia a havia afetado de forma grave. Cuidadosamente ele vestiu seu casaco em Helena e a colocou no banco de trás.

Helena acordou com uma dor de cabeça intensa. O carro estava quente e aconchegante, a mulher encolhida abraçava os joelhos afundou a cabeça entre as pernas. Depois de alguns minutos já estava aquecida e bem melhor.

— Oi. Você está bem? — perguntou Derek, sentado no banco do motorista. Helena não respondeu. Os dois não conseguiam coordenar o que pensavam e sentiam. Parecia que nada daquilo era real, o reen-contro depois de três anos foi um choque. Derek olhou pelo espelho e viu o reflexo de Helena. Encostada na porta traseira, encolhida com o queixo em cima do joelho e com os olhos fechados, ainda estava vestida com o casaco que ele havia emprestado.

— Estou... estou bem. — Finalmente conseguiu dizer algo. Afundou-se ainda mais na lã do casaco de Derek. — "Meu Deus, Derek?" Perguntas fervilhavam em sua cabeça. Como isso aconteceu? Será que estava sonhando ou aquilo tudo era real? O que ele estava fazendo em Fredericksburg? Por que ela deveria reencontrar seu ex-marido? Já era ruim o suficiente ter que reprimir tudo o que sentia em relação ao irmão e lidar com a culpa de não ter voltado antes e aproveitado a presença de seu pai enquanto ele estava vivo. Seu coração parecia quebrar em pedaços. E rever seu ex-marido trouxe à superfície um sentimento ainda mais sombrio, o de derrota e fracasso. Derek Mcgray era quem Helena mais temia reencontrar. Seria possível? Ambos voltaram a Fredericksburg ao mesmo tempo. Estavam agora frente a frente, no mesmo carro, num frio de quase zero grau.

— O que você estava fazendo aqui sozinha a esta hora? Não é um pouco perigoso? — perguntou Derek.

— Eu estava caminhando um pouco. Acabei perdendo a noção do tempo. — Começou a garoar. Helena observava pela janela escura do carro as gotículas de água caindo lentamente sobre o vidro. O que ela mais queria no momento era abrir a porta e sair correndo, mas não adiantava, não conseguia nem falar direito, era como se o seu corpo inteiro estivesse paralisado. — Eu preciso ir embora! — Helena tirou o casaco e fez menção de abrir a porta.

— O quê? — Derek perguntou assustado — Helena, espera, você não pode sair do carro, está muito frio... e não vou deixar você andar sozinha — Helena olhou para ele incrédula. Era loucura sair sozinha àquela hora da noite e com a temperatura tão baixa, mas ela não queria ficar mais nem um minuto com ele no carro.

— Eu sei me virar sozinha, não se preocupe comigo, tenha uma boa noite!

— Helena, por favor, eu imploro, não vou deixá-la sair. Você está na casa de John, certo? Eu vou te levar até lá. Entendo que você queira ir embora. "Entendo perfeitamente", pensou ele. — Só me deixa te levar até lá, seu pai vai me dá uma surra quando souber que deixei você sozinha no frio, abandonada em uma estrada deserta. — Ao ouvir o nome do pai, Helena cedeu. Derek tinha razão, era muito perigoso seguir a pé e sozinha numa estrada escura. E estava muito frio. Ela poderia enfrentar isso, "É só olhar para frente e deixar o passado para trás", pensou ela. Não havia perigo dentro do carro. Era só seu ex-marido, o homem que mais amou na vida, mas isso não era nada demais. Bastava deixar a confusão de pensamentos e sensações pra trás e seguir. Olhou nos olhos azuis suplicantes de Derek e vestiu o casaco de volta.

— Certo. Você poderia me levar logo para casa, por favor? E sim, eu estou na casa de meu pai, ficaria muito agradecida se você me levasse até lá, eu não imaginaria que meu cavalo iria embora. — ela sorriu. — Espero que ele tenha voltado para casa, é o cavalo preferido do meu irmão.

— Tudo bem, podemos ir agora. E não se preocupe, tenho certeza de que o cavalo voltou. Lembra quando sua égua... não me lembro do nome dela, tem a ver com flores, era sua flor favorita.

— Margarida! — Helena o interrompeu — Era o nome da égua, ela voltou no mesmo dia, não demorou muito.

— Isso! O nome dela era Margarida. Tá vendo? — Derek falou com entusiasmo — Ele vai voltar, eles sempre voltam! — Derek girou a chave na ignição e deu partida no motor. O percurso provavelmente duraria uns dez minutos de carro, Helena ficou em silêncio durante toda a viagem, não pronunciou uma palavra sequer. Derek também não. O silêncio era a melhor coisa no momento, apesar das muitas perguntas que ela queria fazer. Por exemplo, o que ele estava fazendo em Fredericksburg? E o que deixava Helena mais confusa naquele momento era o fato de ele estar no mesmo lugar que ela. Estaria indo ao cemitério visitar a filha? Ou foi por acaso que eles se encontraram? Derek estava concentrado na estrada e batia com o dedo indicador no volante. Ele sempre fazia isso quando dirigia. Helena desviou o olhar e fechou os olhos esperando ansiosamente que chegassem logo em casa. O percurso durou menos de dez minutos. Ao entrarem na propriedade Helena avistou Alyssa, que veio correndo e abanando o rabo. Seu vulto misturou-se aos arbustos. A casa estava escura, percebeu Helena. Provavelmente Tom e Tailan ainda não haviam voltado da cidade. Derek estacionou o carro debaixo de um pinheiro e desceu do veículo. Helena abriu a porta do passageiro e saiu logo em seguida. Ela observou que seu vestido laranja estava sujo de lama. Caminhou até a porta de entrada. Derek a acompanhou. Quando chegaram à varanda, Helena se virou, encarou Derek e forçou um sorriso. — Obrigada pela carona.

— Não precisa agradecer, foi muito bom te rever, Helena. — respondeu Derek com as duas mãos enfiadas nos bolsos da frente. Era um modo de aquecê-las. — Você vai ficar bem? Parece que não tem ninguém aí. — Derek olhou para a casa. As janelas estavam fechadas e as luzes apagadas.

— Sim, eu vou ficar bem, não se preocupe, eu estou bem. — respondeu Helena, com as chaves da casa nas mãos.

— Que bom. Eu preciso ir agora. Tem certeza de que vai ficar bem?

— Sim, eu vou ficar bem, eu prometo. Mais uma vez, muito obrigada.

— Por nada, foi um prazer ajudar você. Foi bom te ver, Helena.

— Igualmente. Boa noite, Derek, preciso entrar.

— Eu também tenho que ir. Tchau, Lena.

Helena destrancou a porta, mas alguma coisa a impedia de entrar. Virou para o homem que ainda estava na porta a esperando entrar e o encarou pela última vez. Finalmente abriu a porta e entrou. Depois de alguns segundos ela olhou pela janela. Derek havia entrado no carro e ido embora. Helena subiu para o quarto. Estava louca para tomar um banho bem quente e ir direto para a cama quentinha mergulhar em seu edredom. Ainda vestia o casaco, notou. Havia se esquecido de devolvê-lo a Derek. Dobrou a peça e a guardou em uma gaveta. Talvez Derek sentisse falta do casaco e o buscasse no dia seguinte. Helena tomou um banho bem quente e foi direito pra cama. Estava exausta e rapidamente dormiu.

# CAPÍTULO 6

A noite anterior fora incrível. Sair com a namorada naquela noite foi uma ótima ideia. A companhia de Fran sempre fora um refúgio para Tom nos momentos mais difíceis de sua vida e ele se esforçava para vê-la sempre que possível.

Tailan aproveitou que o amigo iria levar Fran de volta e marcou uma reunião com um de seus clientes. Era um homem novo na cidade, muito importante, provavelmente um empresário multinacional. Tailan era o melhor advogado imobiliário da cidade. Sempre que uma pessoa precisava de um advogado, ele era indicado por seus clientes mais influentes. Tom brincava com ele dizendo que esse era o preço de ser o melhor advogado de Fredericksburg, enquanto todos se divertiam, Tailan tinha que trabalhar. Os dois chegaram em casa por volta das três da madrugada. Um pneu do carro havia furado exatamente quando saíam do restaurante. Tailan ligou para um amigo antigo, dono de uma das oficinas da cidade. Não demorou muito e Jeff chegou na sua caminhonete vermelha e trocou o pneu em questão de minutos.

Enquanto ele trocava o pneu fumando um enorme cigarro, os três conversavam e davam gargalhadas das piadas de Jeff, principalmente da pancada que o mecânico levou na cabeça com uma panela da mulher. Ciúmes de uma secretaria vestida com uma saia acima dos joelhos que levou o carro para ele consertar. Tom conferiu o relógio. Já eram duas e meia da manhã. Despediu-se de Jeff dizendo que precisavam ir. O mecânico pediu a Tailan que desse lembranças a Fran por ele. Os dois entram no carro e Tailan se ofereceu para dirigir. A viagem foi rápida e tranquila. Tailan se despediu do amigo e subiu as escadas indo direto para seu quarto. Tom foi ao quarto de Helena. Abriu a porta devagar e viu que a irmã estava encolhida com os cabelos cobrindo os olhos. Vestia um casaco de lã branco, uma calça de moletom e dois pares de meias coloridas. O edredom estava abaixo da cintura. Sentindo o frio daquela noite, Tom pegou o edredom e cobriu a irmã cuidadosamente, ajeitou seu cabelo e lhe deu um beijo na testa. — Boa noite Lena, eu te amo, durma bem. — falou baixinho. Afastou-se devagar e fechou a porta cuidadosamente. Não queria acordar a irmã que estava dormindo em um sono tranquilo e profundo.

Helena acordou às seis e meia da manhã com o celular tocando em cima da mesa de cabeceira. Ela não queria atender. Estava com muito sono e os acontecimentos da noite anterior ainda vagavam por sua mente. Finalmente Helena pegou o celular e digitou a senha do aparelho. Havia algumas mensagens, nada de importante. No registro de chamadas, dez ligações perdidas. Era James. Helena suspirou e largou o telefone. Levantou-se e arrumou a cama com calma e tranquilidade. Ela só queria ter mais tempo para digerir tudo o que havia acontecido e talvez pudesse fazer isso. Quando terminou, foi até o banheiro e tomou um banho bem demorado. Depois se enrolou em uma toalha branca com detalhes prateados. Saiu do banheiro e se sentou em frente à penteadeira antiga que pertencera à sua mãe. Helena penteou os cabelos e deixou secar naturalmente. Colocou uma calça jeans com alguns rasgos e uma blusa xadrez vermelha e finalmente calçou a bota de couro cor de cobre que havia comprado. Depois de pronta, desceu as escadas lentamente. Na entrada da cozinha, deparou-se com Tailan preparando o café. Ele ainda estava com o pijama e os cabelos bagunçados. Enquanto esperava a água ferver, sentou-se à mesa e colocou as mãos na nuca. Parecia preocupado com alguma coisa.

— Bom dia, Tai. — disse Helena, logo depois de entrar na cozinha.

— Bom dia. — retrucou sem o mesmo entusiasmo, Helena ficou surpresa com a resposta de Tailan, geralmente ele faria uma piada ou algo assim.

— Ué, esse não é o Tailan que eu conheço. O que você fez com ele, seu monstro? — disse Helena brincando e dando um soco leve no ombro do amigo.

— Não é nada demais, Lena, é só trabalho. Peguei dois casos ao mesmo tempo e isso está me causando uma baita dor de cabeça.

— Imagino, eu também fico afogada no trabalho às vezes, mas acho que é melhor você relaxar e deixar o trabalho um pouco de lado, o que acha?

— Você tem razão. Pronto. O trabalho está no meu escritório. Quer saber? Vou desligar o celular. — Tailan pegou o celular de cima da mesa, ativou o modo silencioso e o colocou no bolso. — Não quero falar com ninguém, você está certa, pra que se preocupar, né? E então, como foi passar a noite sem mim, minha cara? Fiquei com saudades, acho que deve ter chorado a noite inteira. Sinto muito, é que a vida é assim mesmo.

— Foi ótima! Acredita que nem lembrava que você estava aqui em casa? Me lembrei só hoje de manhã. — Helena olhou o amigo e sorriu.

— Uau, me magoou, Lena, por que você é tão má comigo?

— Eu não sou má, sou muito legal — Helena pegou alguns pães no armário e fez torradas. Preparou ovos mexidos e bacon. Tailan continuava fazendo o café. Enquanto se ocupavam dos rituais matinais da cozinha os dois conversavam. Tailan sempre a fazia rir, Helena arrumou a mesa para o café da manhã e Tom apareceu logo em seguida. Os três se sentaram e comeram. Estava tudo muito bom. Logo depois de comer, Tom se levantou e chamou Tailan para começarem logo a consertar a cerca perto do lago. Em alguns minutos, os dois já estavam no campo e Helena foi preparar o almoço. Quando voltassem, os dois poderiam comer sem ter que esperar. Helena preparou macarronada com almôndegas. Era sua especialidade. Logo depois de terminar, lavou toda a louça e foi até seu quarto, escolheu um de seus livros e começou a ler.

O hotel em que ela estava hospedada não era cinco estrelas como os outros da cidade, mas ficava em uma boa localização e era muito agradável. A mulher estava deitada na cama enorme feita de madeira decorada com algumas flores. Sua mente insistia em trazer, contra a sua vontade, a imagem de uma pilha de documentos que havia deixado em cima da mesa de casa logo depois de seu namorado anunciar de supetão que iriam viajar. Ela não teve nem tempo de falar com seus pais pessoalmente, só conseguiu se despedir por telefone. Lógico que sua mãe lhe deu uma leve bronca por isso, mas a moça garantiu que a viagem duraria poucos dias e logo ela estaria em casa.

Quando chegaram à cidade eles foram direto para o hotel. Logo depois disso ela evitou sair. O único lugar em que dava uma volta era pelo hotel. Odiava isso. Seu espírito de aventureira chorava por dentro, mas seu namorado prometeu que logo que fechasse o negócio iria levá-la para conhecer a pequena cidade cheia de graça e formosura. Agora deitada em silêncio, Juliana observava o espaço vazio a seu lado. Derek havia chegado ao hotel. Já era quase uma hora da manhã. Ele foi direto para o banheiro. Juliana se levantou e bebeu um pouco de água. Deitou-se novamente. Pensou até em esperá-lo, mas acabou caindo no sono. Agora acordada às seis e quarenta da manhã ela se perguntava onde ele estava.

Talvez estivesse no banheiro. Juliana se pôs de pé, se enrolou no cobertor e foi até o banheiro. Derek não estava lá. Ela fechou a porta e o procurou por todos os cantos do quarto, mas nem sinal dele. Pegando o celular na mesa do quarto, pensou em ligar para o namorado. Desistiu. "Quem sabe ele saiu cedo para encontrar o comprador de sua fazenda?", pensou. Com certeza era isso. O que não saía de sua cabeça, entretanto, era o porquê de Derek ter chegado tão tarde. Juliana sentou-se na cama. Pegou uma escova de cabelo e começou a escová-lo. Nisso a porta do quarto se abriu. O espelho lhe mostrou o reflexo de Derek. Ele estava vestido com uma roupa de academia, muito suado, provavelmente havia feito sua corrida matinal como fazia todas as manhãs, o que significava que não estava em nenhuma reunião. Derek entrou no quarto, tirou a camisa e foi até o banheiro. Juliana se levantou e seguiu até o banheiro onde Derek estava. Ela se encostou no batente da porta. Derek estava tirando a camisa no momento em que percebeu Juliana o observando.

— Oi. – disse Juliana, com a voz suave.

— Oi, meu bem. – respondeu Derek. Aproximou-se da namorada e lhe deu um beijo nos lábios – Sinto muito, estou suado, aproveitei a manhã para correr. Eu ia te chamar, mas você estava em um sono tão profundo e gostoso que não quis te acordar.

— Ah, meu amor, obrigada por não me acordar, acho que realmente eu não iria conseguir sair da cama. – ela sorriu. – Ontem à noite... – Juliana estava relutante em perguntar, mas sua curiosidade falou mais alto – Onde você estava ontem à noite? Eu esperei você, mas... você não chegou. Fiquei muito preocupada, deveria ter me ligado!

— Eu estava com Sérgio Monteiro, o levei para conhecer a fazenda e acabei me atrasando. Não havia como te ligar, estava sem sinal.

— Ok... mas eu olhei no relógio e era uma hora da manhã, não acha que demorou mais do que deveria?

— O carro furou o pneu, tive que parar em uma oficina. – ele odiava ter que mentir para ela – Eu realmente deveria ter te avisado, acabei esquecendo.

— Hum... acho que também acabou esquecendo seu casaco!

— Merda! Eu sabia que estava esquecendo alguma coisa. – Derek não poderia dizer que o casaco ficou com Helena, então inventou uma desculpa – Eu vou buscar, esqueci na oficina.

— Agora?

— Não, meu amor, só mais tarde, quando for à cidade comprar alguma coisa. – disse Derek ligando o chuveiro, agora todo despido.

— Ah, isso é bom, isso é muito bom, você foi um garoto mau me fazendo esperar a noite toda. — Juliana brincava, se aproximando mais de Derek, mordiscando os lábios — Eu tinha uma surpresinha para você...

— Sério? — Derek ergueu a sobrancelha quando a namorada desamarrou o roupão e o deixou cair lentamente — e qual era a surpresa?

— Você não sabe? — Próxima ao corpo de Derek, Juliana sussurrava em seu ouvido — Acho que você sabe... — A mulher mordiscou o lóbulo da orelha de Derek. Foi o suficiente para acender a chama entre os dois. Agora com os corpos colados, Derek a puxou e começou a beijá-la ardentemente. A água escorria entre os dois e isso o deixava ainda mais louco por ela. Olhando a mulher à sua frente, Derek sabia que Juliana era a mulher que ele amava. Mas uma parte dele ainda pensava em Helena, congelando naquela estrada fria.

Uma fresta de luz entrava no quarto enorme e luxuoso. Sérgio conferia o relógio dourado pendurado na parede próximo à sua cama. Ainda estava muito cedo para levantar. O homem fechou os olhos para tentar dormir novamente, mas se assustou com alguém batendo na porta. Quem seria? Ele se levantou relutante e foi até a porta. Uma voz feminina do outro lado anunciou: — Serviço de quarto. — Sérgio abriu a porta e uma mulher entrou com um carrinho cheio de diversos tipos de pratos e algumas frutas. Depois de ter colocado o carrinho perto da mesa ela o cumprimentou educadamente e saiu do quarto. Sérgio se aproximou do carrinho e pegou uma maçã vermelha entre as frutas. Não estava com fome o suficiente para degustar os outros pratos do carrinho e ainda era muito cedo para uma refeição.

Depois de comer a maçã o homem jogou o miolo na lixeira e sentou no sofá. Ele sorriu ao imaginar a propriedade Mcgray, ela era perfeita em todos os aspectos, justamente a fazenda que Sarah idealizava e descrevia para ele quando mais de uma vez o pedia para se mudarem de Nova York e morar em um lugar calmo e verdejante. A fazenda de Derek era exatamente o que a esposa desejava. Sérgio estava ansioso para fechar negócio e se mudar. Não tinha mais com o que se preocupar, pessoas de extrema confiança, conquistada ao longo de muitos anos, cuidariam de seus negócios. E havia dinheiro mais do que suficiente para se manter em uma vida tranquila, sem as preocupações da cidade grande e principalmente confortável. Perdido em seus pensamentos, Sérgio não percebeu que o celular estava tocando. Quando notou, já tinha três chamadas perdidas de Derek Mcgray. Rapidamente pegou o celular em cima da cama e retornou. Não demorou muito para Derek atender.

— Alô... Sérgio?

— Olá, Derek, sinto muito por não ter atendido antes, meu celular estava no silencioso. —respondeu com um tom de desculpa.

— Sem problemas, não é nada de importante.

— Ah, que susto, pensei que tinha desistido de vender aquele paraíso. — Sérgio riu.

— Claro que não, nosso negócio ainda está de pé. Bom... percebi que você não conhece muito a cidade e gostaria de convidá-lo para jantar no melhor restaurante daqui. Eu convidei minha namorada para ir com a gente. Se quiser pode convidar alguém também. — Sérgio pensou duas vezes antes de responder. Ele não tinha ninguém para lhe fazer companhia, mas conhecia uma pessoa que talvez pudesse levar. Não era uma mulher, e sim um advogado que tinha conhecido por indicação de um amigo que morava em Fredericksburg, quando ele falou que queria comprar uma propriedade na cidade, o amigo logo o indicou e os dois tinha feito uma amizade desde então. Talvez Derek gostaria de conhecê-lo. Sem dúvida era um cara muito divertido.

— Claro, eu iria adorar. — respondeu Sérgio, entusiasmado.

— Certo. Mandarei uma mensagem com o nome restaurante e a localização. Aguardamos você lá. — Sérgio se despediu de Derek. Logo em seguida discou o número que tinha em mente e ficou esperando que a chamada fosse atendida.

— Boa tarde, minha querida. — Tailan sentou na mesa ao lado de Helena. Ela estava almoçando e Tom deitado no sofá com um dos braços sobre os olhos. Parecia exausto. — E aí, morto-vivo, não vai comer não? — perguntou Tailan.

— Eu já comi. Enquanto você estava tagarelando no telefone, eu estava comendo. — Tom riu do amigo — Aliás, com quem você estava falando? Enquanto eu me matava carregando madeira, você estava lá namorando o telefone.

— Não é da sua conta. — respondeu com desdém.

— Tá bom, senhor paquerador. — Tom se levantou do sofá, jogou uma almofada no amigo e saiu da sala. Quando Tailan ameaçou jogar um copo de vidro nele, Helena ficou alguns segundos olhando para eles incrédula. Depois continuou saboreando a macarronada com almôndegas que havia preparado para o almoço, e para sua surpresa estava uma delícia, talvez não fosse tão ruim na cozinha como pensava.

— Vocês dois são impossíveis, parecem crianças — disse Helena, sorrindo.

— Nós nos amamos. — disse Tailan rindo. Sentou-se de volta ao lado de Helena — Quer sair comigo hoje? — Helena, que levava a colher com ensopado à boca, parou surpresa com o convite do amigo.

— Sair com você? Para onde? Taí... você sabe que não vai rolar nada entre nós dois, não é? — Helena respondeu de imediato.

— Eu sei, já me conformei com isso, desde o fora que você me deu no jardim de infância. — ele riu — Não precisa ter medo de mim, boba, pode ficar tranquila, um amigo meu que está na cidade me convidou para jantar. Ele disse que vai um casal com ele e me convidou para ir junto. Disse que se eu tivesse alguma companhia poderia levar, e eu tenho você, então... você não pode recusar. — Helena ficou um pouco pensativa. — Vai, Lena, por favor, você vai gostar, é só um jantar, eu prometo. Eu só não quero andar sozinho. E se eu aparecer com uma mulher linda e maravilhosa que nem você, vão pensar que eu sou importante.

— Tá bom, eu vou, não precisa exagerar. Onde vai ser? — perguntou.

— Eu ainda não sei, meu amigo vai me mandar o endereço e o horário por mensagem, certo?

— Sim, senhor. Me avise o quanto antes para eu poder me arrumar, não gosto de fazer nada em cima da hora, está me ouvindo?

— Legal. Quando ele me mandar a mensagem eu venho te avisar correndo. — Tailan saiu da cozinha com uma maçã que havia pegado da fruteira na mão e voltou logo em seguida — Lena... eu te devo essa! — Ele piscou para Helena e ela não conseguia parar de rir com o jeito que ele saiu da cozinha. Estava saltitante de alegria.

# CAPÍTULO 7

A água na chaleira borbulhava no fogão fazia alguns minutos. O relógio marcava seis horas da manhã, observou Joana olhando o relógio vermelho em formato de lua que estava na parede da cozinha. Ela aprontou o café em instantes e começou a preparar a massa das panquecas que prometeu a Tom na noite anterior, enquanto conversavam por telefone. Depois de pronta, despejou na frigideira e fez algumas panquecas. Colocou todas em um prato. Joana havia assado um bolo de milho, sabia que era o preferido de Helena. Também preparou os pães caseiros que Tom tanto amava. Depois de tudo pronto, arrumou a mesa com todos os pratos organizados em fileira e colocou algumas flores que havia colhido do jardim.

Enquanto contemplava aquela mesa cheia de fartura logo pensou em seu amigo. John adoraria estar ali junto com eles, pensou. Todos os dias durante a manhã John comentava sobre os filhos, principalmente Helena, que não via há três anos. Falava como sentia falta da filha. Joana sentia certa mágoa de Helena por causa disso, simplesmente abandonar toda a família e ir embora para outra cidade. Por outro lado, ela entendia, Helena passou por muita coisa. A perda da única filha foi um baque pra todo mundo e, claro, principalmente pra ela.

Depois disso, o casamento dela com Derek chegou ao fim. Para a filha de John, foi como se o lugar não pertencesse mais a ela. Agora, sentada sozinha na cozinha, Joana se sentiu solitária ao reparar como tudo havia mudado de uma hora para outra. John não estava mais ali, nunca mais Joana iria rir de suas piadas ou lhe dar broncas. Mas de certo modo ela sentia que o amigo permanecia com ela. Não fisicamente, mas na memória. John sempre estaria vivo em seus pensamentos e isso reconfortava o coração de Joana.

– Bom dia, dona Joana. – cumprimentou Tailan dando um abraço nela. – Uau, que mesa linda. Isso é para quantos exércitos?

— Bom dia, isso é para o exército cujos soldados são: Tom, Helena, e Tailan, o mais guloso da equipe!

— Esse exército merece, não é?

— Hum... deixe eu pensar... Talvez! – disse Joana brincando.

— É claro que merecemos. – disse Tailan enquanto sentava-se à mesa ao lado de Joana – Eu amo quando você cozinha Joana, me lembra a minha infância. Lembro como se fosse ontem, eu e Tom dormindo até tarde e você puxando os cobertores para nos acordar e ir tomar café. Ah, que saudades eu tenho daquela época.

— Eu me lembro, vocês dois me davam um trabalho danado. – ela riu bebendo um pouco de café.

— Tempos que nunca voltarão, mas ficarão pra sempre na memória. – disse Tailan enquanto mordiscava um pedaço de panqueca – Isso é o que me conforta, saber que tudo isso é gravado na memória e nada pode apagar... Eu sinto falta do tio John! – Desde quando tinha quatorze anos Tailan frequentava a casa do amigo para brincar e chamava o pai de Tom de tio John, era assim que ele sempre se dirigia a John.

— Eu também sinto, essa casa não é mesma sem ele aqui, parece que está sempre vazia... – disse Joana, olhando para a janela como se estivesse com seus pensamentos em outro lugar.

— Com certeza não é a mesma coisa, eu sinto muita falta dele. Tio John se foi sem ao menos se despedir. – Uma lágrima caiu dos olhos castanhos de Tailan. Rapidamente ele a enxugou com a mão. – Você acha que Tom vai ficar bem? Ele era tão próximo do pai, eu acho que ele ainda está sofrendo muito, às vezes eu fico observando meu amigo. Quando estamos conversando sobre alguma coisa, do nada o semblante dele muda, principalmente quando estamos cuidando da fazenda.

— Ele vai ficar bem, Tom era realmente muito próximo de John, principalmente depois de tudo aquilo acontecer, o fato da netinha dele ter falecido e Helena ter ido embora para outra cidade tão de repente. Muita coisa aconteceu e de alguma forma o laço entre os dois ficou mais forte. Era como se Tom fosse o porto seguro de John e John o porto seguro de Tom. Eles sempre se ajudavam nos afazeres da fazenda. É por isso que ele fica triste, Tom deve se lembrar do pai o ajudando, não deve ser nada fácil para ele. Mas com o tempo a ferida vai cicatrizar, e todos nós vamos seguir nossas vidas só com boas memórias do nosso John, ele sempre estará vivo em nossas memórias para sempre.

— Verdade, o tio John estará vivo para sempre em nossa memória. E Tom não está sozinho. Eu vou sempre estar do lado dele custe o que custar.

– Eu sei o quanto vocês são amigos, tenho certeza de que Tom está feliz por você estar aqui. Só Deus sabe o carinho que sinto por essa família. Eu amo Helena e Tom como se fossem meus próprios filhos, e ver que eles estão juntos novamente, que estão em família de novo me deixa muito feliz. Onde quer que John esteja, tenho certeza de que ele está feliz por tudo o que está acontecendo. Imagine sua felicidade em ver Helena, só Deus sabe o quanto ele queria rever a filha... – Só de pensar nos momentos raros em que John desabafava com ela, que estava triste e confessava quanta saudades sentia da filha, Joana sentiu um nó na garganta e não pode conter seus sentimentos. Começou a chorar. Ao perceber que ela estava chorando, Tailan a puxou para perto e a abraçou tentando confortá-la da dor que estava sentindo naquele momento

O quarto de Helena estava silencioso o bastante para que ela pudesse trabalhar um pouco, organizar sua vida em Nova York. Ela ligou para alguns amigos e colegas de trabalho para dar notícias e não deixar pendente nenhum motivo de preocupação para eles. Também mandou mensagem para James e pediu desculpas por não ter ido ao encontro. Deixou claro que não era possível acontecer nada entre os dois além da relação no trabalho. Helena se explicou para Mike, seu chefe. Ele disse que ela poderia ficar o tempo que precisasse em Fredericksburg para resolver as coisas. Depois de tudo esclarecido, ela desligou o celular e deixou em cima da escrivaninha, abriu a porta do quarto e desceu as escadas. Quando estava do lado de fora da casa, avistou o irmão consertando um buraco enorme no celeiro. Com as mãos afundadas no bolso do casaco, ela foi em direção a ele, Tom estava com uma camisa vermelha sem mangas e uma malha fina. Helena ficou surpresa com o fato de o irmão não demonstrar nem um pouco que estava com frio.

– Bom dia. – cumprimentou Helena. – Acordou cedo hoje, o que aconteceu com o celeiro?

– Bom dia, Lena. Eu não sei, acho que foi o touro dos Johnson, ele sempre foge e vem aqui fazer uma surpresinha. – respondeu Tom, martelando com força um pedaço de madeira no buraco.

– Isso não é nada bom, já falou com eles sobre isso?

– Falei, mas não adianta, o único jeito é sacrificar o animal. Aqui não é a única propriedade que ele destrói alguma coisa, tem gente que quer ele morto. Mas o senhor Scott não quer se livrar dele.

– Ele tem que fazer alguma coisa, senão o touro vai destruir tudo o que vir pela frente. Ou pode acontecer algo pior: e se alguma pessoa se machucar, ou até uma criança?

– Você tem toda razão, ele tem que se livrar do animal, ou nós moradores vamos ter que tomar alguma providência. Eu gosto da família Johnson, mas essa situação tem que ser resolvida o mais rápido possível, antes que alguém se machuque.

– Com certeza, é só você dar o último aviso. Façam uma reunião com todos os moradores e entrem em um acordo. Se não aceitarem, o jeito é vocês resolverem da forma mais difícil, mas vai dar certo, Scott vai dar um jeito, ele é um bom homem.

– Você sempre inteligente, não é? Que sorte eu tenho de ter uma irmã tão esperta e linda ao mesmo tempo.

– Não exagere. – Helena sorriu meio envergonhada. – tem notícias de Fran? Como ela está?

– Ela está ótima, falamos ontem por telefone, fiquei mais de três horas conversando com ela. Fran perguntou por você, disse que está esperando sua visita no escritório dela.

– Darei um jeito de ir lá, já era para ter ido, mas acabei esquecendo. Também, aqui tem tanta coisa para resolver, né?

– Eu vou para a cidade nesse final de semana, se quiser, te levo lá, Fran vai ficar feliz em ver você. Acho que vocês têm muito o que conversar, parece que aprontaram muito, não é mocinha?

– Só um pouquinho. – brincou Helena fazendo um misteriozinho. – Mudando de assunto, hoje à noite vou sair com o Tailan.

– É um encontro? – perguntou Tom, não escondendo a surpresa.

– Não, claro que não, é só um jantar entre amigos. Na verdade, Tailan verá alguns amigos dele e não quer ir sozinho, pelo que eu entendi.

– Bom... então divirta-se bastante, você tá precisando, quer dizer, nós todos merecemos nos divertir um pouco. Em que restaurante vocês irão? Cherry? Lá tem música ao vivo à noite, é bem legal.

– Ainda não sei. Tailan vai perguntar ao amigo dele aonde vai ser. Antigamente o restaurante Cherry não tinha música ao vivo, deve ser bem divertido. Uma vez eu fui com minha amiga em um restaurante lá em Nova York no aniversário dela e tinha música ao vivo. Foi incrível, acho que dá um leve toque de classe.

– Nova York deve ser bem legal, não é? Quando vai me levar lá?

– Quando você quiser. – Helena sorriu e ficou feliz por o irmão querer conhecer seu novo lar – Você pode ir comigo quando eu for embora, vai ser legal ter alguém para me fazer companhia durante a viagem.

— Pode ser, a gente combina. Estou ansioso para conhecer sua cidade.

— Eu vou ver se acho Tailan, preciso saber se ele já sabe o endereço, espero que sim. — Helena colocou as mãos de volta no bolso tentando protegê-las do frio, deveria ter pegado as luvas.

— Prontinho. — disse Tom sacudindo as mãos — problema resolvido. O Buraco já foi tapado. Só espero que aquele touro não apareça e arruíne tudo, só Deus sabe o frio que passei para consertar isso.

— Onde você estava? Te procurei por todo lugar, já sabe o endereço?

— Estava alimentando as galinhas de seu irmão, não sabia que estava me procurando. O que você quer? Hum... quer me dar um beijo escondido e não quer que Tom saiba. Não se preocupe, ele não vai descobrir.

— Tailan, me poupe dos seus comentários e me diga o horário e o endereço. — Helena sentou-se ao lado de Tailan, que estava alimentando um bezerro com uma mamadeira. O animalzinho foi rejeitado pela mãe e desde então era alimentado e cuidado no celeiro. Tailan e Helena estavam no banco de madeira que seu pai havia feito em forma de coração para sua mãe no dia em que fizeram vinte e quatro anos de casados.

— Hum... Oito horas da noite, no restaurante Ocean.

— Ok. — disse Helena confirmando para si mesma — Preciso ir ao shopping, não tenho nada para vestir digno de uma ocasião assim.

— Você tem sorte, eu também vou, preciso comprar algo digno de nós dois.

— Você é impossível. — Helena se levantou do banco e fez um rabo de cavalo no cabelo — Então vamos, precisamos ir!

— Agora?

— Imediatamente!

— Ok, princesa, você que manda. — Tailan tirou a mamadeira da boca do bezerro e acariciou o focinho do animal. — Está vendo, meu querido, aproveite a sua juventude, as mulheres são tão complicadas.

— Que horas são? — perguntou Derek, tentando fazer um nó na gravata borboleta. — Fique de olho, não podemos nos atrasar, você já está pronta? — Como a namorada não respondeu, Derek saiu da frente do espelho, foi até o closet do quarto e viu Juliana se maquiando em frente ao espelho. Ela estava deslumbrante. Os cabelos longos e negros estavam presos em um rabo de cavalo perfeito. Juliana pusera um vestido longo rendado verde água que destacava seus olhos verdes. O vestido tinha uma fenda na altura das pernas que dava insinuava uma leve sensualidade e um decote que deixou Derek tonto por alguns segundos. – Uau! – disse ele com um leve sussurro.

– Estou bonita? – perguntou Juliana, passando um batom vermelho nos lábios.

– Você está incrível, maravilhosa, linda. Eu já disse que você está incrível? – Derek se aproximou de Juliana e tirou um pouco da franja que naquele momento cobria uma parte de seus olhos verdes. – Não acha que seus olhos são muito bonitos para ficarem escondidos?

– Acho que sim, vou cortar mais a franja. – Juliana reparou a gravata de Derek e riu – Você ainda não sabe dar nó em uma gravata? Com trinta e cinco anos, meu namorado não consegue fazer um nó em uma gravata, isso é grave.

– Ainda não, mas eu me esforcei. – disse Derek em um tom de desculpa. Juliana, com os dedos habilidosos, ajeitou em segundos a gravata borboleta. – Você está incrível, querido, esse jantar vai ser maravilhoso.

– Espero que sim, está pronta?

– Eu já nasci pronta. – Juliana beijou os lábios de Derek e tomou as chaves do carro da mão dele.

– Algum encontro especial? – perguntou o senhor de cadeira de rodas que entrou junto com Sérgio no elevador. Sérgio segurou a porta para que ele entrasse. Depois de alguns segundos lado a lado, o idoso o surpreendeu com a pergunta.

– Não, é só um jantar com alguns amigos – respondeu ele.

– Não tem nenhuma mulher entre esses amigos? Ninguém se arruma tão bem para encontrar amigos. – Ele hesitou. – Eu não me arrumava. – disse o idoso ríspido.

– Não, senhor, não tem nenhuma mulher!

– Você queria que tivesse? – insistiu no interrogatório o idoso, olhando nos olhos de Sérgio, o que o deixou um pouco constrangido. – Não se preocupe, não sou gay – disse o velho dando uma gargalhada. – E mesmo que fosse você não faz meu tipo.

– Não sei, acho que sim, gostaria que houvesse uma mulher no encontro, não estou bem certo. – Sérgio respondeu envergonhado, mas riu com o comentário do idoso. — Não conheci nenhuma mulher por aqui ainda. Não, conheci sim, mas acho que ela já foi embora. A conheci no avião e só vi a uma vez aqui na cidade.

— Interessante. Ela te disse quando iria embora?

— Não, eu não perguntei, não deu tempo.

— Me escute, rapaz, a vida é muito curta para não perguntar. Da próxima vez que você a vir, não a perca de vista. Chame-a pra jantar, não deixe as melhores escaparem.

— Será que vou encontrá-la novamente? — perguntou Sérgio. A porta do elevador se abriu e o idoso ligou sua cadeira motorizada saindo depressa. Sérgio observou o idoso de longe, parado, esperando uma possível resposta.

— O destino lhe dirá! — O idoso gritou de longe e, depois disso, desapareceu entre as colunas enormes do hotel.

# CAPÍTULO 8

O sereno da noite podia ser sentido no rosto de Helena pela janela do carro. Ela não estava muito empolgada com o jantar, mas sair um pouco de casa ia fazer bem, e conhecer novas pessoas também. O vestido que escolheu não era bem o que queria usar. Não que fosse feio, era um vestido justo, vermelho, com um decote e mangas compridas. Seu tecido apresentava alguns brilhos, como várias estrelas. Ela não gostou, mas Tailan comprou sem sua permissão e disse que era um presente.

— Você está linda, o vestido ficou bem em você

— Obrigada.

— O que foi? — Tailan se olhou pelo espelho do retrovisor — Não gostou do presente? Você fica bem em tudo, mas esse vestido... está maravilhosa, vão pensar que eu te sequestrei.

— Eu grito se me irritar. — Helena olhou o reflexo no espelho e viu que estava bonita. A maquiagem proporcionava um brilho em seu rosto. A escolha do batom foi perfeita, um nude com gloss para dar volume aos lábios. O esfumado escuro dava destaque aos olhos azuis de Helena, os cabelos castanhos claros naturais abaixo dos ombros estavam com ondas que foram esculpidos pela natureza, o que os deixava mais volumosos. — Mas você tem razão, estou realmente linda!

— Eu sempre tenho. — O restaurante estava lotado e era esplêndido. Tinha lustres enormes no teto, colunas brancas e detalhadamente desenhadas, uma linda estátua de uma sereia segurando uma pérola por onde a água jorrava direto na fonte. Havia várias mesas, cada uma posicionada perfeitamente onde deveria estar. O piso era tão limpo que podiam ver seus reflexos, era lindo. Helena sequer imaginava um restaurante como esse em Fredericksburg.

— Este lugar é lindo, nunca tinha vindo aqui, eu nem sabia que ele existia. — Helena caminhava lentamente pelo *hall* de entrada, admirando cada detalhe maravilhoso daquele lugar.

— Nem eu, acho que quase ninguém sabia, fizeram uma reforma, e *voilà* nasceu o restaurante mais famoso da cidade, "Ocean." Detalhe: tem até uma estátua de sereia lá, ouvi dizer que tem um aquário com uma mulher dentro bancando uma de peixe.

— Deve ser emocionante.

— O quê? Ficar sem respirar por minutos só para algumas pessoas tirarem foto e depois pagarem trezentos dólares em uma lagosta sem ao menos me dar uma gorjeta por ter perdido dois minutos de oxigênio? Prefiro ser advogado, é menos estressante.

— Não é pelo dinheiro, ela ama o que faz, dá para ver. — Helena observou uma criança perguntando ao pai quando iam ver a sereia de novo. — Está vendo? As crianças a amam, ela é uma estrela!

— Vocês têm reserva? — perguntou um homem alto, magro e muito elegante.

— Sim, senhor.

— Em nome de quem?

— Sérgio Moraes, acho que é esse o nome, está na lista, dê uma olhada.

— Não tem nenhum Sérgio Moraes aqui, senhor, acho que você se enganou. — O homem elegante estava impaciente, possivelmente apressado, não podia perder tempo com duas pessoas que não sabem nem ao menos se iriam jantar ou não.

— Eles estão comigo. — uma voz masculina interrompeu a tensão entre os três. Helena ficou paralisada ao perceber de quem era aquela voz. O homem era alto e atlético, vestia um terno preto, os cabelos eram bem alinhados e volumosos, mas contidos por um pouco de gel. A barba era perfeitamente arrumada, e os olhos negros não eram difíceis de reconhecer. — Helena?

— Sérgio? — disse Helena ainda em choque — Você aqui?

— Ótimo, já se conhecem. — falou Tailan, enfiando a cabeça entre os dois — menos trabalho para mim.

— Peço perdão pelo inconveniente, esqueci de colocar o nome do Doutor Tailan na reserva. — Agora sentados em uma mesa de onde tinham uma vista privilegiada. Sérgio se desculpava, mas mesmo que quisesse não conseguia tirar os olhos de Helena.

— Está tudo bem, Sérgio, não foi nenhum inconveniente. Nós estamos bem, não é Lena? — perguntou Tailan, cutucando o braço dela.

— Claro, não foi nada, Sérgio. — Helena se sentiu atraída pelos olhos de Sérgio, que parecia não conseguir parar de olhar para eles.

— Vocês se conhecem? Como? — perguntou Tailan sendo direto. — Que eu saiba, Sérgio não sai do quarto de hotel nem puxado pelas pernas.

— Foi em um avião. — os dois falaram ao mesmo tempo, deixando as bochechas de Helena coradas de vergonha. — Pode falar, Sérgio, me desculpe.

— Não precisa se desculpar. Fale você, eu que peço desculpas.

— Eu estava vindo de Nova York, e, por coincidência, pegamos o mesmo voo. Sem querer, eu acabei segurando o braço dele.

— Medo de voar, não é? Pensei que tinha superado — disse Tailan, sorrindo satisfeito da situação. — Então se conheceram no avião. Que loucura, hein, parece cena de filme, menos a parte que Helena agarrou seu braço, isso foi pervertido da parte dela!

— Eu estava com medo. — Sérgio e Helena começaram a rir ao mesmo tempo. — E pedi desculpas.

— E eu aceitei. — retrucou Sérgio.

— Este lugar é sensacional, foi bem estruturado. — Tailan disse, tentando desviar o olhar de Sérgio de Helena. Sem que ela mesmo percebesse, Helena retribuía. — Já fez o pedido? Eu vou comer lagosta.

— Ainda não, estou esperando duas pessoas. Ele não é bom com horário. — Um garçom se aproximou da mesa com uma garrafa de champanhe e encheu a taça dos três, Helena rejeitou, não gostava de beber muito à noite. — E você, senhorita, como conhece Tailan, ele também é seu advogado?

— Ah não, é meu amigo. — respondeu Helena, tirando uma mecha do cabelo dos olhos. — Amigo de infância. Ele é seu advogado?

— Ele é o melhor. Então sim, é meu advogado. — Com a resposta de Sérgio, Tailan ajeitou a postura e a gola da camisa.

— Vocês estão me deixando sem graça, estão alimentando o meu ego, mas relaxem eu gosto disso. — Sorriu de leve com o canto da boca.

— Não tenho dúvidas. — Helena olhou para Tailan e ergueu a sobrancelha.

— Olha, eles chegaram, finalmente. — falou Sérgio bebendo um pouco de champanhe. Helena e Tailan se viraram de uma vez e, para os dois, aquela visão parecia impossível. Uma mulher de altura média, talvez um metro e sessenta e quatro de altura usando um vestido que a deixava ainda mais atraente e que gerou dúvidas em Helena sobre o vestido que estava usando. A mulher era bonita, estava ao lado de um homem, o homem que Helena jurou em cima do altar que na saúde e na doença ficariam juntos. O homem que por três anos ela não sabia nem em que país estava. Ali, no mesmo restaurante que ela. O homem que Helena segurava a mão quando se sentia só ou quando tinha medo, agora segurava as mãos de outra mulher.

– Eu não sabia, Lena. – falou Tailan, tentando trazer de volta a cor do rosto da amiga, antes cheio de vida, agora pálido e vazio.

– Lena?

– Está... – ela sentiu que iria vomitar – Está tudo bem, eu preciso ir.

– Ei, Lena, espera. Pra onde você vai? – Antes de pensar em responder Helena já estava indo em direção à porta de saída. Derek ficou parado e com uma expressão indecifrável. A mulher que estava ao lado dele viu Helena saindo e pareceu perguntar alguma coisa para Sérgio. Tailan saiu da cadeira e foi atrás de Helena.

– Tailan, está tudo bem com ela? – perguntou Sérgio, confuso.

– Espero que sim. Eu já volto. – Tailan saiu apressado, quase correndo. Depois de passar pela porta de saída, procurou Helena por todo o lugar e a encontrou sentada na grama, ela brincava com algumas flores que havia colhido em algum lugar, estava descalça e com os salto-alto em uma das mãos.

– O que está fazendo aqui? – perguntou a Tailan enquanto ele se aproximava.

– Vim ver se você está bem. Está?

– Estou! – retrucou distraída observando uma das flores.

– Não parece, é por causa de Derek? – arriscou Tailan, se preparando para o golpe.

– Não esperava encontrar meu ex-marido aqui... então sim, estou bem.

– Certo, ainda sente alguma coisa por ele?

– Claro que não, só não esperava vê-lo.

– Com outra mulher? – perguntou o amigo sentando-se ao lado dela, ele pegou uma das flores que ela segurava, olhou para o céu e começou a arrancar as pétalas uma por uma.

– Acho que não, eu só não estava esperando por isso. Gosto da natureza, me acalma. É silencioso, muito relaxante. Vamos voltar, acho que Sérgio está preocupado.

– Você quer voltar? – Tailan ficou surpreso com o fato de Helena querer voltar.

– Quero, eu ainda quero experimentar aquela lagosta de trezentos dólares e ver a sereia no aquário fazendo crianças felizes, talvez ela me faça feliz também.

– Ainda não concordo com aquela mulher dentro da água, ela precisa aproveitar o oxigênio, acho que vou pagar uma lagosta para ela.

– Sereia não come peixe, ela é amante do mar.

– É o Aquaman que não come peixe, as sereias comem, e estou disposto a pagar um para ela.

— Tenta a sorte. — Helena puxou o braço do amigo e saiu em direção ao restaurante disposta a enfrentar o passado tão presente.

— Boa noite, Sérgio, me desculpe pelo atraso. Você sabe, mulheres...

— Sem problemas, aquela é a mesa que reservei para o jantar. — Sérgio os levou até a mesa, ainda preocupado com Helena pelo fato dela ter saído quase correndo do restaurante — Fiquem à vontade, eu vou chamar o garçom. Por favor, peçam o que quiserem. As lagostas aqui são ótimas.

— Ótimo, eu adoro frutos do mar. — disse a mulher ao lado de Derek, provavelmente sua namorada.

— Mil desculpas, eu nem apresentei minha namorada. Sérgio, esta é Juliana Miller. — Derek apresentou Juliana a Sérgio. Com um aperto de mão, se cumprimentaram. Derek logicamente ainda estava um pouco perplexo com o encontro inesperado com a ex-mulher, não estava esperando por isso. Claro que poderia encontrá-la novamente, Fredericksburg era uma cidade pequena, mas não no jantar que tinha combinado com Sérgio Monteiro, não ali, ainda mais com Juliana ao seu lado. Mas, por que não? Há três anos ele não via Helena, e tinha certeza de seu amor por Juliana. Uma parte sua, contudo, ainda lhe cobra que deveria ter ido atrás de Helena. Quando a viu, o seu coração palpitou e sua pressão subiu a ponto de deixá-lo sem fôlego.

— É um prazer conhecer você, Juliana. Derek Mcgray tem um ótimo gosto, com todo respeito — Sérgio sorriu e olhou para o *hall* de entrada avistando Helena e Tailan. Estavam longe. Os dois conversavam e, por algum motivo, Helena sorria. Aquele sorriso encantador que ele não conseguia tirar da cabeça desde o episódio do avião. Ela estava ali, não foi embora quando arrancou de repente de perto deles, minutos antes. Sérgio não iria deixá-la ir novamente. Por um momento, lembrou do idoso de cadeira de rodas do elevador. "Não deixe as melhores escaparem." — Não mesmo! — disse baixinho para si, enquanto observava Helena sorrir.

— Olá, boa noite. — Helena se aproximou da mesa e cumprimentou o casal que estava na mesa.

— Oi, boa noite. — a mulher que estava ao lado de Derek respondeu educadamente.

— Boa noite! — Derek cumprimentou Helena olhando em seus olhos.

— Sente-se, Helena, você está bem? — Sérgio puxou a cadeira ao seu lado para que ela pudesse sentar. Ela ajeitou o cabelo que estava um pouco bagunçado por causa do vento. Algumas pessoas olhavam para ela. Sérgio notou que ele não era o único a admirá-la.

— Estou bem, só precisava de um pouco de ar. — ela se sentou na cadeira e pegou o cardápio — Então, já pediram? — ela se dirigiu à Sérgio.

— Estávamos esperando por vocês, o que vão pedir? Eu estava pensando em salmão.

— Vou pedir lagosta com todos os acompanhamentos, e você, Tai?

— Hum... deixa eu ver... Lagosta, quero o mesmo que você.

— E você amor, o que vai querer? — perguntou Juliana, olhando o menu. Eles eram acostumados a discutir sempre que pediam comida em algum restaurante, lembrou Helena observando o casal à sua frente olhando o menu. Derek sempre pedia primeiro e ela pedia o mesmo, isso se tornou uma piada interna entre eles — Você não pode pedir o mesmo que eu sempre! — advertiu Derek quando estavam em um restaurante na França em uma viagem comemorativa de três anos de casamento. Na ocasião Helena não comeu, pois havia feijões pretos, algo que ela odiava.

— Camarão, com todos os acompanhamentos. — respondeu.

— Vou querer o mesmo. — disse Juliana para o garçom, enquanto ele cuidadosamente anotava os pedidos. Logo que terminou ele saiu para providenciar o que pediram.

— Então... vocês já viram a sereia no aquário? — perguntou Tailan.

— Ainda não, o show dela é só às nove e meia, ainda faltam vinte minutos. — Estou louca para vê-la, deve ser emocionante. — Enquanto conversava Helena reparou que a taça com champanhe que havia rejeitado inicialmente quando o garçom a serviu estava intacta, ela sentiu que estava na hora de beber um pouco, então pegou a taça e bebericou o líquido espumoso com um prazer notável. — Sei lá, ficar sem respirar, só você e a água, sem preocupações, só ela e um elemento da natureza.

— Também acho. — concordou Juliana. — É muito legal, eu li uma vez um livro em que uma sereia se apaixonava por um pescador e acabou levando-o para o mar.

— E o matou, o romance que mata, foi por isso que Ariel resolveu criar pernas. — respondeu Tailan, irônico. — Eu li esse romance, fiquei depressivo por uma semana.

— É legal. — disse Juliana. — Romântico.

— Vou indicar um romance para você que não inclui matar seu amor afogado, *Nada Mais a Perder*, de Jojo Moyes, é incrível — falou Tailan olhando para Helena e Derek ao mesmo tempo, de vez em quando eles se entreolhavam e logo desviavam os olhares intensos quando alguém falava alguma coisa na mesa.

— Não sabia que você era do tipo que lê romances. — surpreendeu-se Helena, enchendo de volta a taça de champanhe. — Você é cheio de surpresas.

— É, eu sou cheio de surpresas. — Tailan observou que Helena estava bebendo demais — Não acha melhor dar uma pausa no champanhe até que a lagosta resolva chegar?

— Tá bom, você quem manda. Então, Sérgio — Helena hesitou — O que você faz? Para quem paga trezentos dólares em um prato de comida deve ganhar bem.

— Eu sou empresário, do ramo de automóveis. — Sérgio ficou feliz com a pergunta. — E você, o que você faz, Helena?

— Sou psicóloga, atuo em uma empresa de marketing em Nova York. Você sabe, muita pressão.

— E você, Derek, o que você faz? — perguntou Sérgio, curioso.

— Sou arquiteto, fiz alguns projetos na cidade, mas me mudei pra Boston. Lá eu faço parte de uma filiação com alguns amigos, é uma empresa pequena, mas é boa. — "Então ele conseguiu", pensou Helena bebendo mais uma taça de champanhe. Era o sonho de Derek tornar-se arquiteto e ser o dono da própria empresa. Diversas vezes, no fim da tarde, quando se encontravam depois de passarem o dia todo estudando, os dois conversavam sobre o futuro, ele sempre falava que seria o melhor arquiteto da cidade e que eles iriam realizar os sonhos mais desejados. Agora ela descobre que ele conseguiu, mas com outra mulher.

— Parabéns. — falou Helena, rindo. — Parabéns para você!

— Obrigado. — disse Derek. Helena estava ficando bêbada, ele notou. Ela ficava mais solta e extrovertida quando bebia, por isso evitava beber.

— Cadê a lagosta? Nunca um restaurante demorou tanto para entregar uma lagosta. — Helena olhou para Sérgio e viu que ele não parava de olhar pra ela. Não sabia exatamente o porquê, mas isso a deixava feliz. Talvez fosse o álcool, ela pensou que tinha de parar de beber.

— Olha, os pratos chegaram! — anunciou Tailan, feliz da vida por ter algo que comer. E ele precisava tirar aquela garrafa de champanhe de perto de Helena. O garçom serviu os pratos. Todos conversaram bastante durante o jantar. Sobre a cidade, os lugares turísticos que Juliana e Sérgio deveriam visitar, pois eram os únicos novos na cidade... Às nove e meia a sereia apareceu no aquário. Crianças e pais iam para perto dela. Juliana foi até o aquário junto com Tailan. Estranhamente os dois fizeram amizade bem rápido e Sérgio saiu depois que o celular tocou.

Ele pediu licença e saiu para atender. Derek e Helena foram os únicos a ficar na mesa.

— Não esperava ver você por aqui. — disse Derek quebrando o silêncio.

— Nem eu, mas olha... — ela deu uma ênfase antes de completar a fala — Aqui estamos.

— Como você está? — perguntou.

— Estou bem. — respondeu Helena encarando Derek — E você? Parece bem.

— Fiquei muito feliz em te rever, quer dizer, já faz três anos desde...

— Por favor, não toque nesse assunto, eu já estou bêbada demais, não acha?

— Eu acho que você está bebendo além da conta esta noite, não bebia assim antes.

— Eu preciso disso, não costumo beber, mas eu preciso. — devolveu Helena.

— Lena?

— O que foi? — Ela olhou novamente para Derek e notou que ele estava com aquele olhar de pena, como se ela fosse uma coitada, o mesmo olhar que demonstrou no dia em que a filha deles morreu.

— Me perdoa por isso, eu não queria que algo assim acontecesse, eu não sabia que você estava aqui. Se soubesse, não viria...

— Não é culpa sua, não precisa pedir perdão. Quer saber, Derek, já faz três longos anos que não nos vemos, é um choque para mim também, mas nós dois não temos mais nada, tá bom? Eu sei que parece estranho, mas está tudo bem, foi só um encontro, um acaso do destino, tá tudo bem... Fico feliz que tenha seguido em frente, ela é linda e simpática — Helena deu uma pausa e viu Juliana rindo com Tailan. — Espero que seja feliz, muito feliz... Eu preciso ir. — Helena pegou a bolsa e se ergueu da cadeira — Diga a Sérgio que adorei o jantar.

— Para onde você vai?

— Diga a Tailan que estou esperando por ele no carro. — Antes de que mais alguma coisa pudesse ser dita, Helena já estava caminhando com passos firmes em direção à saída. Depois de ter saído do restaurante, os olhos de Helena vertiam lágrimas insistentes e ela fez o possível para se livrar delas, mas estava sufocada, e, paradoxalmente, o único modo de aliviar um pouco sua dor era deixar as lágrimas rolarem. Ela ficou próxima ao carro de Tailan no estacionamento, esperando ansiosamente o amigo chegar. Passados uns dez minutos, Tailan chegou. Com a chave do carro na mão, ele viu que Helena havia chorado. A ponta de seu nariz brilhava que nem uma lanterna.

— Oi.

— Oi. — respondeu baixinho abraçando a si mesma. — Estou com frio, me empresta seu casaco.

— Vem cá. — Tailan tirou o casaco e enrolou nela. — É couro de verdade.

— Legal, é quentinho. — A mulher abraçou o casaco do amigo como se fosse a única coisa que a mantinha segura. Como a borboleta em seu casulo.

— É de couro italiano, ainda estou pagando.

— Ele é bom.

— Muito. — Mudou de assunto — Você não viu a sereia, estava tão ansiosa para vê-la.

— De outra vez eu vejo, ela ainda vai continuar lá. Pagou a lagosta para ela?

— A chamei para sair, claro, sem a cauda. Se chama Débora. Ela diz que tem folga todas as terças-feiras.

— Mandou bem. — Helena tocou no braço dele dando os parabéns, e encostou a cabeça em seu ombro. — O que você acha do Sérgio?

— Chato, mas é um cara legal, está apaixonada?

— Claro que não, é curiosidade. — ela suspirou. — Ele é legal.

— Não sabia que tinha conhecido um cara no avião. E, olha só, esse cara é meu amigo, que coincidência, hein?

— Não achei relevante, por isso não comentei.

— Agora acha?

— Não sei, acho que não, mas não importa. O que importa é que você pescou a sereia, bonitão... Ainda quero saber o perfume que você usa.

— Não é perfume, Lena, eu sou bonitão, você mesma disse. Agora vamos que já está tarde e seu irmão deve estar louco de preocupação — ele abriu a porta do carro e Helena entrou. Tailan girou a chave de ignição e, logo que carro ligou, eles partiram.

Depois de Helena ir embora, Derek ficou sentado na cadeira bebendo uma taça de vinho tinto. Pediu uma garrafa inteira, estranhamente o vinho ajudava a afogar toda a amargura que sentia naquele momento. Uma, duas, três taças cheias de vinho. Não podia beber muito, estava dirigindo. Não conseguia parar, entretanto. O espetáculo da sereia ainda não havia acabado e ele, agora sozinho naquela mesa enorme, só queria encher a cara. Não suportava a imagem que insistentemente pairava sobre sua mente. Sua ex-mulher com a expressão vazia à sua frente, dizendo que estava tudo bem, que estava feliz por ele.

Helena estava diferente, mais bonita, mais madura, talvez o sofrimento a tenha deixado ainda mais forte. Mas Derek não gostava disso nela. Helena era o seu passado e por que insistia em tomar conta de seus pensamentos? Há três anos tentava não pensar nela, mas alguns gestos involuntários de Juliana às vezes lembravam Helena de alguma forma e ele se odiava por isso, ele amava Juliana. Quando foi para Boston depois de Helena ter ido embora, Derek tentou seguir em frente e começou a trabalhar em uma loja de construção. Tinha concluído a faculdade, o estágio, e tinha feito alguns projetos em Fredericksburg. Mas ainda precisava conhecer algumas pessoas na cidade e trabalhar em uma loja de material de construção. Talvez ajudasse.

Em um dia qualquer, quando Daniel, seu chefe, viajou a negócios deixou a loja em suas mãos. Ele tinha que ficar até mais tarde para fechar a loja. Uma mulher entrou com um livro em uma das mãos e um cachorro minúsculo na outra.

*— Olá, boa noite. — falou a moça, colocando o cachorro no chão.*

*— Já estamos fechando, senhorita. — respondeu Derek, ocupado com uma prateleira. Estava organizando algumas tintas.*

*— Eu sei. Preciso falar com Daniel, ele está?*

*— Não, viajou a negócios, será que eu poderia ajudá-la?*

*— Não, obrigada, é só com ele. Mas obrigada mesmo assim. — ela pegou o cachorro do chão — Eu volto outra hora, gostei da camisa. — A mulher sorriu e abriu a porta desaparecendo e deixando seu perfume doce no ar.*

— Derek, está tudo bem? — perguntou Juliana, agora de volta à mesa, trazendo Derek para o mundo real. — Você bebeu uma garrafa inteira de vinho?

— Bebi? Nem notei — Ele suspirou e sorriu. — Como foi? Gostou da sereia?

— Você está bêbado, Derek.

— Não estou, não. Cadê o Sérgio?

— Foi ao banheiro. Derek, o que aconteceu aqui? Por que você bebeu uma garrafa quase inteira de vinho? Você não bebe nem duas taças por noite.

— Nada, querida, ele só é bom demais para beber só uma taça.

— Gostou do vinho Derek? — Sérgio estava de volta.

— O melhor que já bebi, eu garanto.

— Que bom que gostou. Eu agradeço por terem vindo ao jantar. Sei que foi você quem me convidou, mas tomei a liberdade de trazer vocês aqui, presumi que iriam gostar.

— Eu adorei. — falou Juliana agradecida. — Foi uma noite agradável.

— Que bom que gostaram. Agora eu preciso ir, não costumo dormir tão tarde, foi bom jantar com vocês. E Juliana, foi um prazer conhecer você.

— Igualmente. — respondeu Juliana. — Depois de se despedirem, Sérgio foi até o carro e saiu dirigindo, desaparecendo entre as palmeiras. Juliana viu que Derek colocou as mãos na cabeça e se sentou no banco próximo ao estacionamento. — Eu dirijo, você bebeu demais! — Pegou a chaves das mãos dele, sentou no banco do motorista e dirigiu até o hotel em que estavam hospedados.

Por todo o trajeto Derek não disse uma palavra. Isso a deixou irritada. Ele não tinha costume de beber, ainda mais quando estava com outras pessoas, mas quando aquela mulher apareceu, ele mudou completamente, não parava de olhar para ela. Era bonita, mas não era só isso. Não. Era como se eles se conhecessem há algum tempo, como se fossem íntimos. O jeito que ele olhava para ela, parecia que havia algo por trás das trocas de olhares e ela precisava descobrir o que era. Mas será que era necessário mesmo? A princípio Juliana imaginou que a mulher fosse casada com o homem que estava ao lado dela, mas quando ela disse que só eram amigos, Juliana ficou ainda mais irritada. Que comédia. Agora ela estava ali, pensando em uma mulher que nem conhecia, e com o marido bêbado no carro.

— Olha só quem voltou, como foi o encontro? — Sérgio havia voltado para o hotel e, por coincidência, o mesmo senhor de idade que horas antes lhe dera o conselho estava no elevador.

— Foi bom. — respondeu Sérgio. — Diferente, mas bom!

— Por que diferente?

— Eu a encontrei, a mulher que te falei.

— E como foi? — perguntou o idoso.

— Foi muito bom encontrá-la novamente. O amigo que eu convidei para jantar a conhece, ele a levou para fazer companhia. E... é muita coincidência, eu não esperava por aquilo, ela estava... estava tão linda.

— Conversou com ela?

— Sim, passamos o jantar todo conversando sobre o que fazemos, e descobri que ela é...

— Não, seu bobo, estou perguntando se conversou com ela, se a chamou pra sair. — disse o idoso, desapontado

— Não. Eu não consegui, ela saiu antes que pudéssemos nos despedir.

— Certo, não é o fim, você disse que seu amigo a conhece, não é?

— Sim. — confirmou Sérgio. — O que você acha? Que eu deveria falar com ela?

— Deixa acontecer. — o idoso confirmou para si mesmo — Você me perguntou se você iria vê-la novamente, não foi? E você a encontrou. Não force nada, deixe o destino os guiar. Se for para acontecer, vai acontecer. Agora, se encontrá-la de novo, não erre.

— Tá bom, vou deixar acontecer.

— Espero que a veja de novo.

— É o que eu mais quero, senhor...

— Mark, meu nome é Mark. E o seu?

— Sérgio... Sérgio Monteiro. — Sérgio pegou o braço do senhor e apertou sua mão em agradecimento. — Obrigado, Mark, obrigado mesmo, foi um prazer conhecê-lo.

— O prazer é todo meu. — Dessa vez quem saiu do elevador primeiro foi Sérgio que, com um aceno, se despediu de Mark, indo em direção ao seu quarto.

— Bem-vindos de volta. — Tom estava sentado no sofá assistindo televisão.

— O que está assistindo? — perguntou Helena olhando para o aparelho

— Harry Potter, quer assistir?

— Sabe que eu odeio Harry Potter — refugou Helena fazendo uma careta. Deitou-se no sofá e apoiou a cabeça no ombro do irmão.

— Eu gosto. — respondeu Tailan, tirando o casaco e o colocando no gancho. — Tem pipoca?

— Tem para fazer, aproveita e traz para mim. — Tailan olhou feio para Tom e foi pra cozinha.

— Como foi o jantar?

— Tudo bem. Sabia que eu comi uma lagosta de trezentos dólares?

— Uau! — disse Tom, surpreso. — Jantaram no Ocean?

— Sim, como sabe? Eu não sabia da existência daquele restaurante.

— Fran e eu jantamos lá uma vez, foi na inauguração, ele é novo.

— É um lugar muito agradável, tem até sereia. – Helena riu. – Acredita que Tailan convidou a sereia para sair?

— Acredito, ele é doido.

— Ele é muito doido, mas eu gosto dele mesmo assim. – Helena sorriu e ficou em silêncio por alguns minutos. Estava muito cansada, tanto fisicamente quanto mentalmente. Foi muita coisa para uma noite só. Mas, estar com o irmão ali em frente à TV a fazia relembrar o tempo em que os dois eram crianças e esperavam os pais dormir para assistirem TV escondido. Era divertido passar quase o dia inteiro brincando com o irmão. E quando se tornaram adolescentes, ficaram ainda mais confidentes um do outro, conversavam sobre tudo, sobre a escola, sobre possíveis amores... Helena sempre brincava com Tom que ele iria se casar com uma menina chamada Dablyn. Sempre que possível a tal garota tentava convencer Helena a falar com ele. Aquele tempo em que ela não tinha preocupações, um tempo em que Helena não se protegia com armaduras, ou o seu coração não estava partido em pedaços.

— Não vai dormir? – perguntou Tom. Como a irmã não respondeu, ele deu uma olhada nela tirando o cabelo que lhe tapava os olhos. Helena já estava dormindo. Tom pensou em chamá-la, mas quando fez menção, ela o abraçou.

# CAPÍTULO 9

as poucas vezes em que viajava para outro país ou cidade, Juliana odiava. Não porque não gostasse de conhecer outros lugares, mas porque ficar longe de casa não era sua melhor opção. Quando se formou em medicina, para comemorar a formatura, ela e os amigos viajaram para Fernando de Noronha, no Brasil. A escolha do lugar foi por votação, o país ganhou pela beleza natural. Juliana gostou muito do Brasil, era um país diferente, cheio de culturas diversas e muitas praias. As pessoas eram legais e educadas, o lugar em que ficaram hospedados era preservado pelo governo e custou todas as suas economias. Mesmo assim, valeu a pena. Juliana planejava voltar ao Brasil com Derek. Tinha plena certeza de que o namorado iria adorar, mas o plano não deu certo. Derek estava no começo da sua empresa, novos clientes sempre apareciam indicados por clientes satisfeitos e os dois sempre adiavam a viagem.

Havia tantas cidades para conhecer no Brasil, ela até estudou um pouco da língua portuguesa para poder se comunicar sem um tradutor da próxima vez. Mas os anos foram passando e a viagem acabou sendo esquecida em meio a tantos documentos cheios de projetos a serem feitos. Juliana Miller era médica pediatra e trabalhava em um dos hospitais de referência de Boston. Ela amava o que fazia, cuidar de crianças era o que aquela mulher mais amava, principalmente cuidar da saúde delas. Quando conheceu Derek Mcgray ela estava indo visitar um dos seus pacientes. A criança era o filho do dono da loja de material de construção que em que Derek trabalhava. Juliana salvou a vida do bebê depois de um parto prematuro, foi uma longa e difícil recuperação. Quando finalmente o filho de Daniel saiu da incubadora, o homem a chamou para ser madrinha do bebê. Ela aceitou de bom grado e depois disso se tornou amiga da família.

Naquele exato dia em que conheceu Derek ela havia terminado com o seu então namorado fazia um mês, ainda estava se recuperando. Logo ao se aproximar da loja com sua cadelinha pinscher, Juliana viu Derek em cima da escada arrumando algumas latas de tinta na prateleira, talvez fosse o novo funcionário que Daniel mencionara no jantar. Quando foi à loja, Juliana sabia que Daniel estava viajando, mas ficou curiosa, queria conhecer o homem de que o amigo tão bem falava. Elogiar a camisa de Derek foi a única coisa que ela conseguiu fazer. Depois disso começou a frequentar mais a loja. Os dois sempre se encontravam em jantares promovidos pela esposa de Daniel, que sempre os convidava. Depois começaram a conversar com frequência, a tomar café juntos antes do trabalho, e assim, o pedido de namoro veio. Foi em um jantar. Derek a convidou depois de um dia inteiro fazendo faxina na loja. Juliana ficou tão feliz que imediatamente disse sim. Ela pensou que ele nunca faria o pedido, temia que o rapaz só a visse como amiga. Juliana e Derek eram um casal muito estável. Ela o apresentou a seus pais e eles gostaram muito do rapaz.

Uma noite depois de fazerem amor, com as pernas enroladas nas dele e com o rosto descansando sobre o peito enquanto ele acariciava seus cabelos com ternura, Juliana perguntou quando ele ia lhe apresentar seus pais. Derek confessou que os pais dele não estavam mais vivos, que ele era sozinho. A única família que tinha era a irmã de seu pai, que morava no Texas. Juliana ficou com pena dele, mas o fato de ele ter confessado a deixou feliz. O namorado era muito reservado no começo e algumas vezes ela o via chorando na varanda do apartamento onde começaram a morar juntos. Ela queria perguntar o motivo, mas achava que não devia, não ainda, queria dar mais tempo a ele. Com dois anos juntos, Juliana conseguiu ser promovida a chefe da pediatria do hospital de Boston e Derek montou sua empresa com o amigo, que era engenheiro. Tudo estava correndo muito bem, iam a festas juntos, jantar em família, viagens, eram quase uma família, mas o pedido de casamento nunca veio. A mulher sempre esperava o momento em que Derek se ajoelhasse na frente de todo mundo em um dos restaurantes que iam jantar ou até em Paris na torre Eiffel, cenário perfeito para um pedido de casamento e lhe apresentasse um anel de noivado, dizendo as tradicionais palavras: "Quer se casar comigo?"

— Bom dia! Acordou cedo — Derek acabara de acordar e involuntariamente levou uma das mãos à nuca.

— Pedi algo para você, é bom para amenizar a ressaca, você está sentindo os efeitos da garrafa de vinho que bebeu inteira! — O namorado bebeu a água com gelo e limão espremido que estava em cima da mesa do quarto — Agora vai melhorar!

— Desculpa.

— Está me pedindo desculpas por quê?

— Por tudo. Eu sei que você ficou envergonhada por eu ter bebido tanto, ainda mais na frente de Sérgio Monteiro, meu cliente.

— Ele ficou feliz por você ter bebido. Aliás, tá tudo bem. O que eu acho estranho é que você nunca foi de beber assim, você sempre bebe só uma taça de vinho por noite e, do nada, você bebe uma garrafa inteira. — Juliana estava se vestindo. O cabelo e uma maquiagem básica já estavam prontos.

— Espero que sim. Ei, aonde você vai, mocinha? — perguntou ele, enquanto Juliana colocava uma calça jeans remexendo os quadris maliciosamente de propósito.

— Vou dar uma voltinha, conhecer um pouco da cidade em que meu namorado nasceu. — respondeu, colocando um casaco listrado.

— Sozinha?

— Sim, é uma cidade pequena. Se me perder, te chamo pelo celular. Por outro lado, você não pode ir comigo, ainda está de ressaca, vai tomar um banho e dormir um pouco.

— E se alguma coisa acontecer? — perguntou ele, olhando para ela.

— Eu ligo.

— Ótimo. — Juliana deu um beijo em Derek e se despediu.

— Dê um jeito nesse mau hálito, eu não quero chegar e te beijar assim. Tchau meu amor, se cuide, te amo.

— Também te amo.

A pequena cidade era bonita, as ruas eram limpas e bem calmas, algumas crianças brincavam de amarelinha e uma garotinha estava graciosamente pedalando sua bicicleta. Juliana passou por umas lojas de roupas e artesanato, comprou algumas coisas e foi até uma pequena cafeteria. O lugar era simples, tinha cinco mesas redondas com duas cadeiras cada uma, algumas peças de decoração relacionadas ao amor. Juliana achou estranho e perguntou para a garçonete que estava servindo um casal aparentemente feliz.

— Por que as mesas só têm duas cadeiras? — perguntou à garçonete, que agora já estava ao lado de sua mesa com um caderno em formato de coração.

— Bom dia, senhorita. Peço desculpas, mas aqui é um lugar só para casais.

— Então você não pode me atender? — Juliana se mostrava surpresa.

— Posso sim, senhorita, é um prazer recebê-la. Apenas mencionei que aqui recebemos principalmente casais. Você é turista?

— Sou sim. — retrucou.

— Por isso que não sabe. — ela sorriu em um gesto de simpatia. — O que vai pedir? Temos vários pratos deliciosos para você e seu... pra você.

— Eu quero um café com leite com bastante açúcar. — a garçonete arregalou os olhos quando ela falou bastante açúcar. — E croissants, por favor.

— Sim, senhorita, seu pedido já está a caminho.

— Obrigada. — agradeceu Juliana, olhando as rosas que estavam em cima da mesa. O pedido não demorou muito a chegar, o café estava quentinho e os croissants deliciosos. Juliana se impressionou com o sabor. Depois do café, pegou um caderno pequeno da bolsa e uma caneta cor verde cana e começou a escrever algo. Notou que a garçonete olhava pra ela com curiosidade e continuou escrevendo. A moça, talvez com uns dezoito anos, se aproximou da mesa para pegar os pratos.

— Jornalista? — perguntou ela, enfim.

— Escritora. — respondeu, ainda tomando notas.

— O que está escrevendo?

— Uma inspiração. Sempre que vejo alguma coisa ou alguém que me inspire para um livro, eu escrevo.

— Que legal, e o que te inspirou? — perguntou a jovem com os olhos cheios de curiosidade.

— Você. — ela sorriu — Você me inspirou, este lugar me inspirou. Isso é muito legal.

— Boa sorte. — falou a moça radiante se afastando da mesa.

— Obrigada. — agradeceu Juliana. — Ei... — ela se lembrou do crachá com o nome "July" — July! — chamou novamente. A garçonete ouviu e voltou para a mesa, feliz por ter sido chamada pelo nome.

— Oi, senhorita, como posso ajudá-la?

— Você poderia indicar algum lugar interessante que eu posso visitar?

— Tem a loja dos Thompson, eles têm tudo relacionado a uva, vinho, doces, sucos... É muito legal, pode se inspirar lá também.

— Certo. Obrigada, July.

— Eu tenho um guia. — July pegou um folheto com a foto da cidade, era um guia para turistas — Aqui você vai ver tudo o que precisa.

— Obrigada, July. — a garçonete se afastou, satisfeita com mais um atendimento, depois de ganhar uma bela gorjeta de Juliana. A loja que

July indicou não era tão longe, ficava umas três ruas à frente da cafeteria. Diferente da loja de café de onde havia saído, o lugar era grande e espaçoso. Tinha uma placa enorme de um cacho de uvas e o nome Thompson em dourado. As portas eram de vidro bem transparente e uma placa de bem-vindo acolhia os visitantes. Juliana entrou. Havia algumas pessoas fazendo compras: um homem albino comprava uma cesta de uvas enquanto falava ao telefone, uma mulher alta de cabelos curtos e salto alto discutia baixinho com o marido enquanto escolhia qual torta iriam levar e uma criança barriguda comia algumas uvas na mesa de demonstração. Quando Juliana olhou para ela, o menino mostrou-lhe a língua.

— Como posso ajudar? – perguntou uma senhora de aproximadamente sessenta anos.

— Eu vim dar uma olhada, sou nova na cidade.

— Nossa, você é uma turista, nós amamos gente nova. Venha, querida, eu vou te mostrar tudo.

— Certo. – A senhora Thompson mostrou todo o lugar para Juliana, e fez uma breve apresentação sobre as fazendas de uva e sua origem. Juliana prestava atenção em tudo encantada com cada detalhe. Comeu algumas uvas. Cada uma tinha um sabor diferente, ela experimentou alguns pratos feitos com a fruta e doces. Depois pediu algumas coisas separadas e aguardou para levar um pouco para Derek. Sentou-se e passou os olhos em uma revista contando um pouco sobre a família Thompson. Dois funcionários conversavam próximos a ela.

— Ficou sabendo de John? Coitado do velho, morreu.

— Fiquei. Tadinho do Tom, era muito próximo do pai, acho que vou visitá-lo nesse final de semana – disse a mulher, limpando uma prateleira.

— Papai disse que ia para lá, a gente vai com ele.

— Helena também está aí, eu a vi no shopping com Tailan. – disse a mulher.

— Helena? Helena Mcgray? – perguntou surpreso.

— Em carne e osso. – Juliana parou o que estava fazendo e prestou mais atenção à conversa.

— Ela continua linda como era? – perguntou o rapaz.

— Está mais bonita. Sabe quem eu vi esses dias também? – a mulher parou o que estava fazendo quando o rapaz tocou em seu braço.

— Quem?

— O ex-marido dela. – deu uma ênfase quando falou ex-marido.

— Derek? — Quando ouviu o nome do namorado, Juliana olhou para os dois.

— O próprio, o bonitão Derek Mcgray. Aquele homem ainda continua me deixando sem fôlego — falou a mulher suspirando exageradamente.

— Parece que os dois resolveram aparecer, não é? Será que voltaram?

— Não sei, acho que sim. — respondeu a mulher rindo para ele.

— O que os dois estão fofocando aí? — perguntou a senhora Thompson com duas sacolas cheias de coisas. — Ué, cadê a moça que eu deixei aqui?

— Era uma de olhos verdes, com casaco listrado? — perguntou.

— Sim, era essa mesma, eu tinha algumas coisas para entregar a ela.

— Aquela curiosa? Estava ouvindo nossa conversa. — falou o rapaz que carregava um esfregão — e ainda derrubou um pote do nosso doce mais caro.

— Não, espera, por favor... — ele se escondeu atrás do sofá — Eu posso explicar.

— Onde está o meu salto alto, Tailan? O que você fez?

— Promete que não vai me matar? — perguntou ele com uma almofada protegendo a cabeça.

— Prometo. — disse ela respirando fundo.

— Eu não sei... eu juro.

— O que foi desta vez? — perguntou Tom, tomando a vassoura que Helena estava segurando.

— A louca da sua irmã está me acusando de ter pegado o salto alto dela.

— Não é só um salto alto, é um Gucci.

— E qual é a diferença? — perguntou Tailan, sentando-se no sofá.

— Talvez três mil dólares seja uma grande diferença.

— Você pagou três mil dólares em um sapato? — perguntou Tom.

— É um Gucci, é claro que eu paguei, e agora eu não o encontro em lugar nenhum.

— Mas você estava com eles, Lena, eu os vi na sua mão quando chegou em casa. Já olhou perto do sofá?

— Não, ainda não. — Tailan se levantou do sofá e viu Alyssa no canto da parede mastigando alguma coisa.

— Lena? Olha, dê adeus a seu Gucci, porque Alyssa o está devorando. — Helena pegou os sapatos da boca da cadela. Ou o que restava deles. O sapato estava todo rasgado com manchas de lama e baba.

– Uau, Alyssa, muito obrigada, obrigada mesmo! – a cadela chegou perto de Helena e pulou em cima dela, lambendo o seu rosto.

– Eu acho que isso é um "não há de quê". – Tailan e Tom riram de Helena deitada no chão com o sapato destruído na mão e Alyssa em cima dela.

Enquanto caminhava lentamente, Juliana observou que a cidade já não parecia mais como um conto de fadas. Tudo tinha se tornado cinza para Juliana, ela havia chorado por todo o trajeto. Estava furiosa com Derek por ter omitido a verdade, por nunca ter falado que já foi casado. Ela não sabia exatamente o que ia falar quando chegasse no quarto e o encarasse. "Será que foi por isso que ele bebeu tanto, por causa da ex-mulher?" Só de pensar, o estômago de Juliana embrulhava. De volta ao hotel, passou o cartão de acesso e foi para o elevador. Depois de alguns minutos subindo, ela respirava fundo e enxugava as lágrimas. Olhou-se no espelho e seu rosto estava manchado, as lágrimas haviam apagado todo o seu brilho. Ela o limpou com a manga do casaco e chegou ao seu destino. Saiu do elevador com passos lentos. Uma parte de si ainda hesitava em ir ao encontro de Derek, ainda não queria acreditar que, depois de tanto tempo juntos, ele havia mentido para ela.

– Oi. – cumprimentou Derek. Agora ele estava arrumado, havia tomado banho e colocado a camisa que ela lhe deu de presente. Também usava o seu perfume favorito. – Está tudo bem? Você estava chorando. – Juliana, parada perto dele, ficou imóvel. Não disse sequer uma palavra.

– Por que você mentiu para mim? – perguntou Juliana parecendo exausta.

– O quê? Do que você está falando? – perguntou confuso. – Meu amor, eu não estou entendendo, o que está acontecendo? – Derek se aproximou de Juliana, mas ela deu um passo para trás.

– Você... – ela hesitou por um instante – Você era casado, por que não me contou? Achou que eu não iria descobrir? Acha que sou idiota? Por isso que usa essa aliança? Meu Deus porque eu não percebi antes, eu pensei que você usava isso por... Ai, meu Deus! Eu sou uma idiota.

– Juliana, eu...

– Não, agora eu vou falar. Era por isso que não tirava os olhos dela, não era? Foi por isso que bebeu todo aquele vinho? Foi por Helena? Você mentiu para mim esse tempo todo, três anos, Derek, três anos de relacionamento não são três dias, e você nem sequer teve a coragem de me falar que era casado!

— Eu sinto muito, achei que não era necessário. — respondeu Derek.

— Como não? Eu sou sua namorada, Derek. — ela pensou por um instante na torre Eiffel, quando achou que Derek a pediria em casamento. — Então foi por isso? Você não me pediu em casamento porque ainda a ama? Ainda sente alguma coisa por ela? E nunca teve nem coragem de tirar esse anel idiota.

— Claro que não, eu amo você. — respondeu Derek com a voz embargada. — Eu só não me... — ele hesitou por um momento e Juliana o fitou com o olhar vazio.

— Você não é divorciado, não é? Não assinou os papéis, oficialmente você ainda é casado com ela, você ainda é casado com Helena Mcgray.

— Eu não assinei porque não estava pronto, mas eu vou assinar, eu juro.

— Então quando assinar me avisa, eu vou voltar para Boston.

— Você não pode voltar para Boston, Juliana, por favor.

— Por quê? Eu preciso voltar, foi uma má ideia ter vindo, eu tenho pacientes para cuidar, eu tenho uma ala inteira para cuidar.

— Porque eu preciso de você, eu preciso de você comigo — respondeu Derek quase suplicante.

— Tem certeza de que precisa de mim? Não é bem o que parece. — Juliana foi para a porta de saída e a abriu.

— Aonde você vai?

— Pensar... eu vou pensar, Derek! — retrucou com a voz carregada de mágoa e saiu do quarto. — Derek sentou-se na cama com as mãos na cabeça e chorou. Pegou uma foto da carteira e a beijou, era a foto de Eliza. Estranhamente a imagem da filha sempre o reconfortava.

*— Ei... Tudo bem aí? — perguntou o Derek enquanto observava a filha brincar*

*— Estou bem, papai, não se preocupe comigo. — respondeu a menina, voltando a brincar com sua cadelinha de estimação.*

*— O cabelo começou a cair, eu escovei o cabelo dela e saiu bastante cabelo. Acho que tá na hora de cortar.*

*— Eu não sei, Derek, você não acha que tá cedo demais? Acha que ela vai aceitar? — perguntou a mulher, observando a filha caindo no chão com Alyssa em cima dela.*

*— Nós vamos conseguir amor, estamos juntos nessa, não é? Vamos contar para ela na hora do jantar.*

*— Eu não estou pronta, não agora. Eu sei que é o certo a fazer, mas eu não quero que ela se sinta estranha ou diferente.*

*— Eu tive uma ideia, talvez isso faça que ela se sinta melhor, te vejo na mesa. — Derek saiu da varanda e Helena continuou sentada admirando a pequena guerreira que ela havia dado à luz.*

Eliza era uma menininha tão forte. Desde o diagnóstico do câncer ela sempre aceitou todos os tipos de tratamento sem relutar, sem protestar. A única coisa que fazia era segurar bem forte as mãos dos pais nas seções de quimioterapia. A médica disse que o cabelo dela ia começar a cair em pouco tempo e ela precisaria cortar. Não era fácil tomar aquela decisão. Eliza sempre brincava com a mãe que ela parecia a princesa Rapunzel com os cabelos longos e loiros, e tirar aquilo que ela mais gostava, o cabelo que sempre pedia ao pai para escovar todos os dias de manhã antes dele ir trabalhar, era doloroso demais. Mas Helena tinha que fazer aquilo de um jeito ou de outro. Ela se levantou da cadeira e foi até a filha, que estava um pouco ofegante.

*— Oi, meu amorzinho, tudo bem?*

*— Oi, mamãe. Alyssa tá muito esperta, mamãe, eu adorei o presente que vovô me deu, eu amei. — ela gritou e abraçou Helena. — O que foi mamãe, você está triste? — perguntou Eliza, acariciando o cabelo de Helena.*

*— Estou bem, meu amor, não se preocupe, querida. Minha Eliza, eu te amo, sabia? Vem cá. — Helena pegou Eliza no colo e ficou abraçada com ela no chão por um tempo. Não poderia precisar quanto.*

*— Quer me falar alguma coisa, mamãe? — perguntou Eliza.*

*— O quê? Por que está me perguntando isso, meu amor?*

*— Eu conheço você, mamãe, pode falar. — Eliza olhou para os olhos de Helena — eu aguento.*

*— Hoje a titia Stefane, da quimioterapia, disse que o seu cabelo está caindo, e o papai percebeu isso quando o escovou. A gente vai ter que...*

*— Cortar? — perguntou Eliza, interrompendo.*

*— Sim, meu amor, mas a mamãe promete que vai crescer de novo um dia, vai ficar igualzinho ao cabelo da princesa Rapunzel.*

*— Tudo bem, mamãe, eu estou pronta.*

*— Sério? — perguntou Helena, com a filha sentada em seu colo.*

*— Sim, mamãe, o papai pode cortar. Ele cortou o cabelo do tio Tom uma vez, ficou muito bonito.*

*— Tudo bem, então, eu vou chamar o papai. — Helena deixou a filha brin-cando e entrou em casa procurando Derek para dizer que havia conseguido. Ela ouviu no banheiro o barulho de uma máquina de cortar cabelo e entrou no quarto deles. Viu Derek pelo reflexo do espelho, ele estava sem cabelos, tinha raspado todo no banheiro enquanto ela conversava com Eliza.*

*— Que tal? Acha que ela vai gostar do novo visual?*

*— O que você fez? — ela foi até a porta do banheiro em direção ao marido, se encostou nele e o abraçou. — Você está lindo, sabia?*

*— Estou mesmo, gostou do meu novo visual?*

*— Eu adorei, Derek Mcgray, e ela vai amar também. Eu consegui, Eliza quer cortar o cabelo e quer que você faça isso. Eu disse que a gente ia conseguir, não disse?*

*— Eu te amo, Helena, eu te amo muito.*

*— Eu também te amo.*

Os dois se beijaram e trocaram carícias antes de encarar o fato de ter que cortar o cabelo da filha. Foram até a varanda, Helena levava a tesoura. Derek começou a cortar o cabelo da filha, os fios caiam sobre a grama. Eliza os pegava na mão e soprava, ela sorriu ao ver o pai careca.

*— Você está lindo, papai.*

# CAPÍTULO 10

A fresta de luz que saia da janela do quarto ia direto para o homem ao seu lado, destacava sua pele e a deixava mais brilhante. Ela se levantou e fechou a cortina.

– Que horas são? – Derek resmungou.

– Cinco horas. – respondeu Juliana, deitando-se novamente.

– Eu preciso ir. – Derek se levantou da cama e foi até o banheiro.

– Aonde você vai?

– Preciso ir à corretora o mais cedo possível, Sérgio e eu vamos assinar a venda e amanhã mesmo estaremos em Boston.

– E o divórcio? Também vai assinar? – perguntou ela, com o rosto virado para a parede.

– Eu preciso conversar com Helena primeiro, aí sim eu assino.

– Claro que não, você pode fazer o pedido e ela assina, só isso.

– Tudo bem. – ele assentiu e fechou a porta do banheiro.

Juliana havia voltado umas duas horas da manhã. Depois da discussão com Derek, ela foi até um bar que tinha visto quando voltava para o hotel e passou a maior parte do tempo lá, sem beber um pingo de álcool. Ela teve que alugar um outro quarto de hotel que hospedava turistas de última hora. Entrou na banheira, pegou seu celular, ligou para sua mãe e contou tudo o que havia acontecido, sobre a discussão, o fato de Derek ter uma ex-mulher e ela estar na mesma cidade que ele.

A mãe aconselhou que ela e Derek fossem embora imediatamente. Juliana entregou a chave à recepcionista e voltou para o hotel em que ela e o namorado estavam hospedados. Quando entrou no quarto, Derek estava acordado e arrumado, com a chave do carro na mão. Ele ficou parado a poucos centímetros dela e perguntou onde ela estava. Disse que estava preocupado e que já estava indo procurar por ela. Juliana começou a dizer que estava tudo bem e continuou. Disse a Derek que o perdoava por não ter contado que era casado e que compreendia não ser culpa dele a ex-mulher estar no mesmo lugar.

Derek explicou a ela que não sabia que Helena estava na cidade e que foi por um acaso que eles se encontraram, mas não existia mais nada entre os dois, só o divórcio inacabado. Disse também que nenhum dos dois deu entrada no divórcio depois do ocorrido. Helena tinha ido embora após três meses de separação, e ele acabou indo para Boston cinco meses depois. Mas entre ele e sua ex-mulher não havia mais nada, ela era o passado e Juliana o seu presente. Juliana fez um acordo com Derek. Sugeriu que eles fossem imediatamente embora do Texas depois da venda da propriedade. Ele aceitou e disse que iria dar entrada no divórcio.

— Você viu minha camisa cinza? Não estou encontrando.

— Não... deve estar na sua mala.

— Tem razão, deve estar lá, que bobo eu sou. — respondeu Derek com a mão na nuca. Ele pegou a camisa na mala e vestiu.

— Não vai olhar para mim?

— O que foi? — perguntou Juliana, virando-se para ele.

— Vai dar tudo certo, eu prometo. — Derek beijou a testa de Juliana e fez menção de beijá-la nos lábios, mas Juliana recuou.

— Eu espero que sim. — ela se virou novamente e Derek saiu do quarto com passos firmes.

— Não está pronto ainda. — disse o corretor, ocupado com alguns papéis.

— Por quê? — perguntou confuso — Pensei que ia ficar pronto esta semana.

— E quanto tempo acha que isso demora, Derek? Não é em um passe de mágica.

— É sério isso, Matthew? Preciso ir embora o quanto antes. Eu solicitei os documentos no dia em que cheguei e isso já faz o quê? Um bom tempo!

— Talvez eu demore mais um pouco... agora com licença, preciso terminar alguns documentos.

— Espere... Matthew, você não fez os documentos porque não quis? É isso? — perguntou Derek. O corretor suspirou e desviou o olhar.

— Sim, você não pode vender! — disse ele com firmeza.

— O quê? Por quê? Me recuso a acreditar nisso.

— Porque a fazenda também pertence a sua esposa, preciso da assinatura dela.

— Eu me esqueci desse detalhe, por que não me falou antes?

— Aproveita que ela está aí, faz o quê? Três anos que não vejo vocês dois, daí resolvem voltar.

– Não estamos juntos, foi só um acaso, eu só vim assinar o que você me disse para assinar e vou voltar para Boston.

– Tadinha de Helena, fiquei com muita pena dela. – disse Matthew coçando a cabeça.

– Por quê? – perguntou Derek, curioso com a expressão de tristeza de Matthew.

– Você não sabe?

– Do quê? Eu não sei do quê, Matthew? – Derek ficou nervoso com o silêncio do corretor.

– John Patterson morreu, pensei que já sabia. Aliás, por que Helena voltaria?

– John morreu? – ele ainda estava tentando digerir a informação.

– Sim. Parada cardíaca. Morte instantânea. Sua tia estava com ele. – Antes de falar mais alguma coisa, Derek saiu do escritório, entrou no carro e saiu em disparada, sem saber que caminho tomar.

– Derek? – a moça avistou o carro estacionado e o homem que saiu dele parecia seu primo.

– Quem? – Garrett estava lendo jornal em frente à TV e deu uma pausa quando Catherine citou o nome do primo.

– Pai, Derek está aqui, aí meu Deus, eu não acredito. – Catherine saiu da casa, foi correndo até Derek e o abraçou.

– Oi, Catch, você cresceu, hein? – Derek a abraçou e lhe deu um beijo na bochecha. – Você está bem grandinha, cresceu muito em três anos.

– Eu cresci um pouco. E você continua o mesmo, não é? Continua bonitão. – Ela bagunçou o cabelo dele. – Vem, entra, meu pai está aí dentro. – Garrett se levantou e cumprimentou Derek com um aperto de mão e um abraço forte.

– Oi, meu garoto, quem é vivo sempre aparece, não é?

– Desculpa, tio, eu estava bastante ocupado em Boston. – falou Derek enquanto percorria a casa com seus olhos a procura de alguém específico. – Onde está minha tia? Preciso falar com ela.

– Ela foi para a casa de Tom, ficou sabendo que John morreu? – perguntou Catherine, servindo um copo de água para Derek.

– Como ela está? – perguntou – John era o melhor amigo dela.

– Ela está indo bem. – disse Garrett. – Joana é uma mulher forte.

– Você acha que ela vai demorar, eu não posso ficar muito tempo, tenho que voltar pra cidade.

— Acho que sim, ela só volta à noite.

— Eu vou ver se a encontro, vou à casa de John... — Ele pensou no que acabara de dizer. Provavelmente Helena estaria lá. Como se sentiria ao vê-la afinal?

— Tá bom, apareça aqui antes de ir embora. — falou Garret antes de Derek entrar no carro e partir.

— Será que ele sabe que Helena está de volta? — perguntou Catherine ao pai.

— É claro que sabe, você não viu a cara dele? Ficou vermelho. — respondeu Garret voltando para dentro de casa — o destino aprontou uma para esses dois. Vamos ver o que acontece.

A estrada era um pouco difícil no trajeto até a casa de John. A lama que a chuva deixava era argilosa. Derek chegou frente à entrada da propriedade e desceu do carro para abrir o portão principal. Depois, de novo no carro, entrou. John nunca foi de trancar o portão e Tom parece agir do mesmo jeito. A casa ainda era a mesma. Derek percebeu que nada havia mudado. John não havia feito nenhuma reforma nos últimos três anos, ao que parecia. Enquanto chegava perto da árvore em que tinha estacionado o carro no dia em que encontrou Helena na estrada Derek avistou Tom de longe com uma espingarda.

— Já estava caçando a esta hora? — perguntou, quando Tom já estava se aproximando.

— Derek? Meu Deus, que surpresa, de onde você surgiu?

— Eu vou vender a fazenda, por isso vim para Fredericksburg. E você, como está? Parece ótimo.

— Conseguiu vender? Faz tempo que estava em anúncio, que bom que finalmente achou comprador. Veio ver Helena? — perguntou Tom, desconfiado. — Vocês já se viram? Acho que ela ficará tão surpresa quanto eu em ver você.

— Onde ela está? — Derek se assustou ao ouvir as próprias palavras. Perguntara por Helena!

— Acho que está no lago dos patos, foi alimentá-los. Eu poderia te levar lá, mas estou um pouco ocupado. — Tom mostrou as mãos que seguravam dois coelhos mortos.

— Eu sei o caminho. — Eliza sempre o chamava suplicante para ver os filhotes de patos que haviam nascido, ela amava aquele lugar.

— Tudo bem. Joana está preparando chá, quando voltar entre para conversamos.

— Claro, não vou demorar. Bom te ver, Tom.

O caminho até o lago era pedregoso, era a única coisa de que não gostava quando ia com a filha ver os patos. Derek avistou alguns deles perto do pequeno balanço que John havia feito para Eliza. Então, viu Helena. Ela estava com os cabelos presos com um laço e um pouco da franja havia se soltado. Usava um vestido de seda azul marinho que ia até os joelhos. Helena segurava um pato com a perna enfaixada, possivelmente ele a havia quebrado. Derek pensou por um momento em voltar atrás e deixá-la em paz. O que na verdade ele queria? Estava lá por Joana, mas por que uma parte de si ainda queria estar perto de Helena, saber como ela está, o que andou fazendo durante esses anos que passaram distantes um do outro? Depois de alguns segundos a observando decidiu voltar, mas uma voz o conteve.

— Derek? — Helena olhava para ele desconfiada. De repente um vento forte passou entre eles, fazendo com que o laço se soltasse dos cabelos dela deixando-os finalmente livres.

— Oi, Helena. — Derek a cumprimentou com receio de sua reação, mas estava preparado para qualquer resposta possível.

— Eu não esperava você aqui, veio visitar Joana? Ela vai ficar muito feliz em te ver.

— Isso. Fui à casa dela, mas Catherine disse que Joana estava aqui.

— Acho que está na cozinha, ela adora cozinhar. — Ela sorriu.

— Ei, esse é o pato de Eliza. Donald? — Helena mostra o pato com a perna enfaixada que estava em seu colo. O bichinho tinha uma deficiência no bico, o que fez com que Eliza se apaixonasse por ele, disse que ele era especial por ser diferente.

— Sim, é ele. Ainda não acredito que sobreviveu com o defeito no bico. Meu pai não dava nem uma semana de vida pra ele.

— O que aconteceu com a pata dele? Está enfaixada.

— Foi atacado por uma raposa. Ele teve muita sorte. Tom estava vindo alimentá-los quando o viu sendo atacado, Tom o salvou.

— Que bom, Donald é um patinho de muita sorte. — respondeu Derek, acariciando o pato que estava nos braços de Helena.

— Ela adorava esse lugar, não era? — disse Helena, colocando o pato de volta no chão. — Ela adorava esses patos.

— Lembra uma vez que ela sumiu enquanto estávamos jantando na ceia de Natal? Nossa, ela nos deixou loucos, procuramos por todo lugar e nem sinal dela. Aí me lembrei que ela estava me chamando para ir ao lago com ela. Quando chegamos aqui ela estava com o patinho na mão e disse que ele tinha nascido especial.

— Eu fiquei louca naquele dia, ela quase nos matou do coração. — relembrou Helena, sentando-se na grama. — Acho que deveria ter vivido mais com ela, ir a lugares que ela queria. Às vezes ela me chamava para ir brincar e eu simplesmente estava ocupada com papéis... acho que deveria ter sido uma mãe melhor.

— Você foi uma ótima mãe, Lena — Derek se sentou ao lado dela e viu que Helena estava chorando quando uma lágrima solitária caiu em seu vestido azul, provocando uma mancha escura.

— Nós fizemos de tudo, não foi? Nós lutamos por ela. — Helena se virou para olhar nos olhos dele e Derek ficou espantado. Havia anos ela não chorava na frente dele, nem enquanto os dois ainda estavam juntos.

— É claro que sim. Nós fizemos tudo o que podíamos, Lena. Você sabe disso, eu sei disso. — Derek pegou na mão da ex-mulher e Helena entrelaçou seus dedos entre os dele.

— Eu só queria que ela estivesse aqui, correndo por essa grama, atrás dos patinhos... ou até tentando entrar no lago, nos obrigando a dizer "Não, aí não!" Eu só queria nossa filha de volta. — Helena soltou a mão que segurava a de Derek e a levou para o rosto tentando conter suas lágrimas, mas já estavam fora de controle. Ela soluçava ao sentir que havia perdido a única coisa que a fazia ter vontade de viver. Derek a puxou para perto de si e a abraçou bem forte, pronunciando palavras que pudessem confortá-la. Derek sentia o cheiro conhecido dos cabelos de Helena. Sentiu-se também culpado pelo tempo que havia perdido, pelas vezes que preferiu estar em um bar para amenizar a dor que sentia em vez de abraçá-la e dizer que ele estava ali com ela, que iriam superar tudo juntos. Foi assim que o casamento deles acabou. Os dois não foram capazes de lidar com a dor um do outro. Agora, na beira do lago, viviam um momento de luto pela filha que haviam perdido. E Derek notou que uma lágrima molhava seu rosto.

— Eu sinto muito, Lena, por tudo. — Derek, abraçado a ela, sussurrava em seu ouvido. Helena parou de chorar. Por um segundo, Derek pensou que ela iria inventar alguma desculpa e sair.

— Eu também. —Helena envolveu o corpo de Derek, abraçando-o. E com um suspiro, deixou sua cabeça descansar no peito dele.

— Eu sei de John. Sinto muito, eu não estava sabendo, por isso vim ver você. — Derek acabou cedendo, ele não estava ali por sua tia, aliás ele poderia ter esperado na casa de Garrett pela tia, ela queria ver Helena, sempre foi Helena.

– Obrigada. – Helena agradeceu e se desvencilhou dos braços de Derek. – Vamos, está ficando frio, Joana está preparando um chá.

– Vamos. – ele se levantou e seguiu Helena até a casa.

– Meu Deus! E ela era casada com o Philipe, não era? – perguntou, bebericando um pouco do chá.

– Sim. Quase dez anos de casados e ela o traiu com o amigo, Peter! – disse Joana, colocando mais um pouco de chá em sua xícara.

– Peter? Aquele ferreiro? – Tailan colocou a mão na boca em sinal de espanto.

– Sim, ele mesmo. Eu tenho muito dó dela. Perdeu um casamento de dez anos por culpa do cafajeste do Peter. Porque o filho do Jerry não vale nada, já destruiu vários casamentos.

– Quem é Philipe? – perguntou Sérgio bebendo o chá de hortelã. – Nossa, dona Joana, isso aqui está ótimo.

– Sérgio, não se meta na nossa conversa, você não conhece. – Tailan continuou olhando para Joana e esperando mais novidades sobre o caso do ferreiro cuja mulher o traiu com o melhor amigo.

– Onde está Helena? – perguntou Sérgio.

– Ela foi alimentar os patos, mas está animada para apresentar a vinícola mais famosa da cidade pra vocês. – disse Joana. – Na noite anterior Helena havia convidado Tailan para ir à vinícola dos Ferreira, o lugar mais visitado de Fredericksburg pelos turistas. E também pediu para Tailan convidar Sérgio em sinal de agradecimento pelo jantar.

– Ela já deve estar vindo. – disse Tom, preparando a caça.

– Olá! – Helena abriu a porta da cozinha e entrou. – Oi, Sérgio, você chegou, prazer em revê-lo.

– Igualmente. – disse Sérgio, beijando as mãos dela.

– Joana, eu tenho uma surpresa para você, feche os olhos, você não vai acreditar. – Helena havia combinado com Derek para fazerem uma surpresa a Joana quando chegassem. Havia três anos ela não via o único sobrinho, seria uma alegria imensa para ela.

– Helena, eu odeio surpresas. – Tom tapou os olhos de Joana a pedido da irmã e Helena chamou Derek.

– Pode entrar. – Derek entrou e ficou espantado ao ver Sérgio Monteiro dentro da cozinha da casa de sua ex-mulher. Do mesmo jeito Sérgio ficou surpreso por Derek Mcgray estar lá e junto de Helena. Tailan cuspiu a água que havia começado a beber e todos olharam para ele.

– Surpresa! – Tailan levantou os braços com animação.

– Meu Deus, meu Deus... eu não acredito. Meu sobrinho querido, Derek! – Joana foi até ele, lhe deu um abraço apertado e acariciou seu cabelo.

– Oi, tia. Como a senhora está? Eu também estava morrendo de saudades – disse ele acariciando o rosto dela. – A senhora continua linda, não é?

– Deixa de ser bobo. – Derek olhou para Helena e ela estava olhando para Tailan que, com uma expressão indecifrável, devolvia o olhar. – Vocês vão para a vinícola agora?

– Vamos sim. – respondeu Tailan, puxando o braço de Helena. Sérgio foi logo atrás.

– Foi bom conhecer você, Joana. – disse Sérgio antes de sair.

– Igualmente. Obrigado por vir. Tenham um ótimo passeio.

– Olá, Derek, que surpresa ver você aqui. – Sérgio olhou para Derek como se o estivesse vendo pela primeira vez.

– Digo o mesmo, Sérgio. – Helena, Tailan e Sérgio saíram da casa e entraram em carros diferentes. Helena foi com Tailan, o que deixou Derek extremamente aliviado e Sérgio foi sozinho em seu carro.

# CAPÍTULO 11

A vinícola dos Ferreiras era o ponto turístico mais visitado da cidade. Todas as pessoas que viajavam para Fredericksburg iam conhecê-la. Era um lugar lindo e produzia ótimos vinhos. Helena e os amigos visitaram tudo, ficaram sabendo mais um pouco da história da uva, sua origem, importância para saúde e para o desenvolvimento do mercado. Experimentaram diversos tipos de uva disponíveis, tipos de vinho e produtos relacionados à fruta. Helena Mcgray, ainda com o vestido azul que usara no lago, estava linda, observou Sérgio. Ela sempre estava. Helena era um pouco parecida com Sarah. Era espontânea, alegre, sorridente e tinha um senso de humor agradável. Em alguns momentos Sérgio e ela trocavam olhares. Sérgio não sabia identificar o que isso queria dizer. Talvez o convite contivesse em si mais alguma coisa. Será que o destino estava tentando lhe dizer algo? "Quando a vir de novo, não erre." A voz de Mark pairava sobre sua mente, era marcante como uma tatuagem.

— Preciso ir ao banheiro. — disse Tailan, com um cacho de uva na mão. — Eu já volto.

— Obrigado pelo convite, Helena, este lugar é incrível.

— Imagine, Sérgio. É uma forma de agradecer o jantar e me desculpar por ter saído sem me despedir, algo que me envergonhou muito. — Helena sorriu para ele. — Espero que me perdoe...

— É claro que sim, mas... eu não vou lhe perdoar de graça.

— Sério? — Helena ergueu as sobrancelhas.

— Sim, não é só um pedido de desculpas que vai me fazer perdoá-la. — Sérgio dizia isso sem ser rude. Ao contrário disso.

— E o que eu tenho que fazer para ganhar seu perdão? Aliás, foi você quem me salvou do meu terrível medo de avião. — Sérgio sorriu para ela e, por um minuto, Helena ficou presa a ele.

— Bom... você pode começar aceitando jantar comigo, o que acha?

— Hum, acho um acordo justo — respondeu, bebendo um pouco de vinho.

— Você aceita? — em dúvida com a resposta dela, perguntou mais diretamente.

— Sim, vou lhe dar meu cartão profissional, meu número está nele. Você escolhe o dia e eu estarei pronta!

— Eu vou ligar. — disse Sérgio, dando uma piscadela.

— Espero que sim. — respondeu ela. Logo em seguida Tailan voltou do banheiro e os três seguiram para o carro. Iriam almoçar em um restaurante mais próximo. Passaram o dia todo conhecendo a cidade e seu patrimônio. Sérgio se despediu de Tailan e Helena na praça principal da cidade e seguiu seu caminho depois de se divertirem por um dia inteiro juntos. Helena e Tailan pegaram o carro e foram para a fazenda.

— O que Sérgio estava fazendo na casa de John? — Joana e Derek haviam voltado para casa e estavam sentados na varanda vendo o sol se pôr. Ele havia avisado Juliana que ia chegar um pouco tarde porque estava na casa da tia.

— Sérgio é amigo de Tailan. Eles estavam indo para a vinícola dos Ferreiras.

— Entendi. — Derek passou as mãos no cabelo e flagrou Joana olhando para ele. — O que foi?

— O que veio fazer aqui? — perguntou ela, desconfiada.

— Como assim? Eu vim te visitar. — retrucou.

— Quer que eu acredite que você saiu de Boston só para me visitar? Querido, eu já tenho sessenta anos, não nasci ontem.

— Eu vou vender a fazenda.

— Eu sábia. — disse ela decepcionada. — Pra quem?

— Para o amigo de Tailan.

— Sérgio? O que estava aqui hoje?

— Ele me ofereceu o dobro do que estou pedindo, e já faz tempo que quero vender, tia.

— Seu pai vai levantar daquele túmulo maldito e te dá uma surra.

— Eu preciso vender. — disse Derek abaixando a cabeça. — Não tenho escolha.

— Por quê? Você acha que vendendo vai esquecer o que te machuca?

— Do que está falando? — Derek olhou bem para Joana.

— Não me olhe assim, você sabe muito bem do que estou falando.

— Eu estou com outra pessoa tia, Helena não faz mais parte da minha vida. Não é por ela que estou vendendo.

— Eu sei, Derek, você ainda está tentando se convencer disso.

— Disso o quê?

— De que você ainda ama Helena. Ou vai negar? Eu vi como olhava para ela, querido, o mesmo olhar do dia em que a pediu em namoro para John. Eu não sei o que está acontecendo aqui, o que trouxe vocês dois a Fredericksburg, mas não a deixe ir embora de novo.

— Tá bem, você venceu, eu ainda a amo. — Derek sentiu como se tivesse tirado um grande peso de cima dos ombros. — Mas eu não posso, eu estou com outra mulher e ela é sensacional, eu não posso magoá-la porque simplesmente ainda amo minha ex-mulher. Ou melhor, quase ex-mulher.

— Eu sei, querido, já faz três anos que tudo aquilo aconteceu. Foi um choque muito grande a perda de Eliza, mas vocês poderiam ter superado isso juntos, não é? Em vez disso vocês deixaram o casamento de vocês morrer. — Derek estava com a cabeça entre as mãos. Joana tocou em seu ombro. — Querido, eu não estou tentando fazer com que mude de ideia e não venda a fazenda se é isso que você quer. Mas te peço que pense bem, pense em sua felicidade.

— Tudo bem, tia, eu prometo que vou pensar.

— Onde você e sua namorada estão hospedados? — perguntou Joana mudando de assunto.

— No Holyday.

— O que acha de ficarem hospedados aqui até voltarem para Boston?

— Aqui, tia?

— Sim, eu sei que odeia hotéis, querido.

— Odeio. — ele finalmente riu. — Vou voltar para a cidade e conversar com Juliana. Acho que ela vai adorar, ela detesta hotéis tanto quanto eu.

— Tá bom, querido. Se der certo me avise que eu organizo tudo.

— Tudo bem. — disse Derek, animado.

— Que bom que vamos ter uma casa para ficar. — Juliana estava arrumando a última mala. — Adoro o campo.

— Sabia que iria gostar da ideia. — No hotel, Derek pegou sua mochila e colocou nas costas. — Está pronta?

— Estou sim. — O casal pagou a conta e entregou os cartões de acesso. Juliana agradeceu a recepcionista que era muito simpática e seguiu o namorado até a saída. Pegaram o carro no estacionamento e seguiram viagem. Eram sete horas da noite e estava mais fria do que o normal, pensou Derek.

— Você viu meu casaco? Está muito frio.

— Você não disse que esqueceu em uma oficina? — Juliana estava colocando os fones de ouvido.

— Verdade. — ele riu sem graça e lembrou que no dia em que encontrou Helena pela primeira vez havia emprestado o casaco a ela.

— Você pode ligar o aquecedor? Estou congelando.

— Tá bom. — Derek apertou o botão.

A noite caía ao relento. Helena observava as estrelas brilhando no céu e estrelas cadentes caindo deixando pequenos rastros de fogo. Como amava as estrelas, eram lindas e brilhantes e estavam sempre lá fazendo o seu papel. Tom e Tailan já estavam dormindo. Estranhamente foram dormir cedo naquela noite. Helena resolveu ficar na varanda observando o céu enquanto o sono não chegava. Ela suspirou ao lembrar das mãos de Derek segurando as suas. Como era conhecido aquele toque, aquela voz, aquele cheiro masculino que só ele tinha.

Helena ficou espantada ao vê-lo no lago, parado, como se já estivesse a observando por algum tempo. Ele estava tão bonito. O vento balançava seus cabelos negros bagunçados e os olhos azuis se destacavam quando o sol se refletia neles. A presença de Derek era o suficiente para deixá-la sem jeito. Não conseguia odiá-lo. Como odiar o homem que amava? Era impossível. Sim, ela o amava, o amava tanto que chegava a doer. Mas era tarde demais, tudo o que os dois tiveram um dia foi apagado com o tempo e com as feridas causadas por uma gigantesca tragédia. Talvez ele não a amasse mais. Tinha seguido em frente, estava com uma mulher muito bonita e simpática.

Helena, por outro lado, não conseguiu entrar em outro relacionamento nesses três anos em que ficou sozinha. Sexo? Ela não sabia mais o que era aquilo. Desde que seu casamento chegou ao fim ela não se relacionou com outro homem. E não foi por falta de pretendentes, sempre foi muito cobiçada por colegas de trabalho ou por qualquer um que cruzasse seu caminho. Mas Helena não queria, ela só amava uma pessoa e essa pessoa não lhe pertencia mais.

Helena se levantou da cadeira e se enrolou em seu edredom, que havia pegado para protegê-la do frio. Ela viu uma galinha junto com o galo branco que bicava suas pernas quando ela ia alimentar os animais. —

Até vocês estão se amando, né? Parabéns! – Helena riu e entrou na casa para tentar dormir. O dia seguinte amanheceu bem rápido, Helena acordou às sete da manhã e acordou com Joana cantarolando na cozinha. Tomou um banho. Depois foi até o closet e escolheu um conjunto básico, uma calça jeans e uma blusa vermelha com mangas cumpridas. Calçou botas e foi até o quarto do irmão ver aquele dorminhoco. Mas Tom não estava. Conferiu o quarto de Tailan e ele também estava ausente.

— Bom dia, Joana. — a cumprimentou com um beijo na bochecha e foi até o filtro pegar um pouco d'água. – Onde Tom e Tailan foram?

— Bom dia, querida. Eles foram terminar de consertar a cerca, acho que hoje finalizam.

— Você deve ter ficado muito feliz em rever Derek, não foi? – perguntou Helena, bebendo um pouco da água que estava no copo.

— Eu ainda nem acredito que ele está por aqui. Foi uma surpresa e tanto, três anos é muito tempo, é bom tê-lo de volta.

— Ele tem uma namorada, não é? – disse Helena, querendo parecer desinteressada. Agora estava comendo uma maçã.

— Tem. – Joana ficou tristonha. – Você está bem com isso?

— Estou sim Joana. Sabia que eu nunca fiquei com ninguém depois de Derek?

— Sério? – Joana deixou uma vasilha de plástico cair e rapidamente a pegou de volta. – Você nunca ficou com ninguém?

— É incrível, mas não.

— Por cauda dele?

— Eu amava Derek, e quando fui embora não estava suportando mais, Joana, você entende? Eu precisava ir embora, e quando cheguei não conseguir esquecê-lo. Agora que ele está aqui eu tenho mais certeza disso.

— Entendo – respondeu Joana. – Você acha que existe algum propósito em tudo isso?

— Eu não sei. Acho que não, ele está em outra agora e parece que feliz. – Helena olhou para os pássaros que assobiavam em cima da janela como se nenhum problema do mundo os abalasse.

— A pergunta, Helena, é... – Joana tocou nas costas das mãos de Helena e a fez olhar em seus enrugados olhos castanhos – Você está feliz?

— Isso importa? –seus olhos cheios d'água a deixaram vulnerável por um momento. – Eu acho que não.

— Você ainda tem chances, Helena, corra atrás de sua felicidade ou será tarde demais. – Joana tocou-lhe na ponta do nariz como fazia quando aquela linda mulher ainda era criança e saiu para espantar o galo que estava comendo suas hortaliças. Por um instante o pássaro que Helena observava olhou para ela e assobiou balançando a cabeça.

— Você acha que eu tenho chance? — perguntou para o pássaro e ele voltou a assobiar. — Eu também acho que não, garoto.

— Isso aqui tá cheio de lama, droga! — Tom empunhava um martelo — Pode pegar um prego para mim?

— É pra já, só falta essa tábua para terminar? Eu estou exausto.

— Você não está fazendo nada, Tailan, como está cansado?

— Não seja tão duro comigo, eu acordei cedo. — Ele riu e segurou firme uma parte da tábua para Tom conseguir martelar os pregos na madeira.

— Eu acho que Helena ficou bem surpresa com a volta de Derek, não acha?

— Acho que sim, já faz muito tempo que eles se separaram. — respondeu Tailan tentando não se afundar na lama. — Você acha que ela ainda o ama, Tom?

— Eu não sei, o casamento deles durou muito tempo. Se conhecem desde muito jovens, eu acho que ainda existe algum sentimento.

— Ela ama Derek. — Tailan confirmou para si mesmo.

— É possível, e eu sei que Derek a ama, eu sinto. — Tom pegou outro prego e começou a martelar a madeira — Ontem, quando voltei da caça, eu o encontrei parado em frente de casa. Quando o cumprimentei, Derek parecia meio confuso. Eu sabia que ele estava aqui por ela, por isso disse onde ela estava.

— Isso tá virando uma bagunça. — Tailan pegou uma garrafa e bebeu um pouco.

— Eu estou só observando aquele seu amigo. — Tom olhou para Tailan desconfiado.

— Sérgio?

— Se for o que estava comendo a minha irmã com os olhos, é esse sim.

— Ele só está tentando. — respondeu Tailan, oferecendo a água para Tom. Ele aceitou e bebeu um gole.

— Eu sei, diga que continue tentando. Mas o coração de Helena pertence a outro e você sabe disso.

— Eu sei, mas não custa tentar, não é mesmo? Aliás, eu vou sair hoje com Débora. Estou muito ansioso.

— Boa sorte. Acho que vou sair com Fran hoje à noite. Prometi levá-la para jantar. — Tom colocou o último prego. — Prontinho, cerca pronta.

— Rapaz, essa deu um trabalhão. Depois dessa, eu mereço um descanso.

— Você não fez nada, acho que vou te expulsar de casa, não tem nenhum assassino para defender não? — perguntou Tom, pegando as ferramentas do chão e guardando na bolsa.

— Eu não sou advogado criminalista, sou do ramo imobiliário. Aprenda. Além do mais, você não vai conseguir um ajudante melhor do que eu, Tomas.

— Quer apostar? — Tomaram o rumo de casa satisfeitos com mais um trabalho feito.

— Você é tão insensível.

— Eu posso ser muito pior. — Tailan empurrou Tom. — Só gosto de você porque é irmão da minha namorada.

— Eu não gosto de você, eu tenho dó da sua incapacidade de lidar com o mundo sozinho, Tomas Patterson.

— Para de me chamar de Tomas, assim eu fico magoado.

— Você é incapaz de se magoar, seu coração é de pedra, nem valoriza seu amigo do peito.

— Acho que vou vomitar.

Juliana estava sentada em uma cadeira de balanço lendo seu livro preferido, que fazia parte da trilogia *Peças Infernais*, de Cassandra Clare. Era seu livro preferido em toda sua biblioteca particular, que ficava em seu apartamento. A casa da tia de Derek era mil vezes melhor do que aquele hotel abarrotado de gente. O lugar lhe permitia sentir a paz interior de que precisava. A filha de Joana estava conversando ao telefone perto das árvores. Esse contato fazia com que não se sentisse só.

— O que está lendo? — perguntou Catherine, guardando o telefone no bolso. — *A Princesa Mecânica*, da trilogia *Peças Infernais*? Uau, eu adoro esse livro, é o meu livro favorito da trilogia.

— Sério? Também é o meu favorito — disse Juliana, contente por ela se interessar por livros.

— Todos os livros de Cassandra Clare são perfeitos, eu tenho toda a coleção. Meu pai fica louco, acho que minha mesada toda eu invisto em livros.

— O melhor investimento possível, com certeza. – Catherine sentou ao lado de Juliana e olhou para ela de cima em baixo, como se a estivesse analisando.

— Então você é a nova namorada de Derek. Você é muito bonita, meu primo tem sorte com mulheres bonitas. – Catherine soltou essa e riu. Juliana viu que era a oportunidade perfeita para descobrir mais sobre Helena e Derek quando estavam juntos.

— Sou sim. – Juliana hesitou – Posso te fazer uma pergunta?

— Claro, o que quer saber? – perguntou Catherine.

— Como Derek conheceu a ex-mulher?

— Helena? Desde quando eram jovens, foi logo quando meu primo veio morar com meu tio, eram amigos antes de se casarem. – Catherine ficou desconfiada da pergunta da namorada do primo, mas, mesmo assim, decidiu responder.

— Entendi... e quanto tempo passaram juntos?

— Oito anos ou mais, não me lembro muito bem. Quem sabe de tudo é minha mãe.

— E onde eles moravam? – perguntou novamente Juliana, interessada no passado ainda oculto de Derek.

— Ele possuía sua própria fazenda, eles moravam lá. Era uma casa linda, e o lugar... nossa, é de tirar o fôlego, tem um campo enorme de girassóis.

— Você acha que eles se amavam muito? – "Que pergunta idiota", pensou imediatamente Juliana. Mas uma parte de si queria saber.

— Claro que sim. – respondeu Catherine com uma expressão divertida e inocentemente maliciosa.

— Eu acho que o que separou os dois foi a tragédia na nossa família, acho que nem eu aguentaria.

— Que tragédia?

— Derek não lhe contou?

— Não. De que tragédia você está falando, Catherine? – Juliana está nervosa com o silêncio da jovem.

— Acho melhor que Derek conte para você. – Catherine se levantou e saiu com passos apressados.

# CAPÍTULO 12

Antes mesmo de escolher seu vestido, ela ficou em dúvida entre o longo, cor bege, que tinha pedrinhas brilhantes e uma fenda na altura da coxa e o amarelo justo com a barra acima do joelho e pequenas pérolas na manga. Decidiu pelo longo. Passara o dia todo pensando no encontro, estava bastante animada por sinal. Havia três anos que Helena não sabia nem o que era ficar na companhia de um ser humano do sexo oposto, ainda mais com um homem tão atraente e charmoso igual a Sérgio Monteiro. Parecia loucura, mas o homem de quem ela agarrou o braço com medo no dia em que estava no avião, era o mesmo que a chamou para sair. Ele havia ligado alguns minutos depois do café da manhã para saber como ela estava.

— Onde a senhorita pensa que vai? — Tom estava encostado no batente da porta.

— Vou sair com um cara. — ela respondeu dando uma voltinha, já estava vestida e pronta para sair. — Estou bonita?

— Impossível não estar, esse vestido combinou muito com você. E esse seu penteado faz toda a diferença.

— Obrigada, querido. — Helena ajeitou uma mecha do cabelo que havia soltado. — E você? Vai sair com Fran, não é?

— Sim. Sérgio vem te buscar? Se não, você pode aproveitar e ir comigo.

— Tudo bem, vou avisar a ele. Sabia que ele ia se dar o trabalho de vir me buscar? — comentou ela, retocando a maquiagem. — E como sabe que eu vou sair com Sérgio Monteiro?

— Instinto de irmão. — piscou para ela. — Então deixa ele vir. Acha que vai ser fácil conquistar a mulher mais bonita da cidade? — disse Tom, rindo. — Aproveite o encontro, eu já estou indo.

— Você é muito mal, eu vou com você. Sérgio vai me encontrar no restaurante, não vou deixar que ele percorra vinte quilômetros só para me buscar.

— Você que manda, senhorita. – Tom e Helena desceram as escadas e entraram no carro. Tailan estava ao volante pronto para o encontro com Débora.

— Eu tenho um encontro hoje, chamei aquela moça pra sair. Segui seu conselho.

— Bom. – disse Mark, balançando a cabeça em sinal de aprovação enquanto lia um jornal.

— Vou levá-la ao restaurante com música ao vivo.

— Bom.

— Só sabe dizer isso? Não está nem prestando atenção em mim com esse jornal de... – Sérgio pegou o jornal das mãos do idoso – "COMO CONQUISTAR O PRIMEIRO MILHÃO"?

— Você quer que eu diga o quê? Que é ruim? – Mark olhou feio para ele.

— Eu vou sair hoje com a mulher mais linda que já vi, e foi você o responsável por isso Mark, você é meu herói.

— Bom. Devolva meu jornal –tomou o jornal de Sérgio. – Eu sei que sou um ótimo cupido rapaz, mas o destino foi o mais responsável nessa história. Agradeça a ele.

— Não vai fazer nem uma piada com minha roupa? – perguntou Sérgio, olhando-se no espelho do elevador.

— Não, hoje você está apresentável. A moça deve ser bem importante, não é?

— Quero estar à altura dela esta noite. – Sérgio olhou para Mark e ele estava concentrado na leitura do jornal.

— Não importa o que você faça. – Mark tirou os olhos do jornal e olhou bem para Sérgio. – Nunca estará à altura de uma mulher.

— Eu sei. Já aprendeu a conquistar seu primeiro milhão?

— Isso aqui está errado. – Mark ajeitou os óculos de leitura – Não foi assim que conquistei o meu.

Quando chegaram à cidade, os três se despediram. Tailan foi para o encontro com a mulher que havia conhecido no restaurante Ocean e Tom foi junto, os dois iriam jantar no mesmo restaurante. Helena seguiu para o restaurante Cherry esperar Sérgio. Haviam combinado de se encontrar lá. Ela estava um pouco nervosa. Era o encontro. Em um momento pensou que deveria ter vestido o vestido amarelo em vez do bege, mas quando estava esperando do lado de fora, um homem que usava chapéu a cumprimentou.

— Sabia que anjos existiam, só não sabia que era em forma de mulher. — disse ele, tirando o chapéu. Depois do elogio o colocou de volta e seguiu seu destino.

— Está esperando há muito tempo? — perguntou o homem com um buquê de rosas na mão.

— Sérgio? Meu Deus... você me assustou! — disse Helena, sem graça. Ela olhou para Sérgio e viu o quanto ele estava bonito. Vestia uma camisa social branca com gravata borboleta, uma calça social elegante e, dobrado no braço com classe, um paletó preto que compunha o terno. Os cabelos perfeitamente penteados e a barba alinhada lhe davam um certo destaque aos lábios rosados e carnudos. Helena pensou por um momento como seria beijá-los e se deliciou com essa possibilidade. E aqueles olhos negros e penetrantes a olhavam com a mesma intensidade que ele sempre dirigia a ela, como se Helena fosse uma das sete maravilhas do mundo.

— Sinto muito, não foi minha intenção. — Ele chegou mais perto, deixando Helena sem fôlego. Era um pouco mais alto que ela, e os músculos denunciavam exercícios rigorosos diários. — Trouxe essas flores para você.

— Obrigada... são lindas... eu amo rosas.

— Não são tão lindas quanto você, mas realmente são lindas.

— Você gosta de elogiar, não é? Tá querendo me impressionar?

— Estou conseguindo? — perguntou Sérgio, com um sorriso encantador no rosto.

— Está quase... continue tentando — respondeu Helena, olhando Sérgio bem nos olhos.

— Então... Aonde vamos, Sérgio Monteiro?

— Eu tenho uma surpresa. Pode me acompanhar, senhorita?

— Uma surpresa? — perguntou Helena — Odeio surpresas.

— Tenho certeza de que vai gostar desta. — devolveu Sérgio com um leve sorriso, a acompanhando até o seu carro.

— Você é muito confiante, não é? — Disse Helena, caminhando no estacionamento. Enquanto caminhava, Sérgio a observava conversando. Ela estava ali com ele! Às vezes ele não acreditava que Helena Mcgray havia aceitado seu convite e estava ali, junto dele, belíssima, sua atenção virada só para ele.

— Eu sou. Confie em mim.

— Tudo bem. — disse ela entrando no carro.

Sérgio e Helena conversavam enquanto estavam indo para o lugar em que iam jantar. Era uma conversa íntima, mas nada reveladora. Depois de alguns minutos, chegaram a um chalé luxuoso, branco com janelas de vidro transparente, que permitiam a vista do lado de dentro. Na varanda havia uma mesa para dois decorada com algumas flores, uma garrafa de vinho e outra de champanhe. Também um prato com algumas frutas e duas velas acesas. Sérgio desceu do carro, deu a volta e abriu a porta para Helena. Ela pegou sua mão e os dois foram até a mesa. Uma mulher apareceu com duas taças.

— O que é isso? — Helena olhava para ele, incrédula.

— Um jantar. À luz de velas. — Sérgio levantou a sobrancelha com um ar entre o ingênuo e o cômico — Não gostou?

— É claro que gostei, Sérgio! — Ela olhou ao redor e sorriu — Só não estava esperando por tudo isso, este lugar é lindo.

— Eu sabia que ia gostar, é um lugar reservado. Percebi que você não estava confortável no Ocean, então decidi que ia trazer você aqui. Vou pedir o cardápio.

— O que quer beber primeiro, champanhe ou vinho? — perguntou ela, olhando para o balde com gelo e duas garrafas dentro.

— Que tal vinho? Eu adoro o vinho desta cidade.

— Então vamos tomar o vinho. — ela pegou a garrafa e tentou abrir, mas teve um pouco de dificuldade. Sérgio se aproximou mais um pouco, pegou gentilmente a garrafa das mãos de Helena e por frações de segundos se entreolharam — Geralmente eu não tenho dificuldade em abrir uma garrafa de vinho, essa está um pouco difícil.

— Sorte sua que estou aqui. — Ele pegou a garrafa, girando a rosca com facilidade. Serviu em duas taças de vidro. — Prontinho, senhorita, aqui está o seu vinho.

— Obrigada. — ela bebeu um pouco do vinho e se deliciou com o sabor.

— Então a moça misteriosa do avião aceitou sair comigo... impressionante. — Sérgio bebeu um pouco do vinho e sorriu.

— Hum... Você gostou da moça do avião? Por isso a chamou para sair?

— Gostei. Mas tem que me prometer que não vai contar nada a ela.

— Por quê? — Helena perguntou baixinho.

— Ela é demais para mim, por isso não conte nada.

— Acho que ela gostaria muito de saber.

— Mesmo? Você acha que eu devo contar?

— É uma boa ideia. — ela sorriu para ele e Sérgio sorriu de volta.

— A verdade é que nem sei por onde começar, Helena... geralmente não tenho dificuldades em me expressar, mas com você está difícil.

– Quer que eu comece? – Uma parte do cabelo de Helena se soltou do penteado e ela tirou a presilha que prendia o cabelo, deixando-o finalmente livre. – Vem muito à cidade?

– Não muito. É a primeira vez que venho aqui depois de vinte e cinco anos que fui embora. – respondeu Sérgio.

– Você já morou em Fredericksburg?

– Sim... com meus pais, eles tinham uma loja de carros aqui, mas venderam para ir morar em Nova York, eu tinha onze anos quando me mudei. – Ele suspirou e olhou para ela – Você não lembra de mim, não é?

– O quê? Como?... Eu pensei que era sua primeira vez aqui! – ela ajeitou o cabelo atrás da orelha – Como assim, Sérgio? Lembrar de você?

– No fundamental... – Sérgio fez uma careta, como se estivesse tentando puxar algo da memória – Você era a popular Helena, é por isso que não se lembra.

– Você está querendo me deixar louca. – ela riu. – Eu juro que não me lembro de você, Sérgio. Você estudava comigo?

– Na mesma sala, com Jeniffer, a ruivinha, que usava óculos. Selena, que se gabava por ser filha do prefeito. E com Joseph, o nerd que usava óculos e se não tirasse nota máxima na prova, era o fim do mundo.

– Meu Deus! – um flashback invadiu de repente a memória de Helena e ela se lembrou do garoto chato que sempre a incomodava na sala de aula jogando bolas de papel nela. Era do tipo que ia pra diretoria todos os dias e que nada o abalava. As garotas do colégio eram todas loucas por aquele moleque, mas ele foi embora antes de ser transferido para o ensino médio – Eu odiava você!

– Eu sei, mas nem todas.

– Sérgio Monteiro, meu Deus... como eu não me lembrei de você antes? Você está diferente, não tem nenhum vestígio daquele garoto chato e insuportável do fundamental.

– Eu fico lisonjeado, obrigado.

– Não me agradeça. – Helena olhou para ele com os olhos cheios de travessuras – Por que você jogava papel com saliva em mim?

– Meu Deus! – Sérgio colocou as mãos no rosto – Que vergonha, peço mil desculpas por isso, eu era um garoto muito travesso.

– Não peça perdão, não é isso que quero. – ela se inclinou e seu rosto ficou mais perto de Sérgio, obrigando-o a encará-la – Por quê?

– Porque eu queria que olhasse para mim. – respondeu Sérgio – Queria que soubesse que eu existia.

— Você era o filho dos Monteiros, era popular, e todas as garotas caíam em cima de você. — recapitulou Helena. — Você não sabe a bagunça que deixou depois de ir embora.

— Você não está entendendo, a única garota que eu queria era você, mas você não estava nem aí para mim. — ele riu — Por isso eu jogava papel molhado em você.

— Não funcionou. Isso me fez odiar você durante todo o ano letivo.

— Nossa! — Sérgio fez um gesto teatral de espanto — Ainda me odeia?

— Talvez sim. — bebeu o resto do vinho da taça. — Talvez não...

— Espero que não, o que vai pedir? — perguntou ele com o cardápio na mão — Eu vou querer cogumelos ao molho branco, parece bom.

— Analisando bem... eu quero salada com bife acebolado. — Helena indicou o prato no cardápio de soslaio para Sérgio.

— Certo — ele chamou o garçom e fez o pedido — Algo para a sobremesa? — perguntou Sérgio a Helena indicando em seguida um pudim de ameixas. Ela aceitou e pediram o pudim para os dois.

— O que te trouxe de volta a Fredericksburg depois de tanto tempo?

— Bom... É uma longa história.

— Eu queria muito saber. — insistiu Helena com um tom de voz que a fez parecer magoada.

— Tudo bem. — ele sorriu. Seu sorriso era largo e assustadoramente branco — Eu vim comprar uma fazenda, vi um anúncio em um site da cidade.

— Fazenda Mcgray? — perguntou ela, lembrando do anúncio no jornal no dia em que fora para a cidade pela primeira vez com Tom.

— Sim, ela pertencia a você não era? — indagou Sérgio, bebendo agora um pouco do champanhe.

— Na verdade, é do meu ex-marido. — Helena colocou um pouco do champanhe na taça.

— Derek Mcgray. — ele mesmo confirmou — Então você era casada com Derek. É por isso que estava se comportando daquele jeito no jantar?

— Não... eu não sinto mais nada por ele. — retrucou ríspida.

— Está mentindo para mim, senhorita Mcgray?

— Talvez eu sinta alguma coisa ainda, mas Derek e eu não nos vemos faz o quê? —Hesitou enquanto pensava — Três anos, e ele está com outra pessoa.

— Juliana Miller... ela parece ser uma boa pessoa — confirmou Sérgio.

— Ele seguiu em frente, Sérgio. — Helena bebeu o champanhe que estava na taça e a encheu de novo.

—Você está preparada para seguir também? — emendou de volta Sérgio, enquanto Helena estava distraída passando os dedos na borda da taça.

– Estou. – respondeu, perdendo a atenção na taça e voltando o olhar para ele – Você é o primeiro homem com que saio em três anos, sabia?

– Sério? – não soube esconder a surpresa. – Nunca tentou recomeçar com outra pessoa depois dele?

– Eu não queria, alguns colegas de trabalho me chamavam para um drink ou para jantar, mas eu não queria outro relacionamento. Seu convite é o primeiro que aceito.

– Obrigado! – disse ele gentilmente.

– Pelo quê? O que fiz para merecer seu agradecimento?

– Você foi sincera e principalmente aberta em relação aos seus sentimentos. – respondeu tocando nas mãos dela.

– Não tem o que agradecer, me sinto bem com você.

– Isso é bom.

– É bom sim. – O garçom chegou com os pratos e serviu a mesa. Logo depois saiu da varanda e começou a conversar com uma moça do outro lado da porta, parecendo flertar com ela.

– E você, senhorita... – Sérgio colocou um pedaço de cogumelo na boca. – O que te trouxe de volta à sua cidade?

– Meu pai... – ela remexeu um pouco a salada com o garfo e sentiu que estava sem fome – ele morreu!

– Sinto muito, Helena, peço perdão, eu não sabia. – Sérgio ficou envergonhado – desculpe.

– Tudo bem, você não tinha como saber, mas, de qualquer forma, eu estou bem. – Helena respondeu com um sorriso torto. – Eu moro em Nova York há três anos. Desde então não tinha visto meu pai, e agora, de volta a Fredericksburg, eu o vi em um caixão.

– Sei como é difícil perder alguém que amamos. – de repente, lembrou-se de Sarah no hospital à beira da morte, com a expressão vazia e sem vida. Sentiu que seus olhos se encheram de água e fez o possível para não chorar na frente dela.

– Temos que ser fortes, não é? Aliás, faz parte do ciclo da vida.

– Tem razão. – disse Sérgio, baixinho – delicioso, não é?

– Ótimo. – ela colocou um pedaço de carne na boca e percebeu que Sérgio havia reparado que ela não tinha tocado na comida.

Depois que terminaram de comer, a sobremesa chegou e eles se deliciaram com o pudim de ameixas. Conversaram mais um pouco e a cada sorriso de Helena provocado pela conversa descontraída de Sérgio eles se sentiam mais à vontade um com o outro. A conversa durou mais do que Helena imaginou. Sérgio discorria uma conversa tão cativante, tão pura. Não tinha segundas intenções, pensou Helena, enquanto Sérgio falava sobre o cachorro dele e o quanto sofria para dar banho no cão. Quando o relógio marcou meia-noite em ponto, Sérgio pagou a conta e deixou uma gorjeta generosa para o garçom, que, sorrindo muito, saiu contente. Sérgio e Helena foram em direção ao carro. Nesse instante, começou a garoar, o que fez com que eles apressassem o passo até o automóvel e entrassem rapidamente. Sérgio ligou a chave de ignição e deu partida no motor. Helena continuava conversando e parou um pouco para ligar para o irmão. Combinou com Tom para que se encontrassem no mesmo lugar em que a havia deixado mais cedo. Chegando ao estacionamento do restaurante Cherry, Sérgio desligou o carro e ficou em silêncio.

— Eu adorei o jantar, Sérgio Monteiro. — disse Helena, quebrando o silêncio, o que fez com que ele olhasse para ela.

— Que bom que gostou... eu também adorei. — respondeu, contendo o impulso de acariciar os cabelos que eram destacados pela luz que vinha do estacionamento deixando-os mais brilhantes.

— Eu me divertir muito. Talvez até te perdoe por ter jogado bolinhas cheias de baba em mim. — ela riu e encostou a cabeça no banco olhando para Sérgio.

— Graças a Deus. — respondeu rindo, preso ao olhar de Helena. Queria sentir seus lábios esculpidos com a forma de um coração, queria saber como era beijá-los, sentir o cheiro dela de perto, acariciar seus cabelos castanhos claros a cada momento em que saboreasse seus lábios, mas se conteve. Era cedo demais, não queria que Helena pensasse que ele era do tipo de homem que se aproveitasse das mulheres em seu primeiro encontro.

— Você aceita remar comigo algum dia? — perguntou ela, mordiscando os lábios — No *Motts Run*, o que acha?

— Eu adoraria. — Sérgio suspirou de alívio com o convite de Helena. Por um instante imaginou que aquele seria o último encontro deles, mas saber que ela queria levá-lo para remar com no parque principal da cidade o deixava feliz.

— Estou todos os dias livre, pode me ligar quando quiser. — Helena, percebendo ou não, deixava o caminho livre e o coração de Sérgio leve.

— Amanhã eu tenho que resolver algumas coisas, mas podemos deixar marcado pra quinta-feira?

— Pra mim está ótimo. — respondeu ela, gentilmente. Um som de motor de carro tomou conta do ambiente, era a caminhonete de Tom. Tailan estava no banco de trás, provavelmente dormindo.

— Eu tenho que ir. — falou Helena tirando o cinto de segurança.

— Eu sei. — ele passou as mãos sobre os cabelos e colocou a mãos no volante — Boa noite, Helena, espero que tenha uma boa viagem.

— Obrigada, ligo quando chegar em casa. Eu tenho seu número de telefone. — mostrou o celular e Sérgio sorriu com o fato de Helena ter salvado o seu número.

— Espero ansioso ouvir sua voz novamente. — Quando saiu do carro, ela fechou a porta e acenou com as mãos para Sérgio, entrando na caminhonete vermelha do irmão.

Depois de alguns minutos dirigindo pela cidade, ele chegou a uma hora da manhã em ponto ao hotel. Pegou o cartão de acesso que deixou na recepção e cumprimentou a recepcionista que sonolenta respondeu gentilmente. Quando estava entrando no elevador ouviu a voz de Mark pedindo para que segurasse a porta.

— Para quem não anda, você gosta de passear, não?

— Não amole, Sérgio. Eu ainda sou jovem, tenho que virar a noite de vez em quando. — respondeu o idoso se acomodando no elevador.

— Você é show! — disse Sérgio, rindo com a expressão que Mark fez ao ouvir o comentário.

— E como foi o encontro, Dom Juan?

— Foi incrível, ela é mais do que eu imaginava, Mark, nós conversamos... ela riu das minhas piadas, pedimos a mesma sobremesa, conversamos sobre várias coisas, foi excelente.

— Eu sabia que você ia conseguir. Chamou a moça para sair de novo?

— Vamos remar no *Motts Run* quinta-feira, vai ser divertido.

— Eu fui lá semana passada com uma das minhas mulheres. — disse Mark, penteando os cabelos com um pente pequeno.

— Que galanteador, hein?

— Não sou eu... é meu dinheiro. — Ele riu — Precisa usar o seu também de vez em quando.

— Anotado. — A porta do elevador se abriu. Sérgio saiu e olhou para trás. — Quer tomar café comigo amanhã cedo?

— Já disse que não gosto de homem, você não faz meu tipo, Sérgio.

— Te encontro amanhã no buffet. — ele riu quando saiu do elevador e Mark mostrou o dedo do meio antes da porta fechar.

# CAPÍTULO 13

Durante os três anos de relacionamento, Derek sempre foi um pouco fechado em relação a sua vida pessoal. A única coisa que Juliana sabia sobre ele era que seu pai havia morrido e sua mãe estava viva, mas não mantinha contato. Em conversas, ele mencionava apenas sua tia que morava no Texas. Derek falava muito sobre ela quando estavam na varanda do apartamento tomando vinho tinto, presente que a tia sempre enviava. Agora na casa da tia de Derek, Juliana se sentia vazia e excluída. No começo se sentiu feliz por ter gente por perto, mas o dia a dia fez com que não tivesse certeza disso. Quanto mais o tempo passava, mais ela se sentia só. O namorado estava mentindo para ela. Primeiro omitiu que já fora casado e que a ex-mulher era a mesma que estava no jantar em que se reuniram com Sérgio. E ele continuava mentindo.

— Oi, amor. — Derek cumprimentou Juliana com um beijo na testa.

— Voltou cedo. — respondeu Juliana, ríspida. — O que é isso na sua mão?

— Os documentos da venda da fazenda. Já estão prontos.

— Sério? — um sorriso surgiu no rosto vazio. — Quando podemos voltar para Boston?

— Logo que Sérgio Monteiro assinar. E Helena também. Ela é dona de parte da fazenda. — Derek ficou sem graça ao ter que mencionar o nome da ex-mulher.

— Posso te fazer uma pergunta? — perguntou Juliana.

— Claro que sim, o que você quiser. — ele se sentou ao lado de Juliana e acariciou seus cabelos negros.

— Você... você me ama? — ela perguntou lançando um olhar vazio para ele, aquilo o atingiu com força quase como um soco no estômago.

— É claro que eu te amo... Juliana... por que está me perguntando isso? — ele se aproximou dela e enxugou a lágrima que rolava sobre o rosto da namorada.

— Se você me ama... por que continua mentindo para mim? Por que continua omitindo as coisas de mim, Derek, será que eu sempre irei descobrir tudo sozinha? Será que você não confia em mim o suficiente?

— Do que você está falando, meu amor? Não estou entendendo.

— Eu sei muito bem que você nunca foi aberto comigo sobre sua vida pessoal, Derek, e acabei me acostumando com isso. Esses três anos me ensinaram a lidar com seu silêncio, mas agora sinto que estou perdendo você a cada dia que passamos aqui. — Ela deu uma pausa e enxugou as lágrimas com a manga do casaco — Eu não posso perder você.

— Juliana, você não vai me perder... — Derek a puxou para perto e a abraçou com força — Eu não vou perder você, eu te amo.

— Você tem certeza? Me ama mesmo? Ou você ainda ama Helena? Eu quero que seja, pelo menos uma vez na vida, sincero comigo.

— Helena não faz mais parte da minha vida há muito tempo, Juliana. Eu estou aqui não estou? Eu amo você, e você tem razão. Eu menti sobre ela para você porque talvez tenha achado que não era necessário dizer nada, eu não queria te magoar. E sim, rever Helena me trouxe dúvidas, muitas dúvidas na verdade. Eu não lhe contei a história toda... — ele respirou fundo e suspirou, estava tentando encontrar as palavras certas para começar a falar. Agora sentados na varanda, Derek começou a revelar coisas nunca ditas antes para Juliana. Falou sobre o seu relacionamento com Helena e porque o casamento acabou. Contou sobre a filha que tivera durante o casamento. Juliana ficou chocada ao ouvir tal informação. Ele descreveu detalhes sobre a filha, disse o nome dela e como ela era. E falou sobre a terrível doença que a levou embora no mesmo dia em que a menina iria completar quatro anos de idade. Derek não se conteve e chorou ao falar sobre isso. Disse também que o problema com a bebida foi o principal fator do seu casamento ter ido por água abaixo.

*O quarto estava vazio, ele não estava lá como imaginou que estaria, nunca estava. A cama da filha estava arrumada com alguns brinquedos encaixotados sobre ela e a câmera fotográfica que a filha fora presenteada pela tia em seu aniversário, estava entre eles. Ela foi até o closet do quarto e viu algumas roupinhas dobradas e outras no cabide e passou as mãos delicadamente sobre elas. Começou a limpar o quarto e dobrar as roupas repetidamente. Já havia feito um ano que Eliza havia sido enterrada no cemitério local e Helena vagava pela casa à procura de algo pra fazer, mas nada adiantava, todo o lugar em que ia a fazia lembrar de sua filha. Aquela maldita doença havia levado sua menina,*

Eliza partido para sempre, ela não podia fazer mais nada além de passar seus dias convivendo com a dor da perda de sua única filha.

— O que você está fazendo? — Derek estava encostado no batente da porta.

— Arrumando o quarto de Eliza.

— Você faz isso todo o santo dia, Helena! — ele explodiu — Você faz isso todo santo dia, e para quê? Me responde.

— Porque ela precisa. Isso não pode ficar sujo Derek, é o quarto da nossa filha, será que não percebe?

— Não, Helena, você é que não percebe que quanto mais você faz isso, mais você se machuca. — sua voz estava exaltada, mas ele não conseguiu se controlar ao ver sua mulher se afundando ainda mais na dor — Quanto mais você insistir nisso, mais vai nos machucar. É isso que você quer?

— Eu só quero que esteja tudo arrumado. — finalmente perdeu o controle. O choro embargou sua voz — Era como ela gostava.

— Helena, Eliza está morta! — Derek gritou e o quarto ficou em silêncio. Helena o encarou com o olhar vazio e chocante — Me perdoa... eu não quis... — Helena se levantou da cama e foi até a porta, mas Derek bloqueou o caminho. — Lena... me desculpe — ela estava com a cabeça baixa e olhou para ele novamente com a expressão de derrota. — Lena?

— Eu não aguento mais, Derek... eu não consigo. — disse ela.

— Helena, o que você está querendo dizer? — perguntou com a voz embargada.

— Estou querendo dizer que acabou. Eu não aguento mais isso, você bebeu de novo, você prometeu que não ia beber mais. Já faz um ano que nossa filha morreu e você nunca esteve ao meu lado, nunca disse que ia ficar tudo bem. Você nunca disse que íamos superar isso juntos. — Suas palavras se atrapalhavam com soluços insistentes — Você preferiu o bar, não a mim!

— Helena, por favor... Eu não consegui... eu não consigo.

— Eu sei que não, você não consegue encarar o fato de que nossa filha não está mais aqui, Derek. Só que eu prefiro arrumar o quarto dela milhões de vezes do que ir para um bar e encher a cara de álcool.

— Você acha que é fácil para mim? Eu perdi minha única filha, minha única filha. E justo no aniversário dela. Eliza nem teve a chance de comemorar a festinha dela, aquela maldita doença a levou... a tirou da gente. O que você queria que eu fizesse? Eu não sou forte como você, eu não sei ser.

— Eu também não... não mais. — Helena o empurrou. Foi para o quarto do casal e Derek a seguiu. Quando entrou no quarto ele ficou chocado ao ver algumas malas em cima da cama e reconheceu algumas roupas de sua mulher.

— *Aonde você vai? – perguntou.*

— *Vou para casa do meu pai. – Helena terminou de fechar as malas e pegou algumas escovas da penteadeira.*

— *Você só pode estar brincando. Lena, por favor. – Derek tentou se aproximar, mas Helena deu um passo para trás.*

— *Não... por favor. – ela firmou os olhos no chão e decidiu não olhar para ele. Derek viu a caminhonete vermelha do cunhado estacionar perto da estufa.*

— *Lena... – ele falou quase suplicante – Não vá embora.*

— *Eu preciso ir. Volto daqui a alguns dias para buscar o resto. – Helena saiu com uma bolsa e uma das malas – Tom vai pegar o que não consegui empacotar.*

— *Eu te amo. – disse ele, enfim, quando Helena estava saindo do quarto.*

— *Eu também te amo, Derek. – Finalmente ela se virou e olhou para Derek nos olhos – Mas, às vezes, só amar não é o suficiente.*


— Eu sinto muito, meu amor – disse Juliana o abraçando e falando que estava tudo bem, que agora entendia o que ele sentia. Prometeu estar ao seu lado de agora em diante.

— Eu que peço perdão, deveria ter contado muito antes.

— Está tudo bem. – ela o beijou carinhosamente nos lábios – Você tem que falar com ela.

— Eu sei, meu amor, eu vou falar. Estou esperando o papel do divórcio. – falou Derek, um pouco cansado.

— Não sobre isso, meu amor. – Juliana acariciou seu rosto – Tem que pedir perdão a Helena.

— O quê? – O que Juliana acabara de falar o assustou.

— Derek, vocês dois têm muita coisa para conversar, vocês têm um passado com feridas que precisam cicatrizar. Você e Helena precisam conversar. – Juliana acariciou a barba dele o beijou novamente – Eu sei que você me ama, antes tinha dúvida, mas agora não tenho. – ela suspirou levemente. – Não quero que haja mais dúvidas entre nós dois. Converse com ela e coloque para fora tudo o que você reprimiu durante esses três anos, faça isso por você.

— Tem certeza? – perguntou Derek.

— Nunca tive tanta certeza na minha vida. – Juliana se levantou e puxou Derek para dentro de casa. – Joana está na casa de Helena, e Catherine foi para a cidade com Garret. – Ela falou enquanto beijava o namorado com uma paixão incontrolável. Derek pegou Juliana no colo e levou até o quarto de hóspedes.

— Como foi o encontro? – Helena estava tirando o leite da vaca no curral e Tailan estava segurando a vaca com uma corda.

— Ela gostou de mim. – respondeu Tailan, acariciando o focinho do animal – Vamos sair de novo, ela é que vai escolher o lugar desta vez.

— Pobre moça, se amarrou em seu charme, Tai. – Helena riu e pediu para que ele segurasse a vaca com mais firmeza.

— E o seu? Como foi? Sérgio ficou se gabando do quanto ele é rico?

— Não. Pelo contrário, foi o melhor jantar que já tive com um homem. Sérgio é tão atencioso, educado, inteligente, engraçado... e principalmente cavalheiro. – respondeu ela com a voz cheia de ternura.

— Não sabia que estava se referindo a mim, Helena. – o brincalhão passou as mãos no cabelo – Eu sou tudo isso mesmo.

— Você é insuportável, Tailan. – Helena se levantou do banco, pegou o balde de leite que já estava cheio e pediu que Tailan soltasse a vaca da corda – Vamos remar amanhã no lago. E vou levar algumas frutas para fazermos um piquenique.

— Gostou dele, não foi, mocinha? – perguntou Tailan.

— Acho que está na hora de seguir em frente – respondeu ela, sorrindo e acariciando o pelo da vaca distraída – E quero me divertir um pouco também com alguém que não seja você.

— Por que insiste em me magoar? O que fiz para merecer isso?

— A pergunta é: o que você não fez?

— Continua sendo uma incógnita. – ele respondeu e saiu do curral. A vaca o seguiu.

— Olha, parece que ela gostou de você! – O animal estava lambendo o braço do rapaz.

— Quem não gosta? – Tailan beijou o focinho da vaca e chamou Helena para ir.

Ao acordar, Sérgio se levantou da cama e pegou o celular. Tinha duas ligações perdidas de Helena. O aparelho celular estava ficando sem bateria. Ele o colocou pra carregar antes de tomar banho. Tirou a pouca roupa que vestia e ligou o chuveiro. Era um daqueles chuveiros caros com luz e música. Tomou um banho gelado. Apesar do frio que estava fazendo na cidade, ele optava por banhos frios, o que o fazia sentir-se melhor. Depois de alguns minutos, Sérgio já estava vestido e perfumado. Escolheu uma roupa mais casual para o dia. Não iria resolver nada de importante, apesar de ter dito a Helena que iria. Queria surpreendê-la quando o visse. Ao sair para o corredor, a moça do serviço de quarto lançou um sorriso simpático e ele retribuiu com outro.

— Não está velho demais para colocar tanto açúcar no café? — Sérgio agora estava no buffet do hotel com Mark. Logo que chegavam ao restaurante, notaram a presença um do outro.

— Coloque só mais uma. — Mark pediu que Sérgio o ajudasse a montar seu prato — Prontinho, Sérgio — ele experimentou o café e corou de prazer.

— Você ainda vai se matar. — Eles já haviam terminado no buffet e Sérgio ajudou Mark a se acomodar na mesa com a cadeira de rodas. Quando já estavam à vontade, começaram a conversar.

— O que eu faço para você desistir de mim? Estou considerando isso como um assédio. — brincou Mark, mergulhando a torrada em uma poça de ovos mexidos.

— Não há nada que possa fazer, sinto muito. — Sérgio bebericou o café com leite — Será que consigo comprar um barco sem perder muito tempo?

— Eu tenho cara de quem vende barco?

— Não... mas tem cara de quem sabe quem vende. — respondeu Sérgio, parecendo ofendido com a resposta de Mark, o que fez com que Mark olhasse feio para ele.

— Tem um homem com quem você pode falar... — Mark deu um sorriso malicioso — Mas eu só vou dizer se me levar junto.

— Sem chance. — Sérgio mordeu um pedaço de torrada.

— Sem barco.

— Tá bom. — ele riu — Você venceu. Mas não vou te empurrar por aí.

— Pode deixar que essa belezinha... — Mark passou as mãos na cadeira de rodas — Faz o trabalho para você, ela é turbinada.

— Ótimo. — Uma mulher de cabelos ruivos longos encaracolados passou por eles com um vestido vermelho provocante e um decote exagerado, sentando-se na mesma mesa em que eles.

— Vai me levar para sair hoje, Mark? — falou a moça ao idoso, com um tom de voz extremamente provocante.

— Hoje não, querida, eu já tenho compromisso. — Ela olhou para Sérgio como um leão olha para uma gazela pronto para o ataque.

— E seu amigo... tem um compromisso?

— Ele é meu compromisso, querida. — A mulher ruiva se levantou e saiu resmungando algo que nenhum dos dois entendeu. Melhor assim.

— Você é cheio de pretendentes. — disse Sérgio, olhando para Mark e sorrindo.

— Ela? Não... é só uma mulher que tem interesse mais no meu dinheiro do que em mim. — Mark tomou mais um pouco do café. — Você exagerou no açúcar, quer me matar?

— Eu avisei. — Sérgio comeu uma uva. — Podemos ir agora?

— Sim. — Mark fez menção de se levantar. — Esqueci que não posso andar.

— Eu levo você — Sérgio se levantou da cadeira e começou a empurrar a cadeira em que Mark estava sentado se gabando pelo fato de Sérgio estar fazendo o que ele disse que não iria fazer: empurrar sua cadeira.

Nenhum som se ouvia da cozinha, a luz amarela da tarde enchia o ambiente. Helena, entediada, procurou algo para fazer. Lavou um pouco da louça que estava na pia.

— Quer ajuda? — Tom entrou na cozinha e foi até o filtro beber água.

— Não, já estou terminando. — ela lavou o último prato e colocou para escorrer.

— Tudo bem. — ele guardou o copo. — Como foi seu encontro?

— Eu me diverti bastante, foi bem agradável.

— Que bom que se divertiu. — ele se aboletou na cadeira de balanço em que Joana costumava sentar. — Fui com Fran no Ocean, ela adora aquele lugar.

— E quem não gosta? Pretendo ir lá mais vezes quando voltar de férias.

— Por um momento pensei que morava aqui — ele riu. — Quando vai voltar?

— Daqui a uma semana. Meu chefe está precisando de mim. Se não for, ele vai enlouquecer. — Helena se sentou no colo do irmão — Vai sentir minha falta?

— É claro que sim. — ele a abraçou. — Vou sentir muito a sua falta.

— No final do ano eu estou de volta. — ela se levantou e pegou na mão dele — Dessa vez vou trazer minha melhor amiga para passar a temporada aqui comigo, ela vai adorar este lugar.

— Só me promete que vai voltar.

— Eu prometo. — Enquanto conversavam, a porta se abriu. Era Tailan. Ele havia dito mais cedo que iria à cidade resolver algumas coisas. Segurava uma pasta entre as mãos.

— Bem-vindo de volta. — Tom cumprimentou Tailan. — eu vou ver como está o potro, faz muito frio lá fora. — disse Tom, saindo pela porta da cozinha

— Tem uma pessoa te esperando lá fora — falou Tailan, antes mesmo de entrar na cozinha.

— Quem? Sérgio? — um sorriso surgiu no rosto dela.

— Derek. — respondeu enfim. — Eu falei pra ele ir embora, mas...

— Tudo bem. Eu vou ver o que ele quer. — Helena saiu da cozinha e foi para o *hall* de entrada. Viu Derek parado em frente à casa com as mãos no bolso. Ele não estava de carro, mas a cavalo. Helena abriu a porta e desceu os pequenos degraus.

— Oi. — cumprimentou Derek, sorrindo.

— Oi. — falou ela se aproximando — O que está fazendo aqui? Joana já foi embora.

— Não vim aqui por Joana. — ele hesitou por um instante. — Precisamos conversar. Quer ir a cavalo?

— Acho que sim. — respondeu. — Vou pedir a Tom que coloque a cela no cavalo para mim.

— Certo. — ela voltou para dentro e pediu a Derek que a esperasse vestir a roupa de montaria. Alguns minutos depois, ela apareceu e o cavalo já estava pronto. Com a ajuda de Derek, ela subiu.

— Aonde vamos? — perguntou Helena, ajeitando o capacete.

— Você vai descobrir. — respondeu Derek, enquanto começavam a cavalgar.

— Essa é a última — disse Ben, colocando a mala no chão. — Aonde você vai mesmo?

— Vou fazer uma surpresinha para Lena. — pegou a última mala no chão e colocou no porta-malas. — Vamos, senão eu perco o voo.

— Sentirei sua falta, vê se traz Helena de volta. — O amigo puxou Thereza e lhe deu dois beijos na bochecha.

— Não! — ela se esquivou e tapou a boca do rapaz com as mãos. — Deixa a despedida para o aeroporto.

— Tá bom. — Ben sorriu e lhe deu um tapa na bunda, o que fez Thereza soltar um leve grito e sorrir. Eles entraram no carro e seguiram até o aeroporto.

# CAPÍTULO 14

A estrada que percorriam era bastante familiar. Enquanto galopavam, ficaram em silêncio. Nenhum dos dois pronunciou sequer uma palavra, cada um perdido em seus próprios pensamentos. Ao chegarem na entrada da propriedade Helena reparou que, no tempo em que passou longe, a casa havia sido reformada: a tinta não era a mesma e a garagem estava um pouco maior do que antes. Mas ainda era a mesma casa em que viveu com o marido por anos. Helena observava a casa que um dia foi o seu lar com um nó na garganta.

— Por que me trouxe aqui? — perguntou, enfim, descendo do cavalo e o amarrando em uma árvore.

— Eu queria que você estivesse aqui. — falou ele, enquanto descia do cavalo — Porque preciso falar com você.

— Comigo? — perguntou, confusa — O que você quer conversar? E por que me trouxe aqui? Não podíamos simplesmente ter conversado na casa do meu pai?

— Primeiro preciso te levar a um lugar. — Derek pegou um pedaço de pano do bolso. — Mas você não pode ver o caminho.

— Isso é sério? — perguntou Helena, irônica — Uma venda?

— Sim. — ele se aproximou dela e vendou seus olhos delicadamente. — Promete que não vai tentar olhar?

— Prometo. — Derek agradeceu a compreensão dela e segurou em suas mãos para guiá-la até o caminho. Ela estava um pouco confusa com o que estava acontecendo e por que ele estava agindo daquela maneira. Mas estava curiosa em saber o que Derek queria falar com ela de tão importante que o fez trazê-la a sua antiga casa. Enquanto caminhavam, Helena, vendada, tinha medo de pisar em alguma coisa e segurava as mãos dele com firmeza, depois de alguns minutos caminhando, sentiu um aroma conhecido e isso a fez parar.

— O campo... por que você está fazendo isso? — Ela tirou a venda e seus olhos contemplaram aquela vista inacreditável. Os girassóis estavam todos alinhados, era como se estivessem dando boas-vindas a ela. Tudo estava tão bonito quanto antes. Ela segurou a mão dele com mais firmeza enquanto ainda estava processando tudo o que estava acontecendo.

— Esse foi o lugar em que te conheci, lembra?

— Lembro... como poderia esquecer? — respondeu, ainda presa à beleza dos girassóis. — Não sabia que o senhor Mcgray tinha um filho.

— Nem eu sabia que ele era meu pai. — ele riu — Foram muitas as mudanças na minha vida Helena, e você me ajudou demais a lidar com tudo aquilo.

— Nunca me contou nada sobre você antes de vir pra casa do seu pai, nem nada sobre a sua mãe.

— Eu não queria incomodar você. — ele a encarou — Não com meu passado.

— Eu queria muito saber. — Helena pegou as mãos dele e segurou firme. — Quem é o Derek Mcgray que nunca conheci?

— Tudo bem. — Derek começou a falar sobre o seu passado ainda desconhecido para Helena. Falou sobre o desprezo que a mãe tinha por ele desde pequeno. Ela o culpava por Michel não querer mais um relacionamento amoroso, disse que o pai falou que iria assumir o filho, mas não queria nada com ela. Por vingança, a mãe de Derek foi embora e não deu mais notícias. Quando a mulher chegou em Boston, foi para a casa da irmã, que era enfermeira e vivia na cidade havia vinte anos. Durante a estadia, com oito meses de gestação deu à luz ao bebê e o deixou aos cuidados da irmã durante quase toda sua vida. Desde o nascimento, então, ele considerava sua tia como mãe. Quando Derek completou dezesseis anos a tia contou sobre o pai dele e o que a mãe tinha feito. Contou que ele era um homem com dinheiro e que sempre quis conhecer o filho. Quando Derek completou vinte três anos decidiu que queria conhecer o pai, Michel o acolheu com muito amor e perguntou se o filho queria morar na fazenda com ele, e Derek aceitou depois de ser convencido pela tia.

— Deveria ter me contado antes... eu sinto muito, imagino como foi difícil para você. — ela enxugou a lágrima que caia dos olhos dele — Obrigada por me contar.

— Eu deveria ter contado isso há muito tempo. — ele pegou as mãos dela, que estavam em seu rosto, e acariciou seus cabelos. — Este foi o lugar em que eu conheci meu primeiro amor, o lugar em que passávamos tardes conversando, o lugar em que te pedi em namoro e o lugar que descobrir que ia ser pai.

— Helena... o que você está aprontando? – perguntou, enquanto a seguia até o campo.

— Eu não estou aprontando nada. Seu cachorro entrou na plantação de girassóis e não consegue sair. E como ele só obedece a você... – eles pararam no meio da plantação – Tenta chamar, talvez ele apareça.

— Beethoven! – Derek começou a assobiar e chamar o nome do animal – Aqui garoto. Beethoven!

— Olha ele ali! – O cachorro de Derek apareceu em meio à plantação abanando o rabo. Havia reconhecido a voz do dono.

— O que ele tem na boca? – Derek se aproximou do cão e viu que era uma caixinha pequena – Onde você arrumou isso, garoto?

— O que é? – perguntou Helena, desinteressada.

— Uma caixa... – a caixa tinha uma fita em volta dela. Derek a pegou e abriu – Há um mini sapatinho dentro. E um bilhete – Derek abriu o bilhete e começou a chorar depois de ler o que estava escrito.

— Verdade. Meu Deus... Lena? Isso é sério. – o marido eufórico a puxou para perto e lhe deu um abraço. Depois se agachou e beijou sua barriga.

— Parabéns, papai. – ela se abaixou e o beijou delicadamente.

— Eu vou ser pai! – ele a pegou no colo e beijou novamente – Nós vamos ser papais.


— Eu sei. Este lugar tem muitas lembranças. – disse Helena, fazendo com que Derek voltasse à realidade. – E eu amo cada uma delas.

— Eu também, mas... – Derek se afastou dela, lhe entregou uma caixinha e pediu para abrir. Era a aliança de casamento deles.

— Sua aliança. Você ainda a tem? – perguntou com a voz fraca – A minha ficou em casa, no fundo de uma gaveta.

— Eu nunca tirei a minha. – respondeu ele, olhando para as mãos.

— E sua namorada? – perguntou, confusa – nunca quis saber sobre a aliança?

— Pra falar a verdade, Juliana nunca perguntou sobre ela.

— Eu queria que você...– ela respirou fundo e suspirou levemente.

— O que, Lena? – Derek olhou para Helena. Ela estava com a cabeça baixa. Aprumou-se e o encarou.

— Eu peço que me perdoe... eu quero que me perdoe por tudo, eu sinto muito por ter sido covarde, por ter ido embora de casa, por não ter lutado por nós, mas... eu não estava suportando mais... Derek, eu não conseguia mais ficar perto de você, eu não conseguia lidar com sua dor. Eu tentei ser forte, juro que tentei. – ao ver Helena daquele jeito, aos prantos,

Derek a puxou para perto e a abraçou. Não existia mais aquela mulher sarcástica e forte de antes. Era só ela, a mulher que ele conhecia, seu primeiro amor, sua primeira companheira de vida, a mulher com quem ele dividiu os momentos mais felizes da sua vida. E os mais tristes também.

— Eu... eu que peço perdão, Helena. — disse Derek, enquanto a abraçava e sussurrava palavras de conforto — Eu deveria ter sido mais forte. Me perdoe por não ter sido o marido que você merecia, por não estar ao seu lado quando mais precisou. Helena, eu sinto muito.

— Eu perdoo você. — as palavras de Helena soaram em um sussurro abafado — Eu estou feliz por ter seguido em frente, Derek. Eu li uma vez um livro de Augusto Cury, uma frase que nunca saiu de minha mente, ela dizia que "só conseguimos construir um futuro se tivermos coragem para enterrar o passado, enterrar o nosso passado não é negá-lo, escondê-lo e nem ao menos excluí-lo, é trabalhá-lo e reciclá-lo"

— Obrigada, Lena, eu também perdoo você, eu... você é e sempre será muito importante para mim. — disse Derek sem conseguir conter as lágrimas.

— Derek Mcgray... você foi e sempre será o grande amor da minha vida... sempre. E eu nunca vou esquecer o que passamos juntos, os momentos felizes e os tristes. Mas, apesar de te amar, apesar de tudo, estou disposta a seguir em frente. — Helena colocou a mão no bolso e pegou a aliança que estava guardada — Eu sempre a carrego comigo, nunca a deixei em uma gaveta, porque esta aliança é o símbolo do que fomos algum dia. Só que estamos prontos para deixar tudo isso para trás. Eu estou disposta... — Helena se lembrou de Sérgio olhando pra ela enquanto ela estava no estacionamento indo em direção ao carro do irmão — Estou disposta a seguir em frente, e eu não entendo o porquê de você estar aqui. E o porquê de *eu* estar aqui. Mas nada é por acaso, Derek, e eu percebi que estamos aqui para finalmente nos perdoar, para finalmente virarmos essa página, para que possamos ser felizes novamente. Então... eu perdoo você. Agora faça o seguinte: saia daqui o mais rápido que puder e diga que ama sua namorada. Diga que a ama e peça a mão dela em casamento.

— Obrigado, Helena. — ele se afastou e olhou para ela como se fosse a última vez. — Você ainda faz parte da minha vida, mas em outra página, está na hora de iniciar um novo capítulo, está na hora de escrevermos a nossa própria história, Lena. Preciso ir agora. Tenho que correr e pedir à mulher que está me esperando que fique comigo para sempre.

— Faça isso. — Helena o abraçou pela última vez e beijou sua bochecha carinhosamente. — Seja feliz, Derek. — Helena observou Derek se afastar sorrindo. Quando ele desapareceu da plantação, ela se sentou no chão e começou a chorar. Não de tristeza, mas por finalmente ser livre. Ela pegou as duas alianças que um dia fizeram parte de um grande amor e as enterrou.

— Oi, Juliana. — cumprimentou Catherine, quando viu Juliana sozinha na varanda — Está tudo bem?

— Ele me contou. — falou Juliana, brincando com uma joaninha que andava toda colorida sobre sua mão.

— Como foi? — Catherine se sentou ao lado dela e cruzou as pernas.

— Bem. Eu acho que foi bem. Ele disse que me ama.

— Você acha que não? Acha que ele não te ama? — Perguntou Catherine.

— Eu sei que ele me ama, mas existe Helena Mcgray, o primeiro amor da vida dele, a mulher com quem ele formou uma família, a mulher que ainda o faz se sentir confuso.

— Eu imagino que não deve ser fácil para você, Juliana, ver seu atual namorado dividindo o mesmo ambiente com a mulher que fez parte tão importante da vida dele. — Catherine suspirou e continuou — Derek evitou Fredericksburg desde que Helena foi embora. Havia acontecido muita coisa e ele só queria se livrar de tudo aquilo, de lembranças que o destruíam a cada dia. Tenho certeza de que quando você o conheceu ele ainda estava tentando ajuntar os cacos, tentando reconstruir a vida novamente. E, de algum modo, você conseguiu conquistar o coração dele, Juliana... você fez com que meu primo desse mais uma chance para o amor.

— Eu o amo... — interrompeu Juliana, colocando o rosto entre as mãos.

— Eu tenho certeza de que ele te ama também. Mas entenda, Juliana, é o passado dele, é a vida dele. E se você quer fazer parte dela, apoie Derek. Não estou dizendo que você não o esteja apoiando. Você está lidando com tudo isso muito bem. Pense apenas em como ele precisa de você agora.

— E se ele a escolher?

— Então não será o Derek que eu conheço. — Respondeu Catherine com firmeza.

— Oi. — Derek cumprimentou as duas, havia chegado há alguns minutos e entrou pela porta da cozinha. Quando ia procurar Juliana, parou ao ouvir as duas conversando.

— Oi, Derek. – respondeu Catherine se levantando. – Vou fazer um chá de erva doce, espero vocês na cozinha.

— Tá bom. – respondeu ele, e Catherine saiu da varanda deixando-os sozinhos.

— Pensei que não gostasse de chá de erva doce. – falou Juliana, enquanto Derek se acomodava a seu lado.

— Não gosto... mas gosto da Catch. – disse ele, rindo.

— Injusto com ela.

— Eu sei. E você? Você está bem?

— Eu estou bem. Você tirou a aliança. – reparou Juliana. – Eu que pergunto se você está bem, está?

— Conversei com Helena. – Disse Derek. E, por um momento, tudo ficou em silêncio.

— Você está aqui. – Ela olhou para Derek e uma lágrima solitária surgiu.

— Estou aqui. – Concordou Derek, segurando uma das mãos da namorada. Ao ouvir a resposta juliana murchou de alívio.

— Por quê?

— Porque você é a única mulher com quem eu quero estar. É a mulher que quero acordar todos os dias e ver do meu lado. Quero que você me acorde todos os dias com um beijo e me dê broncas por ainda não saber fazer um nó em uma gravata. Quero que continue junto comigo em todas as minhas conquistas e derrotas, sabe por quê? Porque eu te amo. Você me ajudou a levantar quando eu estava caído, eu quero que você seja minha mulher! – Derek se afastou e se ajoelhou na frente de Juliana que, espantada, ficou sem reação. – Quer casar comigo?

— O quê? Casar? Derek, eu... – Derek ajoelhado na frente dela a fez se derramar em lágrimas.

— Sim. Não estou com as alianças, mas... – ela o beijou ardentemente como se fosse a primeira vez e olhou firmemente pra ele.

— Danem-se as alianças.

— Isso quer dizer um sim? – perguntou baixinho.

— Sim, sim, sim, sim! – com a resposta de Juliana, Derek a continuou beijando apaixonadamente, sussurrando palavras carinhosas nunca ditas antes.

— Vocês têm quarto, sabia? – Garret apareceu com uma mala de ferramentas nas mãos. Derek e Juliana ficaram rindo, envergonhados.

— Eu vou me casar, tio. Me dê um crédito. – Disse ele a Garret ainda rindo.

— Pode usar meu quarto se quiser. – Garret saiu dando risada e mancando.

— Eu amo você, Juliana Miller. — falou e a beijou mais uma vez.

— Eu também te amo. — sussurrou Juliana em seu ouvido, com a voz suave e cheia de ternura. — Mas preferia que tivesse me pedido em Paris.

— Podemos providenciar isso também.

— Não gostei da cor. — disse Mark para o vendedor, já impaciente.

— Senhor, nós já olhamos todo o estoque e o senhor não gostou de nenhum.

— Eu gostei. — falou Sérgio para o vendedor — Eu quero o primeiro que vimos.

— Você não tem gosto, Sérgio, aquele parecia o Titanic depois de cem anos embaixo d'água. — retrucou Mark, enquanto o rapaz que o atendia esperava a resposta dos dois.

— Você, rapaz. — Mark apontou para o rapaz — Qual escolheria?

— Eu? Escolheria o terceiro barco, é o mais bonito, tem mais resistência e é de uma das melhores marcas de barcos.

— Olha só. — Mark riu — o rapaz tem bom gosto.

— Então eu fico com o terceiro. — Mark comemorou a decisão de Sérgio balançando os braços.

— Ok. — o vendedor suspirou de alívio — São dez mil e quatrocentos dólares. Qual será a forma de pagamento, senhor?

— Cheque. — respondeu Sérgio, distraído com Mark brigando com a própria cadeira de rodas — Certo. Pode me acompanhar? Vamos efetuar sua compra.

— Certo. Você vem, Mark?

— Vou correndo. — Mark ligou a cadeira motorizada e seguiu Sérgio.

— Ele é sempre engraçado assim? — perguntou o rapaz rindo do idoso.

— Só às vezes. — Sérgio olhou para Mark que, na frente, comemorava por ter ultrapassado eles.

A noite caía lentamente. As estrelas surgiam mais brilhantes do que antes. Era como um show de luzes por todo o lado. Helena voltou do campo de girassóis e foi para o quarto, tirou as roupas que estavam sujas de barro e foi logo para o banheiro tomar banho. Depois disso, dormiu um pouco. Foi acordada por Tom a chamando para jantar. Tailan havia preparado um ensopado de frango com legumes e, para surpresa de todos, estava delicioso. Depois de comerem, Helena lavou a louça com a ajuda do irmão. Depois assistiram um pouco de televisão. Era um filme de ação da franquia *Velozes e Furiosos*. Depois do filme, o irmão foi dormir e o amigo ficou deitado no sofá. Tailan dormia desde o começo do filme.

— Ei, Tai, acorde. — chamou Helena, cutucando o ombro dele.

— Quem morreu? — ele acordou e esfregou os olhos. — Já acabou?

— Há mais de dez minutos — respondeu sonolenta. — Por isso Tom odeia assistir filmes com você, pois sempre dorme.

— Isso não é verdade. — disse Tailan em sua defesa.

— Amanhã vou sair com Sérgio, quero que me ajude.

— Com o quê? — perguntou surpreso.

— Preciso comprar roupa nova, e você é um ótimo crítico.

— Amanhã? Que horas?

— Você vai estar ocupado amanhã? — perguntou ela.

— Eu arranjo um tempinho. — disse Tailan se levantando do sofá.

— O que foi? — ela viu que a expressão dele mudou e ele ficou mais sério.

— Nada. Por que está perguntando isso?

— Quer saber? Deixa para lá. — Helena fez menção de sair da sala, mas o amigo a impediu.

— Quer conversar?

— Como você sabe? — os dois se sentaram novamente no sofá ao mesmo tempo.

— Porque você sempre mordisca os lábios quando quer falar alguma coisa. É por isso que eu sei. — Tailan encostou a cabeça no ombro dela e se acomodou. — Pode falar.

— Conversei com Derek Hoje.

— O que ele queria?

— Conversar sobre o passado. Nós cavalgamos até onde era nossa casa. Fomos até o campo de girassóis. Ele me disse algumas coisas que eu precisava ouvir, e finalmente nos perdoamos, Tai.

— Se perdoaram? Como você se sente?

— É como se o peso do mundo saísse das minhas costas. Me senti finalmente livre. Aquela culpa que eu sentia não existe mais, agora eu posso ser feliz de novo, posso seguir em frente.

— Mesmo? Estou orgulhoso de você.

— Sério? — perguntou ela, rindo.

— Muito Sério.

— Vai me ajudar a escolher a roupa? Eu preciso ir bonita para o meu segundo encontro com Sérgio.

— Tá bom, eu ajudo. Mas vou cobrar. Minhas críticas de moda custam uma fortuna.

— Não pode me cobrar, é injusto. — Helena se levantou do sofá e jogou um travesseiro nele — Depois de tudo o que fiz por você.

— Metade do preço, então.

— Eu faço panquecas amanhã.

— Fechado. — Tailan subiu a escada e sussurrou no ouvido dela — Eu quero bastante mel.

— Seu pedido é uma ordem, esfomeado. — Tailan agradeceu com um beijo na bochecha e foi para o quarto dormir. Ela também seguiu em direção ao seu. Quando se preparava pra dormir, o celular dela vibrou: era uma mensagem de Thereza. Helena desbloqueou o celular e abriu a mensagem: "Estou em Fredericksburg. Estou assustada, sozinha e com medo, sorte minha que arranjei um taxista gatinho que me trouxe a um hotel. Ele vai me levar para sua casa, ele te conhece. É o mesmo que te levou quando chegou. Amanhã eu apareço. Te amo, amiga."

— Aí, meu Deus, Thereza... aqui? — Ela desligou o celular e se deitou. Fechou os olhos e, antes de se entregar ao sono, pensou: eu amo essa doidinha.

# CAPÍTULO 15

Ao chegar na fazenda depois de vinte minutos quase infinitos, Thereza desceu do carro e olhou o relógio. Eram nove horas da manhã. Estava ansiosa para rever a amiga. Thereza pegou a carteira da bolsa e pagou o taxista.

— Tem certeza de que é aqui? – perguntou, olhando para o portão de madeira.

— Tenho. Só se Helena se mudou durante esse tempo. – retrucou ríspido.

— Não precisa ser grosso.

— Não estou sendo. – disse, com o braço estendido, a palma da mão para cima.

— O que significa essa mãozinha aberta em minha direção? – perguntou Thereza, olhando para a mão com desprezo – eu já te paguei.

— Gorjeta. Tem que me dar uma recompensa pelo meu trabalho – ele riu e continuou com a mão estendida.

— Em Nova York não pagamos gorjetas para os motoristas.

— Estamos no Texas. É a regra, moça. – Thereza se deu por vencida e entregou uma nota de cem dólares.

— Cem dólares? Não precisa ser tanto dinheiro. – devolveu a nota de volta. Thereza recuou.

— Você merece. Eu podia até ser uma Serial Killer que matou o pobre rapaz que só estava fazendo seu trabalho e deixou esposa e cinco filhos.

— Não sou casado. E não tenho cinco filhos, você exagerou. – falou o rapaz, guardando o dinheiro – Agradecido.

— Como vou saber? – Thereza abriu o portão e entrou acenando e se despedindo. Ele buzinou e voltou prá a estrada.

— Como posso ajudar? – perguntou o homem alto e ruivo que se aproximava dela com um cachorro bonitinho o seguindo, de repente ela se lembrou do cachorro de estimação do seu ex namorado era semelhante àquele que vinha em sua direção arfando e com a língua para fora.

— E você é? — ela estava com duas malas no chão e uma bolsa.

— Tomas Patterson. — respondeu, olhando para ela com descon-fiança — E você?

— Conhece Helena Mcgray? Ah, não! Não acredito que entrei no lugar errado, eu vou matar aquele taxista.

— É minha irmã.

— Que ótimo! — Thereza pegou uma das malas e entregou a ele — Pode me ajudar com as malas, então? Ah, desculpe, eu nem me apresentei. Eu sou a melhor amiga de Helena, vim buscá-la. Aquela mulher esqueceu que tem uma vida em Nova York.

— Ok. — falou o homem rindo da situação, Thereza sorriu e fez um nó nos cabelos — Me acompanhe, por favor. — A mala estava acima do peso permitido e Tomas a largou na varanda, ofegante. Thereza a pegou e agradeceu pelo serviço. Tom levou-a até a sala de visitas e disse que Helena estava no quarto, se arrumando.

— Se arrumando? Eu vou entrar, onde fica o quarto? — perguntou a mulher enquanto entrava na casa.

— Subindo as escadas, no corredor à direita.

— Obrigada, Davi. — disse Thereza, subindo as escadas.

— Por que me chamou de Davi? — perguntou Tom, curioso.

— Na Bíblia. Davi era ruivo. Você me pareceu muito com Davi. Seu nome deveria ser Davi.

— Talvez eu mude, gostei do nome — ele riu e saiu da sala.

— Você está exuberante! — elogiou Thereza logo que entrou no quarto — Aonde você vai?

— Thereza! — Helena correu e a abraçou — Você é louca. Você veio mesmo.

— É claro que vim, senti sua falta. — olhou bem pra Helena — Preciso de você, aquele apartamento não é o mesmo sem minha melhor amiga.

— Também senti sua falta, amiga. Sorte sua que já vou voltar semana que vem, foi o prazo que Mike me deu, ele me ligou ontem — elas riram.

— Como foi a viagem? — Helena perguntou.

— Ótima, dormi a viagem inteira, ninguém sentou do meu lado.

— Ah, que pena.

— Por quê? — perguntou Thereza, dando alguns ajustes no vestido de Helena.

— Porque eu vou sair com um cara bonitão que encontrei no avião.

— Não brinca! — Ela parou o que estava fazendo e olhou para Helena, incrédula — Você vai me contar essa história direito. Helena Mcgray vai a um encontro?

— Eu vou. — Olhou para o relógio e viu que estava quase na hora de se encontrar com Sérgio — Quando chegar eu te conto. Agora não dá, já está quase na hora. Ele vem me buscar.

— Vou conhecer o sortudo? Quero saber quem amoleceu o seu coração de pedra.

— Acho que vai gostar dele. — Helena se olhou no espelho e o vestido que Tailan a havia ajudado a escolher era perfeito: amarelo com lírios estampados. Tinha mangas curtas e combinava com a ocasião. Helena fez um penteado simples e uma maquiagem básica. Usava sandálias da mesma cor do vestido — Como estou?

— Você está linda. — elogiou Thereza — já que vou ficar esperando você aqui... o que eu faço? Não tem ninguém para conversar?

— Tem meu irmão e o Tailan. Eles são bons de papo, conte um pouco sobre Nova York para eles. — do lado de fora alguém buzinou. "Era Sérgio", pensou Helena, ela reconheceu a buzina do carro.

— Bom, o meu... Sérgio chegou. — Helena fez os últimos ajustes e desceu as escadas. Thereza foi logo atrás. Na cozinha, Helena pegou a cesta que havia preparado para o piquenique.

— Vai ser um piquenique? Que original. — falou Thereza encostada na escada enquanto Helena tentava achar imperfeições que poderiam existir em sua aparência — Qual é, Lena, você está linda, abra logo.

— Estou mesmo?

— Anda logo. — Helena abriu a porta e Sérgio a aguardava. Visivelmente nervoso, parecia que a cada dia ficava mais bonito. Pelo menos aos olhos de Helena. Desta vez o cabelo não estava se comportando, Sérgio não colocara gel. Estava meio bagunçado, provocando um incrível charme. Sérgio vestia uma camisa casual azul marinho com bolsos na frente e bermuda. As sandálias eram daquelas que se usa quando se está bem à vontade.

— Que homem. — disse Thereza, sussurrando nos ouvidos de Helena.

— Eu sei. Eu sei.

— Oi, Helena, já vou adiantando... você está maravilhosa. — falou Sérgio entregando uma flor.

— Eu reconheço essa flor. — ela riu — É do meu jardim.

— Sim. — Sérgio olhou pra ela e sorriu tocando em seu rosto — Quando a vi, me lembrei de você.

— Acho que errou de flor. — interrompeu Thereza — Deveria ter escolhido uma rosa. Helena é linda, mas pode machucar.

— Thereza! — disse Helena, envergonhada. E brava.

— Eu amo rosas. — respondeu Sérgio, agora prestando atenção a Thereza — Você entende de flores, não é? E entende de Helena Mcgray. O que posso fazer hoje pra ela ficar feliz?

— Bom, seja você mesmo... e continue com essa voz, é bem excitante.

— Ai, meu Deus! Podemos ir, Sérgio? — perguntou Helena. Suas bochechas ardiam de vergonha.

— Claro. — ele a pegou pela mão — Foi bom te conhecer, Thereza.

— Como sabe meu nome? — Thereza ficou curiosa.

— Helena falou muito sobre você.

— Ah, entendi. Tchau amiga, bom encontro, hein? E tchau para você também, bonitão, cuide bem da minha amiga. — Thereza olhou desconfiada para Sérgio. — Estou de olho em você. Ao se afastarem da casa, Helena olhou feio para Thereza e a amiga retribuiu com um beijo no ar. Sérgio abriu a porta do carro para Helena e depois tomou seu assento ao volante.

— Me desculpe por Thereza, ela é assim mesmo. — falou Helena olhando para ele — Eu gostei do seu cabelo.

— Não foi nada, ela é legal — Sérgio passou as mãos sobre o cabelo depois de ouvir o elogio. — Você gosta de me deixar nervoso.

— Eu deixo você nervoso? — perguntou curiosa.

— Um pouco... na verdade você me deixa muito nervoso.

— Não sabia. Me desculpa.

— Sabe sim, é por isso que me olha dessa maneira. — eles já estavam na rodovia que ia direto para a cidade. Helena observou que Sérgio ficava muito relaxado ao dirigir.

— É melhor você prestar atenção na estrada. — ela chegou perto do ouvido dele, provocativa, deixando Sérgio um pouco ofegante e sussurrou: — Eu ainda quero remar com você.

— Tudo bem. — Sérgio olhou para Helena e ela se acomodou no banco. Continuando a observá-lo — Só não me olhe assim, vou acabar me desconcentrando.

Ao procurar algo para comer por toda a cozinha, Thereza encontrou um pote de sorvete de morango na geladeira. Pegou uma colher na gaveta do armário e começou a comer. Ela estava deitada no sofá assistindo a um programa de TV que o irmão de Helena havia colocado pra distraí-la um pouco. Quando ia se sentando de volta ao sofá a companhia tocou. Thereza foi até a porta e olhou no olho mágico: era um homem alto e de olhos claros.

— Olá, quem é? — perguntou ela, sem abrir a porta.

— Derek. E você, quem é? Não reconheço sua voz. — Thereza abriu a porta e olhou Derek da cabeça aos pés.

— Lena tem um ótimo gosto. Vem, entra. — Ao ouvir o que ela disse, Derek olhou para Thereza incrédulo e entrou.

— Helena está?

— Acabou de sair. — respondeu Thereza, ainda devorando o sorvete. — Pode deixar recado se quiser.

— Sabe aonde ela foi? — perguntou Derek.

— Um encontro com Sérgio. Acho que esse é o nome dele.

— Então eu volto outra hora. — falou Derek antes de abrir a porta.

— Não vai deixar nenhum recado?

— Diga a ela que preciso lhe falar, é importante. Por favor.

— Tudo bem. Derek Mcgray, não é? Não precisa deixar recado. É ex-marido dela. — disse Thereza, irritada.

— Quem é você, afinal, pra falar comigo assim? — perguntou com o mesmo tom de voz que Thereza usou com ele.

— Sou a melhor amiga de Helena. Ela me falou sobre você, e não foi bem não. Você a magoou, magoou muito.

— Desculpe, mas Helena e eu estamos bem. Eu não queria falar assim com você, sinto muito.

— Estão? Que ótimo.

— Você disse que é a melhor amiga dela... é de Nova York?

— Desde que me entendo por gente eu moro lá. Então sim, eu sou de Nova York. — respondeu com fazendo pouco caso e riu — Está parecendo que quer conversar, não é?

— Na verdade, eu preciso ir. — falou Derek, mas Thereza pegou o braço dele e o fez sentar.

— Nem pense, eu estou aqui há uma hora, estou entediada assistindo a esse programa idiota. Eu quero saber um pouco sobre minha amiga, a Helena que eu não conheço muito bem. E você quer saber como foi a Helena nova-iorquina. Então vou fazer um chá e vamos conversar, tudo bem pra você?

— Tudo. — retrucou olhando para Thereza, por um momento teve vontade de rir — Quero chá de hortelã, tem?

— É o que tem, você deu sorte.

— Eu não tenho muita experiência em remar. — disse Helena, enquanto se acomodava no barco. Haviam chegado ao parque uns vinte minutos antes. Pararam em um carrinho de sorvete e compraram dois picolés.

— Eu tenho pouca. — respondeu Sérgio, colocando os equipamentos no barco. — Eu já fui casado.

— Casado? — Estupefata com a confissão repentina de Sérgio, Helena ficou em silêncio.

— Quando viajávamos para o Canadá ela e eu remávamos juntos. Havia um lugar nas montanhas que ela adorava. Acabei comprando um chalé naquelas imediações. Ela adorava aquele país.

— Onde ela está agora? Se divorciaram?

— Ela morreu. — Sérgio mudou o semblante e uma máscara de tristeza era o que Helena via em seu rosto.

— Eu sinto muito, sei como é difícil perder alguém que amamos muito.

— Ela estava grávida. Seis meses de gestação, era cedo demais para o bebê nascer. Ela não aguentou, perdeu muito sangue. — Sérgio pediu para que Helena se acomodasse, pois ele iria soltar a corda para que o barco ficasse livre — Deve estar se perguntando por que estou contando isso para você. Eu senti que precisava.

— Como era o nome dela?

— Sarah. — ele continuou remando enquanto conversavam — Eu a conheci na faculdade, éramos colegas de turma, no começo não gostava dela. Nossa, eu a achava muito chata. — ele sorriu — Estava errado. Sarah era inteligente, esperta, doce e gentil.

— Então começaram a namorar na faculdade?

— Bem, mais ou menos, eu me declarei a ela na formatura. — falou Sérgio, descansando um pouco os braços, fazendo com que o barco ficasse parado — Eu a pedi em casamento depois de dois anos de namoro. Estávamos viajando para o Canadá pela primeira vez e estávamos remando, como estamos fazendo agora.

— E como se sentiu quando ela disse sim?

— O homem mais feliz do mundo. Me sentia realizado, estava completo. Quando a vi vestida de noiva, pensei que ia explodir de tanta alegria, ela era a mulher da minha vida. — cada vez que falava, Sérgio sentia um nó na garganta e fez o possível para não chorar.

— Você a amava. Como foi para você perdê-la?

— A pior fase da minha vida, Helena. Senti como se minha vida não fizesse mais sentido, como se tudo a meu redor desmoronasse, achei que nunca ia superar. Até conhecer você.

— Me conhecer? — Helena engoliu em seco.

— No dia em que velei minha esposa e meu filho eu estava devastado, pensei que não teria mais forças para seguir em frente. Amigos me ajudaram, meus pais me apoiaram. Minha família estava do meu lado, mas... eu prometi a Sarah que ela seria a única em minha vida, que ela seria a única mulher que eu amaria na vida e essa promessa eu guardei por sete anos, mas a quebrei quando conheci você.

— Eu não sei o que dizer... — Helena enxugou a lágrima e olhou seu reflexo na água.

— Não precisa dizer nada, eu não quero que se assuste. Só precisava falar isso porque não quero me arrepender depois. Desde que te conheci naquele avião eu nunca tirei você dos meus pensamentos. Eu até tentei, tentei tantas vezes cumprir a promessa que fiz para minha esposa, mas a cada dia que eu acordava eu pensava na possibilidade de encontrar a moça do avião. E quando eu te vi, Helena, quando vi você naquele restaurante, meu Deus... eu já tinha perdido a noção do que estava fazendo. E quando vi você no Ocean eu já estava apaixonado, não conseguia tirar os olhos de você. A cada sorriso seu, a cada gesto eu estava me envolvendo ainda mais. Juro que tentei fugir, mas você veio até mim.

— Eu... — Helena olhou para ele como se fosse a primeira vez e olhou em seus olhos negros e brilhantes. Ela chegou mais perto, estava a poucos centímetros dele. Ela aproximou seu rosto ao dele e sentiu seu cheiro. Passou as mãos sobre seu rosto e seus cabelos. A poucos centímetros de Sérgio, Helena se achegou mais e o beijou. Uma mistura de adrenalina e prazer tomavam conta dela. Cada vez que seus lábios sentiam os dele ela ficava mais louca de desejo, ela precisava daquilo, precisava dele. Sérgio, atrapalhado de tanto desejo, a beijava furiosamente como se um turbilhão de sentimos acumulados estivesse forçando a passagem.

— Eu quero você, eu quero você. — sussurrou Helena aos ouvidos dele, e Sérgio a continuou beijando como se só existissem os dois na face da terra, como se o mundo inteiro fosse sua plateia.

— Então vocês se acertaram? — perguntou Thereza bebendo a décima xícara de chá.

— Conversamos, era o que estávamos precisando. — falou Derek, brincando com a xícara — Durante esses anos todos eu me senti culpado por tudo o que tinha feito, às vezes não conseguia dormir pensando nela. Eu a abandonei na hora em que ela estava mais precisando de mim, a minha mulher precisava de apoio naquele momento, eu a abandonei, e isso acabou com a gente.

— Aconteceu muita coisa Derek, a morte da filha de vocês não deve ter sido nada fácil, mas vocês dois são muito fortes. Helena é a mulher mais forte que conheço, estou feliz por ela finalmente estar livre da culpa e por vocês finalmente se perdoarem.

— Eu também estou feliz por isso. Estou namorando há três anos com uma mulher que conheci em Boston. Também fui injusto com ela esse tempo todo por não ter contado a verdade.

— Você não foi injusto... só não estava preparado. — ela pegou a xícara dele e colocou na pia.

— Então Helena é psicóloga? — ele sorriu orgulhoso — Eu sabia que ela iria conseguir.

— Ela é a melhor — falou Thereza, lavando as xícaras — Então esse documento que você me falou é pra ela assinar permitindo que você venda a fazenda?

— Sim, ela também é dona de parte da fazenda. Só preciso da assinatura dela para poder vender e voltar para Boston. Minha noiva tem um hospital para cuidar e eu tenho uma empresa para administrar. — disse Derek, levantando-se — Eu preciso ir agora.

— Certo. Eu falo para ela que você veio aqui. Obrigada pela conversa.

— Eu que agradeço. Foi bom conversar com você. Por favor, diga a Helena que eu venho aqui amanhã cedo com Joana para conversarmos.

— Tá bom, eu digo sim. — Derek saiu da cozinha e foi em direção à porta de saída.

— Acho que vou ter que assistir o programa idiota do irmão de Helena, isso não deveria nem ser chamado de programa. — Thereza pegou o sorvete de volta da geladeira e foi para a sala assistir um pouco de TV.

— Isso foi bom, muito bom. — Helena disse enquanto estávamos abraçados. — Desculpe por ter te beijado.

— Está brincando? — Perguntou Sérgio, fazendo-a olhar pra ele — Eu quero mais — ele riu, Helena se levantou e o beijou novamente.

— Isso significa alguma coisa?

— Acho que sim. – respondeu Helena, acariciando o rosto dele – Que tal sairmos desse barco e fazer um piquenique?

— Claro, pegue os remos. – Helena então pegou e ajudou Sérgio a chegar ao pier onde originalmente estava o barco. Eles saíram e Sérgio amarrou o barco novamente. Os dois caminharam até um lugar mais tranquilo do parque. Helena pegou na mão dele e entrelaçou os seus dedos, de mãos dadas, caminhavam até encontrar um lugar propício para o lanche.

— Você costumava vir aqui quando morava na cidade?

— Algumas vezes com meu pai e meu irmão, mas... eu preciso falar uma coisa para você.

— Pode falar. – disse ele, enquanto ajeitava a tolha xadrez na grama para que pudessem sentar e comer.

— Eu tive uma filha quando era casada com Derek. – ela hesitou por um instante quando ele lhe dirigiu um olhar confuso.

— Sério? – Ele se sentou na tolha, puxou Helena pra perto de si e a abraçou. – É uma história muito longa – Helena se acomodou nos braços dele.

— Estou pronto para ouvir. – quando percebeu a sinceridade de Sérgio, Helena murchou o peito de alívio porque tinha medo da reação dele e começou a contar parte do seu passado e um pouco de sua filha. Sérgio ficou comovido ao saber que a filha dela tinha morrido de câncer, ele ouvia tudo em silêncio abraçado a ela no parque. Ele estava contente com o que estava acontecendo, a mulher que por quem estava apaixonado o havia beijado com enorme paixão e agora estava contando um pouco de sua vida para ele. Aquilo só significava uma coisa, ela estava pronta para seguir em frente. E Sérgio faria de tudo para que fosse com ele.

# CAPÍTULO 16

Depois de passarem o dia todo juntos passeando e trocando beijos apaixonados e conversas do cotidiano, Sérgio deixou Helena em casa por volta das seis da tarde. Ela se despediu dele com outro beijo. Thereza e Tom observavam pela janela.

— O que estamos fazendo está errado. – disse Tom.

— Ninguém te chamou aqui. – devolveu Thereza baixinho.

— Eu sei.

— Cale a boca. – falou Thereza irritada – Ela vai nos ouvir, se você não calar sua boca.

— O que vocês estão fazendo? – Perguntou Tailan quando viu duas pessoas cochichando atrás de uma cortina e uma delas ele não conhecia – Quem é ela?

— Quem é ele?

— Depois eu apresento vocês. – disse Tom, impaciente. Helena o beijou pela última vez e se despediu de Sérgio, o homem seguiu em direção ao carro e deu o último aceno de despedida antes de seguir seu caminho para a cidade, Helena, por sua vez, seguiu porta adentro.

— Não acredito no que vi. – falou Tailan com entusiasmo. – Helena beijou Sérgio? Sérgio Monteiro? Meu Deus...

— O que vocês estão fazendo aí? – Helena estava atrás deles com as mãos cruzadas.

— Eu? Nada... – Tailan saiu da janela e sorriu para ela – Arrasou!

— O que está olhando? Foi ideia dela. – Tom apontou para Thereza.

— Minha ideia? Bom... eu comecei primeiro, esses dois babacas vieram depois – falou Thereza em sua defesa.

— Preparem o jantar, eu vou subir e tomar um banho. – disse Helena enfim, ela riu da situação e subiu as escadas.

— Já tem suas ordens, preparem o jantar. – Thereza subiu as escadas e seguiu Helena.

— Ouviu a moça estranha, prepare o jantar.

— Nada disso, você não vai se safar dessa. Pode colocar a água para ferver, vamos fazer macarronada. — disse Tom, pegando macarrão no armário e colocando em cima da mesa. Tailan foi até o fogão, encheu uma panela de água para ferver e se sentou na cadeira.

— Droga. — Alyssa entrou abanando o rabo e subiu no colo de Tailan. — Oi garota, quer macarrão?

— Derek! — Juliana chamou quando o viu saindo do banheiro.

— Oi, querida.

— Tomou banho e nem me chamou. — disse ela, magoada — Eu já tinha tomado o meu, mas outro não fazia mal algum.

— Desculpe. — ele entrou no closet e fechou a porta — Você viu minha bermuda?

— A marrom? — perguntou Juliana, sentada na cama lixando as unhas.

— Isso. Eu a coloquei em cima da cadeira quando saí, mas não está mais.

— Acho que Joana botou para lavar, ela lavou roupa hoje.

— Eu pego outra. — Derek foi até o pequeno espaço que em que estavam suas roupas e pegou outra bermuda.

— Sua advogada ligou para seu celular — falou Juliana, entregando o aparelho para Derek, que agora já estava deitado ao lado dela. — Parece que era importante.

— Vou ver o que ela quer. — Derek ligou o aparelho, digitou a senha de acesso e retornou a chamada. Depois de alguns segundos, a advogada atendeu. Eles conversaram por alguns minutos e Juliana observava as expressões faciais de Derek tentando entender se havia boas ou más notícias. Ou se era algo de rotina.

— Tudo bem. Sim, sim, claro, amanhã eu vou buscar. Claro... tenha uma ótima noite também Maria, muito obrigado. Até amanhã. — Depois disso ele desligou o celular, se acomodou ao lado de Juliana e puxou o edredom até o queixo. — Está frio, né?

— Está... o que ela queria?

— Os papéis do divórcio estão prontos, vou buscar amanhã. — respondeu Derek, sonolento.

— Isso é bom, não é? — Juliana se virou para ele e acariciou seu rosto.

— Sim, em poucos dias estaremos de volta a Boston para nossa vida normal... Não, normal não, muito melhor. — Ele a beijou nos lábios — Temos um casamento para organizar.

— Estou ansiosa.

— Eu também, minha noiva. — Derek se ergueu e desligou o abajur.

— Eu te amo, Derek. — disse Juliana, se apoiando em seus braços.

— Eu também te amo. — respondeu ele a beijando a nuca, sentindo o aroma de maçã nos cabelos dela. Depois de um tempo, os dois já estavam dormindo.

❧

— Nossa amiga, é tanta coisa que estou com dificuldade pra digerir toda essa informação — Helena e Thereza estavam deitadas na varanda olhando as estrelas — E você, está bem com tudo isso?

— Estou sim, eu nunca estive tão feliz na minha vida, finalmente estou livre para seguir um novo e delicioso caminho.

— Fico feliz por você — disse Thereza, segurando a mão dela — E como foi seu encontro com o bonitão?

— Bem!

— Só isso que vai me dizer? Que foi bem? Eu, hein, Helena, se eu saísse com um homem daquele eu iria colocar no telão da *Times Square*.

— A gente se beijou. — disse ela suspirando ao lembrar dele — Na verdade, eu o beijei primeiro.

— Meu Deus! Conta, conta! Como foi?

— Foi muito bom, amiga. Você tem noção de como isso é bom? Eu não beijava ninguém havia três anos. Eu tomei a iniciativa e amei, porque eu queria muito beijá-lo, sabe? Senti como se fosse o meu primeiro beijo.

— Isso significa... que esqueceu Derek? — perguntou Thereza.

— Não. Mas estou tentando. — ela olhou para Thereza desconfiada — Por que falou de Derek?

— Porque ele veio aqui mais cedo.

— Derek? O que ele veio fazer aqui?

— Queria falar com você, mas como você não estava, ele disse que viria amanhã com uma tal de Joana. —Thereza falou e se levantando do chão — Eu conversei com ele um pouco. Ele é bem legal. No começo eu queria esganar Derek, mas depois de mil xícaras de chá, mudei de ideia.

— Você tomou chá com ele? — perguntou Helena, espantada.

— De hortelã. — Thereza riu — Você tem um bom gosto, ele é bonitão.

— Não enche. — Helena se levantou do chão e entrou em casa. A amiga foi logo atrás — Você pode dormir comigo, a cama é de casal.

— Tudo bem. — Elas subiram as escadas e entraram no quarto. Thereza pulou em cima da cama e puxou o cobertor — Estou louca para você voltar logo para casa, senti sua falta.

— Eu também. — Helena deitou ao lado de Thereza, abraçou a amiga e ambas dormiram tranquilamente.

— Você a beijou? — Mark estava no restaurante do hotel tomando um pouco de sopa de legumes.

— Beijei. — respondeu Sérgio, bebericando uma xícara de café bem quente — Estou apaixonado por ela.

— Eu também. — ele riu com a cara de decepção que Sérgio fez para ele — Deveria ter visto sua cara.

— Engraçado você, hein? — Sérgio terminou o café — Helena me contou muita coisa sobre ela e eu contei um pouco de mim.

— Isso é um começo, meu filho. — Pela primeira vez, Mark pegou a mão do amigo e falou com seriedade — Eu torço muito pela sua felicidade. E se ela te faz feliz, então é a mulher certa.

— Helena me faz feliz, Mark, eu nunca fui tão feliz depois da morte de minha mulher. — confessou Sérgio para Mark, que até então não sabia que Sérgio era viúvo.

— Eu também perdi o amor da minha vida. O nome dela era Josephine. Ela era tudo para mim, foi minha companhia por cinquenta anos, mas o Alzheimer a levou.

— Sinto muito, Mark. — Sérgio segurou as mãos do idoso.

— Eu fui feliz ao lado dela, muito feliz, eu a amava. Quando ela estava morrendo eu estava ao lado do leito dela e sempre lhe prometi que ela seria o único amor da minha vida. E nunca me casei novamente. Mas me arrependo amargamente dessa promessa.

— Eu também fiz essa promessa para Sarah. — falou Sérgio com a cabeça baixa — Mas eu não consegui cumprir, estou apaixonado por outra mulher e me sinto culpado por isso.

— Não se sinta, você merece ser feliz outra vez. E Sarah sabe disso. — Você é feliz, Mark?

— Agora eu sou. — respondeu sorrindo — Pode me levar ao meu quarto?

— Você está acostumado, não é?

— Estou. — ele riu. Sérgio foi até ele e puxou a cadeira de rodas.

— Quero te apresentar Helena. — falou Sérgio enquanto entravam no elevador.

— Quero muito conhecê-la. Podem jantar na minha casa amanhã à noite, vou pedir para prepararem um jantar digno.

— Você tem casa? Confesso que estou surpreso.

— Achou que eu morava aqui? Me senti ofendido.

— Achei. Você passa a metade do seu tempo aqui, eu pensei que vivia neste hotel, mas está confirmado, você é cheio de surpresas.

— Vou te passar o endereço por mensagem, vejo vocês lá. — a porta do elevador se abriu e Mark saiu primeiro.

— Você não está no quinto andar?

— Mudei de quarto. Temos uma nova hóspede, e ela está no segundo andar. — Mark riu — Te vejo em casa.

— Achou que eu não ficaria sabendo, não é? — Tailan pegou a última galinha e colocou no galinheiro.

— O quê? — Tom fechou a porta do galinheiro e trancou — Prontinho, nenhuma raposa idiota vai comer vocês.

— Você pediu minha irmã em casamento e não me contou.

— Ah, é isso? Ela te contou.

— Contou... sabe por quê?

— Não.

— Porque ela se importa comigo, tem alguma consideração por mim.

— Larga de ser dramático. — Tom pegou uma galinha escondida de trás de uma madeira. — Você ia esquecendo uma galinha.

— Não coloque a galinha no meio, ela não tem nada a ver com essa conversa. — falou Tailan, pegando a galinha da mão dele e colocando de volta no galinheiro.

— Desculpe, eu ia te contar.

— Quando?

— Amanhã eu ia contar pra você e Helena, mas Fran estragou a surpresa.

— Mulheres... sempre estragando as surpresas. — falou Tailan sem graça — Você vai casar com minha irmã. Parabéns, ela é maravilhosa.

— Eu sei, não conte para Lena, quero contar eu mesmo.

— Tudo bem. — consentiu — Ela vai embora semana que vem, né?

— Sim, e já sinto falta dela.

— Eu também — disse Tailan tirando um fiapo de palha do cabelo.

— Fiquei feliz em vê-la com seu amigo, ele parece ser um bom sujeito.

— Ele é um bom homem e Helena é uma boa mulher. Merecem ser felizes.

— E Débora? Não falou mais dela. – perguntou Tom.

— Ela descobriu que sou amigo do Richard Steven.

— E daí? O que isso tem a ver?

— Não sei, ele literalmente mandou o pai dela pra cadeia, ela é filha do Ray.

— O que matou a Betty, a menina que foi encontrada no lago?

— Sim... alguém deve ter contado pra ela. A doida jogou vinho na minha cara e disse que eu era cúmplice e também era culpado da mãe dela estar em depressão, afundada em uma cama. Mas eu não atuei no caso, apenas estava no júri a pedido dele. E Richard só estava fazendo o seu trabalho.

— O pai dela é um assassino, isso não vai mudar.

— Eu vi a dor no olhar dela, ela não tem culpa do pai ser um assassino.

— Mas isso não dá a ela o direito de colocar a culpa em você ou no Richard. Você estava gostando dela?

— Não tenho sorte com o amor mesmo. – respondeu tristonho.

— Você vai encontrar alguém, Tailan Guerreiro, alguém que mereça você. – disse Tom tentando incentivá-lo.

— Mas ela nadava tão bem... eu queria aprender a nadar.

— Eu posso te ensinar. – falou Tom. Segurando o ombro dele.

— Da última vez que tentou, eu quase encontrei Jesus Cristo.

— Eu disse que era para usar as mãos, você já tem trinta e quatro anos, Tailan, deveria saber usar as mãos. – Tom riu e colocou o casaco. – Vamos, está ficando tarde.

— Eu estava no caminho pra encontrar Jesus Cristo.

— Amanhã vamos para o lago pescar, talvez o encontre amanhã. Não esquente.

— Muito engraçado. – Tailan colocou o casaco e enfiou as mãos no do bolso para aquecê-las e seguiu o amigo.

O sol da manhã penetrava nas cortinas brancas da janela e a luz que transpassava tocava o rosto de Juliana, o que fez com que ela acordasse. Ela olhou o relógio antigo na parede, eram dez da manhã. Assustou-se com o horário, odiava quando dormia até tarde.

— Bom dia, ursinha. – Derek entrou no quarto, ele estava arrumado, observou Juliana, talvez fosse até a cidade. – Pensei que iria hibernar.

— Por que não me acordou? Odeio acordar tarde.

— Eu tentei, mas você nem se mexeu. – respondeu ele, pegando uma pasta amarela em cima da escrivaninha.

— Vai à cidade?

— Acabei de voltar, fui cedo.

— Pegou os papéis?

— Peguei. – ele colocou um pouco de perfume com aroma de almíscar de madeira – Irei com minha tia até a casa de Helena e vamos conversar.

— Tudo bem. – respondeu. – Eu vou ajudar Catherine na casa.

— Certo, eu volto daqui a pouco.

— Vou te esperar. – Juliana se levantou, deu um beijo nele e entrou no banheiro. Derek saiu do quarto e foi até a cozinha. Encontrou Garret lendo um jornal na cadeira perto do balcão e Joana preparando uma cesta de pães.

— Está pronta, tia? – perguntou a Joana.

— Estou quase.

— Mande lembranças minhas a Helena – falou Garret a Derek, olhando pra ele. – Quando vai voltar para Boston?

— Semana que vem. – respondeu Derek.

— Já? Tão cedo. – falou Joana, surpresa.

— Sim, tia. Eu preciso cuidar da minha empresa e Juliana é chefe de um hospital pediátrico, precisamos voltar o quanto antes.

— São os papéis do divórcio? – questionou Garret, com os olhos fixos na pasta.

— Sim, e os da fazenda também, Lena precisa assinar para autorizar a venda, ela é dona também.

— Vai vender mesmo?

— Infelizmente sim, preciso do dinheiro e ela está parada há três anos, Sérgio vai fazer bom uso dela, tenho certeza.

— Tudo bem. – respondeu Garret rispidamente e voltou a ler o jornal.

— Está irritado?

— Não. Só estou imaginando que você não vai pisar aqui em Fredericksburg tão cedo. – respondeu.

— Garret! – falou Joana, o repreendendo.

— O que foi? Falei algo errado? Derek só voltou aqui para vender, e quando isso acontecer ele nem vai lembrar que existimos.

— Não é verdade. – disse Derek em sua defesa – Eu vou voltar, eu prometo.

– Ele vai sim. – falou Joana tocando no rosto dele – Eu confio.

– Espero que volte, porque Catherine sentiu sua falta, sua tia sentiu, eu senti. Lembre-se que você tem uma família, Derek Mcgray.

– É claro tio, eu vou me lembrar.

– Ele vai se lembrar. – falou Joana assentindo.

– Podemos ir, tia? Quero encontrar Helena em casa. Ultimamente está difícil encontrá-la. – falou Derek, passando as mãos no pescoço.

– Podemos. Tchau, meu velho rabugento, volto em instantes.

– Tá bom, minha flor do deserto. – Joana beijou Garret.

– Tchau minha flor do deserto. – falou Derek para Garret antes de sair. Não resistiu. Estava se segurando pra não rir.

– Tchau, calango. – disse Garret antes de voltar a ler.

– Quanta maldade. – falou Joana para Garret antes de fechar a porta.

– Ele me ama, Joana. Não é, calanguinho?

– É. – concordou Derek, rindo do tio.

– Pega ela! – gritou Tom.

– Pegue você. – respondeu Tailan, ofegante – Tenta você, Lena.

– Ela não me obedece, eu já disse. – Helena estava irritada.

– Eu já ganhei duas medalhas de ouro correndo nos jogos da escola, mas nada se compara a essa cadela. – Thereza deitou no chão depois de ter corrido atrás de Alyssa.

– O que vocês estão fazendo? – Joana olhou para eles – Tentando pegar Alyssa de novo?

– Temos que levá-la ao veterinário para os exames de rotina, mas nem o Flash conseguiria pegá-la. – falou Helena enquanto olhava pra Derek – Oi, Derek.

– Oi Lena, eu posso tentar?

– Pode, mas a gente já fez de tudo, ela fica olhando para gente com esse olhar de deboche – disse Helena observando Alyssa abanando o rabo.

– Se você conseguir eu te pago vinte dólares. – disse Tailan.

– Eu pago cinquenta. – disparou Thereza, ainda caída no chão.

– Eu pago trinta. – disse Tom, mostrando as notas para ele.

– E você, Lena, não vai apostar? – perguntou Derek erguendo as sobrancelhas.

– Cem dólares, eu duvido que você vá conseguir.

– Então os duzentos dólares são meus. – Derek se agachou e chamou Alyssa, mas não pelo nome dela e sim por Lyssa. Helena se lembrou que era assim que Eliza a chamava quando brincava com ela. Alyssa saiu do lugar em que estava e foi até Derek, pulando e abanando o rabo.

— Droga, eu perdi vinte dólares! — disse Tailan, entregando a nota para Derek.

— Foi a menor aposta, Tailan. — Thereza falou com ironia. — Eu vou pegar os cinquenta no meu quarto. Arrasou, bonitão.

— Aqui estão os trinta como prometido. — Tom entregou o dinheiro a Derek e pegou Alyssa.

— Você vai poder levar essa pilantra ao veterinário, Lena?

— Sim, eu levo. — Tom entregou Alyssa a Helena e saiu em direção ao celeiro. Joana, ao ver que o assunto havia se resolvido, foi para dentro da casa, deixando Derek e Helena a sós. — Vou buscar os cem dólares e seu casaco.

— Lena, eu posso te levar à cidade se quiser. Precisamos conversar, aproveitamos e tomamos um café.

— Tudo bem, vou me arrumar, volto em alguns minutos. — ela saiu e entregou Alyssa a Derek. — Cuide dela, eu volto logo.

— Ok. — respondeu, acariciando a cadela. Depois de alguns minutos esperando Helena descer, Thereza apareceu logo depois e entregou o dinheiro.

— Se deu bem nessa, duzentos dólares.

— Eu sou ótimo nisso. — ele riu — Quando vocês vão voltar para Nova York?

— Semana que vem... e você, quando volta de onde você veio?

— Semana que vem também. E eu vim de Boston.

— Meus pais se mudaram para Boston faz três meses, parece ser um lugar legal.

— É bem agradável — respondeu Derek, conferindo o relógio. — Algumas coisas nunca mudam. Helena sempre demorou para se arrumar.

— Nem me fale, já cheguei atrasada a vários eventos por causa dela.

— Olha ela lá. — Derek viu Helena abrindo a porta e se despedindo de Tailan, que saiu junto com ela, mas foi em direção ao celeiro, provavelmente ajudar Tom.

— Estou pronta. — disse Helena, já se aproximando do carro e entregando o dinheiro e o casaco que ele havia esquecido.

— Depois de uma hora, seria estranho se não tivesse. — desdenhou Thereza, saindo de perto do carro — Eu vou ajudar seu irmão e o idiota do amigo dele, posso ser útil.

— Tá bom, amiga. — falou Helena para Thereza. Estava se afastando e se virou para Derek — Vamos, o doutor Finn está aguardando Alyssa.

# CAPÍTULO 17

Após deixarem a cadela na clínica veterinária com o doutor Finn para realizar os exames, Derek e Helena foram tomar um café na cafeteria de Mary. O estabelecimento havia mudado, observou Helena.

— O que aconteceu com este lugar, Mary, um cupido está morando aqui?

— Não seja bobo, Derek. — falou Mary, a senhorinha simpática que era proprietária do lugar — Eu e Paul decidimos fazer uma repaginada, agora aqui é uma cafeteira para casais, vocês vieram ao lugar certo.

— Não estamos mais juntos, Mary. — disse Helena, e Derek olhou para ela de soslaio — Mas ficou ótimo.

— Ah, que pena, vocês eram tão lindos juntos. — Mary pareceu triste com a notícia, que o sorriso que antes iluminava seu rosto, desaparecera. — O que vão querer?

— Um café expresso. — falou Derek — E você Lena?

— Um cappuccino duplo.

— Algo para comerem? Temos bolinhos maravilhosos.

— Tem muffin? — perguntou Helena olhando o cardápio.

— Temos sim, querida, de todos os sabores do amor. — respondeu Mary, sorrindo para os dois, citando um por um.

— Prefiro que seja de chocolate. — falou Derek, rindo da cara que Helena fez para a senhora Mary quando ela citou os sabores do amor.

— Ótimo. — Mary anotou o pedido e saiu em direção à cozinha.

— Ficou legal aqui, não é? — Falou Derek, quando viu que o silêncio já estava ficando constrangedor.

— Maravilhoso, quem diria que aquele barzinho se tornaria este lugar agradável. Paul e Mary fizeram um ótimo trabalho.

— Fico feliz que eles estejam juntos ainda. Você lembra que eles estavam se divorciando? Eliza tinha um ano na época.

— Eu me lembro, mas o amor prevaleceu, né? — respondeu Helena, comendo um pedaço de chocolate que havia pegado em um pote de vidro que ficava em cima da mesa para os clientes — O que quer conversar? Fiquei sabendo que você foi em casa, mas eu não estava. Sei que tomou chá com minha melhor amiga.

— Ela é uma boa pessoa e faz um ótimo chá.

— Estamos falando da mesma pessoa? — Perguntou Helena, sorrindo — Brincadeira.

— Bom... eu chamei você para conversar porque vou vender a fazenda.

— Eu sei. Eu vi em um anúncio de jornal logo que cheguei na cidade.

— Então... você é dona de parte dela por causa da divisão de bens. Não se preocupe, você vai ficar com a metade do dinheiro.

— Não quero dinheiro, Derek. Eu assino, mas não preciso do dinheiro — disse Helena de maneira ríspida.

— Posso saber por quê? Somos casados há quase doze anos. — ele mostrou os papéis do divórcio — Nós não chegamos a assinar os papéis oficialmente.

— Nossa! — ela pegou os papéis e analisou — Esqueci que não nos divorciamos oficialmente. Está me pedindo o divórcio? Vai acabar assim, Derek? — disse Helena, sorrindo e fazendo careta — Tem caneta?

— Não vai fazer nenhum discurso diplomático dizendo o quanto fui importante para você? — falou ele irônico, entregando a caneta.

— Este é o fim, mas significa um grande começo.

— Profundo...

— Estou brincando — ela olhou para ele seriamente. — Derek Mcgray... você foi o primeiro amor que tive na vida, foi a primeira pessoa que fez o meu coração palpitar. Eu amei você durante muito tempo, você foi o homem que escolhi para ter minha família e tivemos. Mas o destino não foi bom com a gente, perdemos nosso maior tesouro. Eliza foi o fruto do nosso amor, ela foi tudo para nós. Por isso estamos aqui agora. Eu acho que de alguma forma ela está no meio disso tudo. Mas depois de tantos anos me sentindo culpada por isso, hoje eu vejo que finalmente estou pronta para ser feliz. Eu desejo que você seja feliz em sua nova vida. Esses papéis que vamos assinar agora são o fim de uma linda história, mas o começo de outra.

— Obrigado, Lena. Eu agradeço muito por tudo que você fez na minha vida, pelos dias alegres em que esteve ao meu lado e por estar nos mais difíceis também. Você foi o meu primeiro amor e você sabe disso. Estou muito triste por isso estar acontecendo, mas estou feliz por estar aqui com você e pelo fato de nosso casamento não acabar cheio de amargura e ressentimentos. Você sempre vai fazer parte da minha vida, e a vida que tivemos juntos sempre estará na minha memória. Nossa Eliza vai viver sempre nos meus pensamentos, e nossa família sempre estará comigo.

— Sentirei sua falta. – disse ela enfim, com os olhos marejados. – Amo você, Derek.

— Eu também te amo. – ele foi até onde ela estava sentada e a abraçou.

— Quer assinar comigo? – Perguntou ela sussurrando, alheia aos olhares dos fregueses das mesas ao lado.

— Assino. Mas só se me prometer que vai ficar com a metade dos nossos bens. – disse Derek, segurando a caneta.

— Isso é jogar sujo, Derek. – Helena disse, suspirando. – Eu não quero nada, eu quero que você venda a fazenda e faça bom uso do dinheiro. Eu tenho meu próprio dinheiro, minha carreira, tenho meu apartamento, eu não quero nada. Por favor, não me entenda mal.

— Eu tive uma ideia. – ele sussurrou no ouvido dela e Helena sorriu.

— É uma ótima ideia. – o café deles finalmente chegou. A garçonete colocou tudo na mesa e saiu – Está pronto?

— Estou. – eles se entreolharam e, juntos, assinaram os papéis. Em seguida, Helena assinou a autorização da venda da fazenda e se abraçaram novamente. – Ora, ora, tudo transcorreu bem, não foi?

— Sim. – respondeu Helena, enquanto estavam abraçados – Quer um pedaço do meu muffin? Eu sei que você adora.

— Você me conhece. – Derek pegou um pedaço do muffin e comeu.

— Isso está muito bom... e Sérgio? – Perguntou de supetão.

— Um recomeço. – respondeu, bebericando o líquido marrom – E Juliana?

— Minha futura esposa. – retrucou cheio de orgulho.

— E Alyssa? – Helena perguntou rindo.

— Temos que ir buscá-la. – respondeu Derek conferindo o relógio – Já passou da hora, eu pago a conta. – Derek chamou a garçonete, perguntou quanto era e lhe entregou o dinheiro. Um sorriso surpreso e brilhante surgiu no rosto da moça.

— As gorjetas este mês estão sendo generosas. – disse ela antes de sair. Depois de pagar a conta, Derek e Helena saíram da cafeteria e foram buscar Alyssa na clínica veterinária.

— Você me acha feio? – Perguntou Tailan, olhando-se no espelho.

— Não, já vi piores. – respondeu Thereza cortando alguns legumes.

— Então eu sou bonito.

— Acho que sim. – ela pegou uma das cebolas grandes e começou a cortá-la em pedaços pequenos – Você é bonito, está feliz agora?

— Bah, você falou pra me agradar. Falou forçada.

— Não, eu falei sério. – disse Thereza, sem muita paciência.

— Está vendo? Está irritada, tipo a Helena.

— Você é irritante, Tailan. – ela pegou a faca e apontou para ele – E isso me deixa irritada.

— Eu sou bonitão, Thereza, admita. – Tailan continuou se olhando no espelho.

— Não vá quebrar meu espelho, esse é o último. – Tom entrou na cozinha e pegou uma maçã da fruteira.

— Vocês dois são invejosos, têm inveja da minha tamanha beleza.

— Só estou pedindo para não quebrar o espelho. – respondeu Tom, saindo da cozinha.

— Tom, me ajuda. – disse Thereza, enquanto Tailan olhava pra ela piscando o olho – Quer continuar com os olhos intactos?

— Quero, como vou poder contemplar minha beleza diante do espelho?

— Então não pisque mais para mim. – disse Thereza, voltando a cortar a cebola.

— Oi, gente. – Helena já estava em casa e com Alyssa do lado.

— Oi, amiga, voltou cedo. – disse Thereza – Estou fazendo almoço.

— Com a ajuda de Tailan, que ótimo... o que está fazendo?

— É surpresa. – respondeu a amiga, animada.

— Ela nem sabe o que está fazendo. – disse Tailan, agora ao lado de Thereza analisando a bagunça em cima da pia.

— Meu pai é chefe de cozinha, Narciso, eu sei exatamente o que estou fazendo, eu cozinho bem, não é, Lena? Diga a ele.

— Thereza cozinha bem, Tailan, só não sabe fazer café. – respondeu Helena se sentando na cadeira de balanço em que Joana gostava de ficar. Mudou o assunto com perceptível alegria – Gente, a partir de hoje eu deixei de ser Helena Mcgray e agora sou Helena Patterson.

— Por quê? – Tailan e Thereza perguntaram ao mesmo tempo.

— Eu assinei os papéis do divórcio hoje com Derek.

— Pensei que você já fosse divorciada. – disse Thereza, confusa.

— Eu também. – concordou Tailan, fazendo uma cômica cara de intrigado.

— Era o que eu também pensava, mas Derek e eu nunca havíamos assinado os papéis oficialmente, eu fui embora antes disso.

— Que coisa, hein, Lena... e você está bem?

— Por que não estaria? Eu estou ótima – disse ela – Preciso de um banho. Vou para o quarto descansar um pouco, me chamem quando a comida estiver pronta.

— Tudo bem, eu chamo. – falou Thereza experimentando o caldo. Fez uma careta.

— Você colocou mais sal, Tailan? Quer matar a família de pressão alta?

— Estava parecendo comida de hospital, não está tão salgada assim. – ele pegou a concha e experimentou – Merda.

— Você estragou minha obra-prima, conserte isso agora. – Thereza saiu irritada da cozinha.

— E o que eu faço? Você não é filha de chefe?

— Se vira aí, meu anjo. – ela saiu da cozinha e Tailan ficou parado com a concha na mão. Alyssa entrou e ficou olhando pra ele.

— Já não basta você ter me custado vinte dólares, agora fica olhando pra mim com esse olhar de tortura.

— Foi a menor aposta. – falou Tom, aparecendo na janela.

— Não enche.

Juliana passara a manhã inteira ajudando Catherine nos afazeres domésticos enquanto Joana estava na casa de Helena. Catherine e Juliana passaram o tempo todo conversando sobre livros. Quando Joana voltou para casa era meio-dia e Garret havia preparado o almoço para elas. Joana chegou sem Derek. Ela se perguntou onde ele estaria, e por que não tinha voltado com Joana, mas logo se repreendeu por causa disso. Ele deveria estar conversando com Helena a essa altura. Aqueles dois tinham muito a conversar. Depois da refeição, Juliana ajudou Catherine a limpar a cozinha e depois foi escrever um pouco perto do celeiro.

— Oi. – ela se sobressaltou ao ouvir Derek.

— Olá. – Juliana parou o que estava fazendo e beijou o noivo delicadamente nos lábios.

— Estava te procurando, Cath disse que você estava no celeiro.

— Estou escrevendo meu primeiro livro.

– Sério? – perguntou ele – O que te inspirou?

– Uma garçonete. – disse Juliana, sorrindo – Há pouco tempo fui a uma cafeteria na cidade. Era um lugar só pra casais. Uma garçonete muito simpática me atendeu. E por algum motivo, me inspirou.

– Boa sorte, então... vou fechar negócio com Sérgio Monteiro amanhã.

– Posso ir com você? Podemos aproveitar um pouco da cidade antes de irmos embora. Nosso voo ficou para segunda-feira, só temos cinco dias para aproveitar a cidade.

– Claro. – ele entregou alguns documentos a Juliana e ficou esperando sua reação – Os papéis estão assinados, nós assinamos hoje.

– Obrigada. – ela foi até ele e o abraçou – Eu te amo.

– Eu também. – Derek continuou a beijá-la e Juliana deixou os papéis caírem no chão.

Desde que Helena começara a morar em Nova York, a vida dela havia se resumido apenas ao trabalho. Seu emprego não era ruim. Pagava bem, a localização era boa e o melhor, Helena fez muitos amigos na empresa de Mike Benson. Agora, nua dentro do banheiro, ela olhava para sua aparência. Helena tinha vinte e nove anos. Não era nenhuma supermodelo de revista, mas era bonita. Não importava o que comesse, sempre mantinha o corpo esbelto e com curvas de dar inveja. Helena suspirou ao lembrar que daqui a cinco dias ia voltar a trabalhar. Fez uma careta ao se lembrar disso. Alguns colegas que se consultavam com ela tinham problemas maiores que os seus e Helena sempre dizia que tudo que ia ficar bem, que ela entendia, mas, às vezes, duvidava dessa possibilidade. Entrou de volta na banheira e se afundou inteira na espuma. Escutou o som abafado do celular tocando. Saiu da banheira e colocou o roupão. Foi até a penteadeira e pegou o celular, mas ele havia parado de tocar. Era Sérgio ligando para ela. Helena soltou um sorriso espontâneo ao ver que ele havia ligado, respirou fundo e retornou à ligação.

– Oi. – disse Helena, depois de esperar alguns segundos agonizantes que pareciam uma eternidade, ele atendeu e parecia que estava feliz em ouvi-la.

– *Pensei que tinha desistido de mim* – falou Sérgio do outro lado da linha – *Liguei para saber como você está.*

– Eu não desisto fácil, Sérgio, e estou muito bem.

– *Que bom. Como foi seu dia, Helena Mcgray?*

– Patterson. Meu nome agora é Helena Patterson.

— *Prazer em conhecê-la, Helena Patterson.* — falou Sérgio, rindo.

— O prazer é todo meu, e como foi seu dia?

— *Tranquilo, fiquei no hotel o dia inteiro.* — disse ele, desanimado — *Não gosto de ficar sem fazer nada.*

— Nem eu. — respondeu rindo e sentando-se na cama.

— *E o seu dia? Presumo que foi mais interessante que o meu.*

— Hoje eu corri atrás de Alyssa, a cadela de estimação da família. — disse ela, rindo.

— *Conseguiu?* — perguntou ele, curioso.

— Consegui — respondeu ela, evitando mencionar Derek. — Ela sempre faz isso quando temos que levá-la ao veterinário.

— *Thor sempre faz umas gracinhas também.* — Sérgio ficou em silêncio por um instante — *Sinto sua falta.*

— Sente?

— *Sinto... eu sei que a gente se viu ontem, mas, um beijo daquele não dá para esquecer assim tão fácil.* — falou com a voz baixa.

— Eu também não esqueci, você beija bem. — Helena respondeu com o mesmo tom de voz que ele, como se estivesse sussurrando.

— *Podemos repetir se você quiser.*

— Eu quero, mas é melhor você aproveitar. Eu só tenho mais cinco dias aqui na cidade, então... precisa ser logo — Helena estava deitada na cama e passava as mãos no cabelo, enrolando-os com o dedo.

— *Eu tenho um convite inusitado para você.* — ele riu de repente.

— O que foi? Que convite seria? Se for para um motel, está cedo demais pra isso.

— *Nada de motel.* — Sérgio riu sem graça.

— Ficou vermelho, não é?

— *Não fiquei, mas não é uma ideia ruim.*

— Talvez. Então, qual é o convite? Estou curiosa.

— *Um amigo meu, ele quer te conhecer.* — falou Sérgio ainda rindo.

— Um amigo seu quer me conhecer? Então quer dizer que você está falando sobre mim para um amigo, interessante.

— *Estou, e ele já está se cansando de mim.*

— Que pena, eu também falo muito sobre você, mas ao contrário de seu amigo, Thereza adora me ouvir. Fica pedindo detalhes.

— *Sua amiga é legal. Voltando o assunto, de tanto que falo em você, ele cismou que quer te conhecer. Já vou avisando, ele é um velho bem rabugento.*

— Tudo bem, eu aceito o convite. — falou Helena, animada.

— *Ele disse que vai fazer um jantar especial para você, eu não tenho nada a ver com isso. Se estiver ruim, não é culpa minha.*

— Tá bom. — ela consentiu — Hoje à noite?

— *Isso, esta noite. Eu vou te buscar, tudo bem para você?*

— Está ótimo, vou colocar meu melhor vestido.

— *Todos os vestidos são melhores em você, acho difícil que fiquem ruins.* — falou Sérgio, colocando um pouco de vinho em uma taça que pediu mais cedo para o serviço de quarto.

— Você é um paquerador e tanto, Sérgio Monteiro.

— *Eu só faço o meu melhor. Então eu te vejo às seis?*

— Em ponto, estarei aguardando você. — Eles se despediram depois de conversar por alguns minutos. Em seguida, Helena saiu do quarto às pressas descendo as escadas. — Thereza, vamos às compras.

# CAPÍTULO 18

A cidade em que Helena nasceu era pequena, porém graciosa. Tinha pequenas lojas, bares, restaurantes e cafeterias, observou Thereza enquanto estava no carro, a amiga havia lhe chamado para fazer compras no shopping. Depois de algumas horas escolhendo algo para o encontro da amiga com Sérgio e o misterioso amigo dele, já estavam de volta à fazenda.

— Você acha que ele vai gostar? — perguntou Helena para amiga, enquanto ela a maquiava.

— Vai. Agora fique quieta que estou terminando sua maquiagem.

— Eu gostei desse conjunto. Mas eu ia comprar um vestido, eu disse que ia usar um vestido.

— Você vai ficar linda. E daí se você disse que ia usar um vestido? O importante é você estar com roupa. — falou Thereza, ríspida — Eu estou quase terminando.

— Estou confiando em você. — disse Helena, enquanto observava seus cabelos cheios de grampos — E o meu cabelo?

— Estava pensando em uma trança, o que acha? Tipo a Elsa da "Era do Gelo".

— A Elsa não é da "Era do Gelo", é *Frozen* o nome do filme em que ela aparece. — Helena riu — E você sabe fazer?

— É claro que sei, querida, vai combinar com você. — falou Thereza dando os últimos retoques na maquiagem — Prontinho, terminei. Agora vamos ao cabelo.

— Faça o seu melhor, eu quero estar linda esta noite.

— Talvez eu não esteja entendo direito. — Thereza parou o que estava fazendo e olhou para Helena. — Você está apaixonada?

— Não estou. — Helena pegou a revista que estava em cima da penteadeira e tapou o rosto fingindo vergonha.

— Está sim, eu conheço você, abra o jogo.

— Thereza... tem pouco tempo que o conheço.

— Sabe qual é o nome disso?

— Não.

— Amor à primeira vista, Helena, isso se chama amor à primeira vista. É o que está acontecendo entre você e o bonitão.

— Acho que não, você está exagerando.

— Ele faz seu coração palpitar? — perguntou Thereza, enquanto trançava o cabelo da amiga.

— Um pouco.

— Você não me engana, Lena. Você pode tentar, mas não me engana.

— Eu gosto da companhia dele, ele me faz rir, é cavalheiro... e o perfume que usa fica impregnado na sua roupa por dois dias. Mesmo sendo suave.

— Você está se apaixonando, Lena.

— Talvez esteja. Isso é errado por acaso?

— De modo algum, querida, eu vou deixar você linda para seu bonitão.

— Obrigada, amiga. — falou Helena, piscando o olho para ela.

— O que você comprou quando eu estava na loja de sapatos?

— O quê? —Helena fingia estar concentrada na leitura da revista.

— Não tente dar uma de desentendida comigo. O que comprou?

— Nada demais.

— Não vai me contar? Helena Mcgray, me conta logo.

— Patterson.

— Tanto faz, me conta por favor. —Thereza parecia suplicar.

— Tá bom, eu conto. Promete que não vai rir?

— Eu prometo.

— Está na sacola preta ao lado da penteadeira. — Thereza parou o que estava fazendo e foi até a penteadeira. Vasculhou a sacola, e o que ela achou a fez abrir a boca de tanta surpresa.

— Sua safadinha... por que não me falou?

— Porque fiquei com vergonha de você e isso não é para você.

— Tudo bem... tenho certeza de que ele vai adorar. Mas você deveria ter comprado de enfermeira, ele vai infartar quando ver você vestida com isso. — Thereza pegou a lingerie da sacola e colocou do lado da roupa de Helena.

— O senhor está muito bonito. — falou a mulher, olhando para Sérgio.

— Muito obrigado. — ele estava no elevador, o relógio marcava cinco horas da tarde, ele havia comprado uma roupa especial para o encontro com Mark e Helena. O smoking que escolhera era azul bem escuro. Sérgio havia gostado do traje logo que o viu, era ideal para o encontro.

— O azul combinou muito com você.

— Também acho. E você, vai a algum encontro especial? Seu vestido denuncia. — perguntou Sérgio para a mulher que, com um gesto involuntário, passou a mão no cabelo.

— Tenho um encontro com meu namorado hoje. Ele me chamou para jantar e eu consegui uma folga.

— Faz tempo que trabalha aqui no hotel?

— Não, só alguns meses. — respondeu ela, olhando-se no espelho do elevador — Eu trabalhava em um restaurante como garçonete, mas não gostava e pagavam muito pouco. Um dia um amigo que trabalha aqui me falou sobre a vaga de camareira. Conversei com o gerente e estou trabalhando.

— Fico feliz por você... como é seu nome mesmo?

— Ester, meu nome é Ester. Obrigada por estar feliz por mim, você é o único hóspede que conversou comigo, acredita? Os outros parecem ter medo de mim.

— Você é legal, Ester, é um prazer te conhecer. — disse Sérgio, enquanto se olhava no espelho ao lado dela.

— O prazer é todo meu. — enquanto conversavam, o elevador se abriu e eles saíram ao mesmo tempo.

— Bom... acho que a gente se despede aqui. Até logo, Sérgio.

— Até mais, Ester. — disse ele, dirigindo-se à porta de saída do hotel. Enquanto caminhava até o estacionamento, Sérgio recebeu uma mensagem. Era Mark, informando o endereço do local em que iriam jantar. Sérgio entrou no carro e mandou uma mensagem para Helena dizendo que já estava indo buscá-la.

Ao terminar de se vestir, Helena saiu do closet foi até Thereza e deu uma voltinha. A roupa que escolhera era a mais bonita que tinha visto na loja. Custou trezentos dólares, mas valeu cada centavo. Ela estava vestida com uma blusa azul turquesa de mangas bufantes longas e cheias de brilho. Combinando, usava uma saia justa da mesma cor da blusa e que ia até os joelhos. Helena comprou um salto alto prata, o que fazia seu *look* perfeito. O penteado e a maquiagem que Thereza havia feito estavam impecáveis.

— Nossa, amiga... — Thereza foi até Helena e parou na sua frente — Você está perfeita.

— Acha mesmo? — perguntou Helena, se olhando no espelho.

— Você está divinamente incrível. Pegou sua bolsa?

— Está em cima da cama.

— Eu vou sair com seu irmão e o amigo dele hoje à noite, eles querem me mostrar um pouco da cidade. — disse Thereza, pegando a bolsa de Helena e entregando a ela — Você sabe o que fazer, né? Qualquer coisa, me liga.

— Tá bom, Thereza, eu ligo. — Helena abriu a bolsa e pegou o celular que estava dentro para conferir se tinha alguma chamada perdida de Sérgio. Ele havia enviado uma mensagem às cinco e dez da tarde. Helena olhou a hora do celular. Eram cinco e cinquenta, provavelmente ele já estava chegando, o percurso da cidade até a fazenda era de apenas vinte minutos. Quando guardou o celular de volta na bolsa a campainha tocou e ela gelou por dentro. Toda vez que via Sérgio sentia a mesma coisa. A campainha tocou várias vezes até Tailan atender. Era Sérgio.

— Seu bonitão chegou, Lena. — falou a amiga colocando a cabeça para fora da porta para espiar. — Está conversando com Tailan.

— Estou nervosa, acho que não vou conseguir descer.

— Deixa de ser dramática, Lena, você só vai jantar, não é um casamento. — disse Thereza, puxando a amiga pelo braço.

— Tá bom, vou descer. Como estou?

— Como eu disse, você está linda. Agora desça antes que seu galã desista e vá embora. — Thereza a empurrou para fora do quarto e fechou a porta. Helena suspirou e começou a descer as escadas. Estranhamente se sentia em um filme ou um livro clichê quando percebeu que Sérgio a olhava com aquele olhar que ele provavelmente dirigia só a ela. Tailan colocou a mão na boca quando a viu.

— Lena, você está maravilhosa. — falou Tailan, quando ela finalmente estava no *hall* da entrada próximo a Sérgio. — Fiquei triste por não ter pedido minhas dicas de moda.

— Desculpa, Tai, quem sabe na próxima. — Tailan riu, saiu de perto deles e subiu as escadas.

— Oi. — cumprimentou Sérgio. Helena foi até ele e lhe deu um beijo na boca — Obrigado por isso... não tenho palavras para descrever você hoje à noite.

— Isso é bom? — perguntou ela sussurrando no ouvido dele enquanto a pegava pela cintura.

— Por favor, não faça isso... — ele a puxou para mais perto, pegou suas mãos e contornou com elas o rosto de Helena, beijando-a novamente.

— Tudo bem. — ela se afastou, pegou a mão dele e o puxou para fora — Você é bem pontual.

— É a ansiedade. Estava louco pra ver você de novo, por isso cheguei cedo. — falou Sérgio, a encostando na porta do carro e a beijando com uma paixão incontrolável. Helena retribuía com a mesma intensidade. Depois de alguns segundos, ela o afastou.

— Você borrou todo o meu batom. — ela passou as mãos nos lábios e sentou no banco do passageiro — Vou ter que passar tudo de novo.

— Não adianta, provavelmente eu vou tirar de novo. — ele saiu do banco do motorista onde estava sentado ergueu-se até ela e a beijou levemente — Mas eu tento me controlar.

— Obrigada. — Helena colocou o cinto de segurança e começou a retocar o batom. Sérgio a olhava de soslaio sorrindo — O que foi?

— Você é linda. — falou ele enquanto olhava para ela. — Às vezes nem acredito que você está aqui.

— Estou... — Helena pegou na mão dele e segurou com ternura — E com a melhor companhia.

— Lena está apaixonada. — disse Tailan, bebendo um pouco de vinho.

— Minha irmã cresceu. — falou Tom, também bebericando o vinho que estava pela metade em sua taça.

— Por que vocês dois estão choramingando aí? — Thereza apareceu no celeiro onde os dois estavam sentados. Usavam roupas elegantes especialmente para o jantar que prometeram levá-la mais cedo enquanto ordenhavam o gado. Thereza observou a garrafa de vinho que estava na metade em cima de um balde virado. — E ainda mais, estão bebendo sem mim!

— Estamos falando de Helena, ela cresceu tão rápido. — respondeu Tom, oferecendo a garrafa de vinho a ela — Minha irmã namorava muito em Nova York?

— Não. — respondeu Thereza, sentando-se em cima do feno — Pelo contrário, aquela mulher não saía com ninguém.

— Sério? Por quê? — perguntou Tailan, colocando mais um pouco de vinho na taça. Quando Thereza viu, tomou a garrafa dele e bebeu o resto.

— Ela não queria. E era muito paquerada no trabalho, até por Mike Benson, nosso chefe. As mulheres lá do trabalho morriam por ele.

— Então é a primeira vez que Helena está saindo com alguém? — perguntou Tailan ainda intrigado

— Sim. — ela se levantou e olhou para eles como se os estivesse vendo pela primeira vez — O que os dois estão fazendo parados aí? Estou pronta para ir jantar.

— Nós também. —Tom se levantou do chão e puxou o amigo pelo braço. — Você está linda, Thereza.

— Muito obrigada, Tom, pelo menos um me que elogia. — ela olhou para Tailan.

— Você está exuberante, Thereza. — falou Tailan, acariciando o cabelo dela — Eu dirijo, Tom.

— Nem sonhando. — disse Thereza mostrando as chaves da caminhonete de Tom, que já estavam em seu poder.

O endereço que Mark informou para Sérgio por mensagem estava gravado no GPS do carro. Ele levava a um condomínio de alto padrão localizado na área nobre da cidade. Ao chegarem na entrada do condomínio, Sérgio parou o carro, abriu a porta e saiu pedindo para que Helena esperasse no carro. Ele foi até um homem que estava próximo e perguntou se ele conhecia um senhor chamado Mark. Vestido com uniforme de segurança, ele era negro, alto e musculoso.

— Mark Shepherd? — perguntou o homem, enquanto observava Sérgio com curiosidade — Você é Sérgio Monteiro?

— Isso, Mark Shepherd. — disse Sérgio, relutante. Ele não sabia se o sobrenome de Mark era Shepherd, mas seria muita coincidência o homem que o segurança cítara ter o mesmo nome do amigo e morar no mesmo endereço — Meu nome é Sérgio Monteiro, como você disse, e Mark nos convidou para jantar. — ele indicou com um gesto de cabeça o carro e Helena dentro. O segurança olhou para Helena.

— Claro, eu sei quem vocês são, Mark falou muito sobre vocês.

— Falou? — perguntou Sérgio para o homem, incrédulo.

— Bebemos uma cervejinha mais cedo e ele disse que tinha visitas hoje, um homem com uma mulher muito bonita. Eu adoro aquele velho. — disse ele, enquanto observava Helena saindo do carro e indo em direção a eles.

— Algum problema? — perguntou Helena, olhando para Sérgio, mas se dirigindo ao segurança.

— Nenhum problema, senhorita, só estávamos conversando. Com licença eu vou abrir o portão, vocês têm acesso. A casa de Mark é na sexta rua à direita, é a maior casa. — o segurança entrou na portaria de segurança do condomínio e abriu o portão. Helena e Sérgio entraram no carro e se dirigiram ao interior do condomínio. Sérgio se despediu do segurança que, com um gesto de positivo, o cumprimentou, sorrindo, e voltou a vigiar o perímetro.

— Você é durona.

— Por quê? — perguntou Helena olhando para Sérgio, enquanto ele estava ocupado procurando a casa de Mark. Segundo o segurança, era a maior do condomínio e ficava localizada na sexta rua.

— Você assustou o segurança perguntando se tinha algum problema. Até eu fiquei com medo.

— Que mentiroso. — ela deu um tapa no ombro dele e Sérgio se encolheu.

— Ai! — ele tirou uma das mãos do volante e passou no ombro em um gesto teatral. — Doeu.

— Dramático. — Sérgio já havia passado da quinta rua e estava na sexta, provavelmente a rua em que Mark morava. Entrou devagar com o carro e observou todas as casas ao redor, todas bem grandes e luxuosas. Como iria saber qual era a certa? Quando estava chegando no final da rua, Helena o cutucou e indicou uma casa específica. — Eu acho que é aquela! — eles estacionaram o carro em uma vaga debaixo da árvore enorme que havia na frente da residência. A casa era enorme, branca e a estrutura era semelhante à Casa Branca. Tinha aproximadamente três andares. As colunas enormes decoradas era o que mais se destacava na casa. Helena passou a mão em uma das estátuas de leão que ficava no jardim e olhou para Sérgio perplexa. Ele continuou caminhando até a porta da casa. A entrada tinha uma escada e uma rampa de acesso para cadeirantes. O jardim era decorado com lindas lanternas chinesas. Um jardineiro estava podando uma árvore enquanto fumava um enorme cigarro.

— Pensei que não viria mais. — a porta da entrada se abriu e Mark apareceu todo elegante com um terno vermelho e uma gravata borboleta da mesma cor.

— Cheguei no horário certo. — Sérgio mostrou o relógio para Mark.

— Então, essa é a famosa Helena. — Mark ligou a cadeira de rodas motorizada e foi até ela — Você é mais bela do que eu imaginava.

— O senhor também é mais belo do que eu imaginava. — disse Helena, rindo da expressão de surpresa que Mark fez.

— Gostei dela, Sérgio, ela sabe reconhecer uma beleza rara.

— Helena só está sendo gentil. — Sérgio foi até Mark e ajeitou-lhe a gravata, que estava torta — Não se empolgue.

— Eu já estou empolgado. — disse Mark. Ele piscou para Helena e ela sorriu para ele — Esqueci de dizer, bem-vindos à minha humilde residência.

— Sua casa é muito linda, Senhor Shepherd. — Helena observava maravilhada a arquitetura do lugar — Você que planejou tudo isso? Estou me referindo à decoração, é maravilhosa.

— Oh, por favor, senhorita Helena, pode me chamar só de Mark. — respondeu, entregando uma flor para ela — Quem planejou tudo isso foi minha esposa. Ela era uma mulher cheia de imaginação e tudo o que imaginava criava vida.

— É tudo muito lindo, Mark. — Helena imaginava como seria morar em uma casa como aquela e não ter que se preocupar com espaço, como ela fazia no apartamento que dividia com Thereza. De repente, ela decidiu que iria comprar uma casa logo que voltasse para Nova York.

— É porque você ainda não viu o jardim botânico. — disse Mark, guiando-os até uma porta que levava ao jardim da casa — É lá que vamos jantar. Por favor, me acompanhem.

# CAPÍTULO 19

O jardim de Josephine era maravilhoso. Tinha todos os tipos de flores, árvores frutíferas e plantas silvestres. As mesmas lanternas chinesas da entrada se replicavam no jardim e uma fonte de água enorme, de mármore, ficava bem no centro, dando ainda mais vida ao ambiente que emanava o ar da natureza. O lugar era cuidadosamente delicado. O aroma de flores invadia as narinas de Helena. Ela inspirava o ar com prazer, enquanto se acomodava na enorme mesa decorada que Mark preparou para o jantar. Quando os três se acomodaram na mesa, o idoso bateu a campainha que estava na mesa e o mordomo apareceu. Mark se referiu a ele pelo nome, George, e o apresentou a Sérgio e Helena. George mantinha sua postura assustadoramente ereta enquanto o patrão pedia os pratos escolhidos para aquela noite.

— Gostaram? — perguntou Mark, depois do mordomo se retirar. — Achei que iriam preferir o ar livre do que a sala de jantar.

— Eu adorei, Mark. — falou Helena, segurando uma das flores que tirou do jardim — é maravilhoso, obrigada por nos convidar.

— Não precisa agradecer, querida, eu que agradeço por estarem aqui.

— Só acho que esse lugar não é muito sua cara, Mark. — disse Sérgio, ainda analisando o jardim — Eu não sei o que dizer, é como se você fosse outra pessoa completamente diferente.

— Todos nós temos nossos segredos, Sérgio, e esse era o meu. — falou Mark, um espirituoso ar de mistério.

— Concordo com Mark. — disse Helena olhando para Sérgio. Com um sorriso travesso, completou — Todos temos segredos, e o do Mark se superou.

— Obrigado. — disse Mark agradecido — Então... este jantar foi planejado com todo o amor, porque eu queria muito vê-los juntos, Helena, e tenho que dizer: você é maravilhosa.

— Sérgio falou de você, que queria muito me conhecer, então eu aceitei o convite, é claro, mas... — ela fez uma pausa e os dois homens a olharam ao mesmo tempo — Ele disse que você era rabugento.

— Ele disse isso? Você que é rabugento, Sérgio, só anda no meu pé, me fez até tomar café com você. Eu bem disse que era assédio.

— Engraçado... — disse Sérgio, passando as mãos nos cabelos — Você é que sempre ficava perto do elevador me esperando todos os dias.

— Nunca passou de coincidência, meu caro. Você acha que eu queria ouvir todos os dias suas lamentações por não ter convidado essa linda mulher pra sair.

— Ele lamentava? — perguntou Helena, interrompendo os dois.

— Não! — retrucou Sérgio, rapidamente.

— Sim. — disse Mark, olhando para ele com desgosto — Você não sabe o quanto.

— Imagino... ele demorou muito para me chamar para sair, Mark. — disse Helena parecendo estar decepcionada — Achei que nunca pediria.

— Não é bem assim, Helena, eu estava me preparando.

— Se preparando? Olha só, meu filho. Com uma mulher como ela, você não perde tempo se preparando, você tem que agir.

— Concordo. — falou Helena e riu da expressão que Sérgio fez.

— Você tem que ficar do meu lado, Helena. — suplicou teatralmente Sérgio, seguindo o tom de brincadeira.

— Eu não escolho lados, querido, mas Mark está ganhando nessa.

— Eu sempre ganho. — disparou Mark. Enquanto conversavam, um grupo de quatro pessoas entrou com os pratos para o jantar. Eram de diversos sabores e cores. O mordomo colocou um balde dourado com gelo cheio de bebidas de diferentes marcas, enquanto os outros organizavam a mesa e serviam os pratos. Perguntavam o que Helena, Sérgio e Mark desejavam comer e, da forma que pediam, os garçons montavam os pratos. Depois de todos servidos, o grupo se retirou do jardim. Sérgio pediu para que escolhessem uma bebida e abriu uma garrafa de vinho. Eles bebiam enquanto riam das piadas de Mark e as histórias de vida que ele contava. Depois de beberem eles comeram e elogiaram a comida. A sobremesa chegou logo depois. Quatro tipos de sobremesa foram colocados na mesa de jantar. Helena escolheu a que tinha framboesa e, por coincidência, os dois homens escolheram o mesmo.

— Estou empanturrado. — disse Mark, gemendo com a mão na barriga.

— Eu também. — era Sérgio, repetindo o gesto do amigo.

– Você quase não comeu Sérgio, o seu prato não tinha quase nada.
– reparou Mark.

– Verdade. – falou Helena, bebendo um pouco de vinho.

– Você também comeu pouco, Helena. Vocês dois me decepcionaram.

– Desculpe, Mark. – disse Helena, carinhosamente – Eu prefiro vinho.

– Digo o mesmo. – Sérgio despejou um pouco do vinho na taça e
bebeu – Acho que vai chover, o céu está com nuvens carregadas.

– Tem previsão para hoje? Acho melhor vocês irem, a estrada fica
perigosa quando está molhada. – disse Mark, se afastando da mesa com
a cadeira de rodas.

– Você tem razão, Mark. É melhor irmos, Helena, daqui a pouco
começa a chover. – falou Sérgio, levantando-se da cadeira.

– Tudo bem, podemos ir, então. – Helena se levantou da cadeira e
Mark os levou até a porta da saída guiando o casal pela casa enorme.
Enquanto caminhavam, ele e Sérgio conversavam sobre assuntos alea-
tórios e Helena observava, contente por estar ali.

– Bom, minha cadeira só vai até aqui. – disse Mark olhando para
as escadas. – Foi um prazer te conhecer, senhorita Helena, você é uma
mulher maravilhosa e inteligente, superou minhas expectativas.

– Fico feliz em saber disso, Mark. Foi um prazer te conhecer também. Você é maravilhoso, e um excelente cavalheiro. – disse Helena. E
Mark lhe deu um beijo nas mãos em sinal de agradecimento.

– Eu quero um beijo na minha também. – Sérgio esticou as mãos
e Mark deu um tapa.

– Eu já disse que não gosto de homens. – falou Mark, ríspido, então
Sérgio deu um abraço nele – Socorro, eu não gosto de abraços!

– É claro que gosta. – Sérgio se afastou e sorriu para Mark. – A
gente se vê no hotel?

– Eu não tenho escolha, você sempre está lá mesmo. – respondeu
Mark, fingindo resignação. Sérgio riu com a resposta insensível do amigo.
Eles se despediram mais uma vez, justamente quando pingos de chuva
começaram a cair. Mark entrou em casa e Helena e Sérgio foram para o
carro. Depois de alguns minutos, já estavam na saída do condomínio e
o mesmo segurança que os recebeu abriu o portão, despedindo-se dos
dois com um "até logo" e em seguida voltando ao seu trabalho. A garoa
ameaçava virar chuva de fato e Sérgio começou a dirigir um pouco mais
rápido para chegarem à casa de Helena antes de começar a chover forte.

— O que foi? — perguntou Thereza, saindo do carro com o casaco em cima da cabeça.

— O pneu furou. — respondeu Tom, enxugando o rosto cheio de água.

— Você pode consertar, não é? — perguntou Thereza para Tailan, que estava olhando o estado deplorável do pneu.

— Não posso... mas... Jeff pode. — disse Tailan, pegando o celular e discando para o mecânico.

— Isso vai demorar? Acho que Helena chegou, ela não pode ficar sozinha, é perigoso.

— Só um pouco. Não se preocupe com Helena, ela vai ficar bem, Sérgio está com ela. — disse Tom, entrando de volta na caminhonete.

— Jeff atendeu? — perguntou Tom ao amigo, que estava com o celular colado na orelha caminhando de um lado para outro.

— Ainda não, o celular só chama, mas ele não atende.

— Tenta de novo. — falou Tom, impaciente.

— Tá bom, chefe, vou tentar. — Tailan ligou novamente para Jeff e o mecânico atendeu. Tom pegou o celular de Tailan e conversou com Jeff. Explicou o problema. O mecânico disse que em dez minutos estaria no local. — Jeff estará aqui em dez minutos. Vamos esperar no carro até ele chegar, a chuva está ficando forte.

— Preciso ir ao banheiro. — disse Thereza, olhando pela janela. Havia um posto de gasolina bem próximo — Vem comigo Tailan, não confio em postos de gasolina a essa hora.

— Não quero ver você fazendo xixi. — Tailan riu e cedeu quando ela olhou feio para ele — Tudo bem, tudo bem. Quer vir com a gente, Tom? Aproveita e compra um chocolate quente na loja de conveniência.

— Estou realmente precisando de um chocolate quente. — eles saíram correndo do carro por causa da chuva e chegaram ao posto de gasolina, Thereza se dirigiu ao banheiro rapidamente e Tom e Tailan aproveitaram para comprar algo na pequena loja de conveniência do posto.

A chuva havia engrossado durante o percurso. Ao entrarem na propriedade depois de vinte minutos na estrada, Helena percebeu que não tinha ninguém em casa. As luzes estavam todas apagadas e as cortinas fechadas. Sérgio estacionou o carro embaixo do pinheiro e desligou o veículo.

— Acho que não tem ninguém em casa. — disse ela, observando pela janela embaçada do carro.

— Seu irmão saiu? Tailan também não está? — perguntou Sérgio, semicerrando os olhos enquanto tentava enxergar a casa além do vidro molhado do carro.

— Eles foram jantar com Thereza e mostrar-lhe um pouco da cidade. Pensei que já estavam aqui. — ela pegou o celular da bolsa — Vou ligar para ela e perguntar se está tudo bem.

— Tá bom. — enquanto Helena se ocupava com o telefone, Sérgio se comunicava por mensagens com alguém. A amiga de Helena atendeu e as duas conversavam por alguns minutos.

— O pneu do carro furou, estão esperando o mecânico chegar.

— Acho que vão demorar um pouco. Além do mais, está chovendo e a estrada está perigosa, podemos ficar no carro até eles chegarem, tudo bem para você? Não vou deixar você sozinha.

— No carro? — perguntou Helena, incrédula.

— Sim, eu não quero ser inconveniente.

— Por que seria inconveniente? Nós dois vamos sair deste carro agora e entrar em casa. Vou fazer um chocolate quente para você.

— Tem certeza? Eu não quero incomodar, Helena, e... — Helena beijou Sérgio fazendo com que ele parasse de falar. — Nossa!

— Só assim para você calar essa boca. — rindo, ela o beijou novamente, dessa vez um beijo demorado, o que fez com que Sérgio sentisse o sabor de seus lábios.

— Eu aceito o chocolate quente. — disse ele, encarando Helena. — adoro chocolate quente.

— Tudo bem, então vamos preparar seu chocolate quente! — Sérgio e Helena saíram do carro. A chuva forte que caía os deixara ensopados. O conjunto fantástico que Helena usava já não era mais o mesmo, o cabelo estava escorrido e a trança que Thereza havia feito, destruída — Droga, eu estou ensopada.

— O meu smoking... — Sérgio tirou o paletó encharcado e o espremeu — Era tão bonito... você está engraçada.

— Estou? — Helena, mordendo os lábios, o empurrou pra fora da varanda.

— Eu já me molhei o suficiente, mais um pouco de chuva não vai fazer diferença. — falou Sérgio enquanto tirava o excesso de água que caía no cabelo. Ele olhou para Helena de soslaio e ela entendeu o recado.

— Não, Sérgio... por favor. — ela se aproximou mais da porta e se encolheu — Eu não posso tomar banho de chuva, Sérgio... Seeérgio! — era tarde demais para protestar, Sérgio pegou Helena pela mão e a levou para fora — Eu vou matar você.

— É só chuva, não faz mal algum, Helena. — ele a pegou pela cintura e começou a beijá-la ali, no meio da chuva. A água gelada escorria na pele sensível de Helena, mas algo a mantinha aquecida e ela sabia exatamente o que era — Estou apaixonado por você! — Helena ficou imóvel com a confissão de Sérgio, que sussurrava em seu ouvido. Depois de ter dito aquilo ele mordeu o lóbulo da orelha dela, deixando-a arrepiada dos pés à cabeça. Helena o puxou para dentro de casa e lhe tirou a camisa ensopada, enquanto ainda o beijava incontrolavelmente. Ela o guiou até o quarto e eles subiram as escadas. Ao chegarem na porta, Helena a abriu e Sérgio parou por um instante — Você tem certeza? — ela disse que sim, gesticulando a cabeça sem pronunciar nenhuma palavra. Sérgio começou a tirar delicadamente a roupa de Helena, deixando-a só de sutiã e calcinha, que faziam parte de um conjunto de lingerie vermelha delicada. Era como se ela tivesse escolhido aquelas peças especialmente para a ocasião, o que deixou Sérgio ainda mais louco por ela. Helena começou a tirar o cinto dele e finalmente as calças. Sérgio a beijava delicadamente enquanto tirava o sutiã com uma habilidade que deixou Helena sem fôlego. Ele começou a beijar seu corpo, cada centímetro de sua pele. Tirou finalmente a última peça íntima e, em poucos minutos, o casal era um só. A todo momento, Sérgio pronunciava palavras de carinho ao seu ouvido enquanto faziam amor. Helena sentia como se tudo que ela havia reprimido por tanto tempo tivesse sido liberado. Ela sentia necessidade dele, tinha desejo e, a cada momento que o sentia, Helena tinha certeza de que ele era exatamente a pessoa que esperava encontrar e, de algum modo, ela o amava. Helena observou a chuva que caía pela janela. Sérgio olhou pra ela no fundo dos seus olhos — Eu te amo. Eu amo você, Helena.

— Eu também amo você. — depois de ouvir a reposta de Helena, Sérgio a beijou com ternura.

— Prontinho, pneu consertado com sucesso! — o homem alto se levantou e pegou a maleta de ferramentas do chão molhado.

— Quanto eu te devo, Jeff? — perguntou Tom, com a carteira na mão.

— Cinquentinha. — Tom contou as notas e entregou ao homem, Jeff olhou para ele e riu — Você nem questionou o valor, tá podendo hein?

— Eu fiz você deixar o conforto de sua casa pra consertar um pneu. E ainda por cima está chovendo. Pode ficar com os cinquenta. E tenha uma boa noite, Jeff.

— Obrigado, Tom. — Jeff olhou para a janela do carro e viu Tailan — Boa noite para você também.

— Boa noite, Jeff, até mais. — depois de se despedirem, Tom entrou no carro e girou a chave de ignição — Ela dormiu?

— Como um anjinho. — Tom e Tailan olharam ao mesmo tempo para o banco de trás. Thereza estava dormindo com a boca aberta.

— Quer uma tolha? — perguntou Helena, enrolada em um roupão rosa.

— Quero. — ele abriu a porta e pegou a tolha da mão dela.

— Peguei umas roupas de Tailan pra você dormir. Só não achei cueca, vai ter que dormir sem — ela mostrou a blusa de Tailan com um coelho estampado e uma bermuda preta.

— Não acredito que meu advogado veste roupa de coelhinho. Não tem outra, não? — perguntou pegando a roupa e analisando bem — Tem certeza?

— Tenho, vai ficar boa em você. — disse Helena, tirando o roupão. Ela já estava de pijama e havia dado um jeito nos cabelos molhados com o secador.

— Tem certeza de que é uma boa ideia eu dormir aqui? E o seu irmão?

— É claro que tenho, ainda está chovendo muito, já passa de uma hora da manhã. — disse ela, conferindo o relógio na parede — E Tom vai concordar comigo.

— Tudo bem, mas eu saio amanhã bem cedo. Tenho que resolver algumas coisas importantes.

— O que você vai fazer? — perguntou ela já deitada e enrolada no edredom. Sérgio, já vestido, se deitou ao lado dela e a abraçou, inalando o cheiro doce dos seus cabelos.

— Amanhã vou fechar o negócio com Derek, vou assinar os papéis da compra da fazenda. — respondeu ele, com receio de que Helena esbo-çasse alguma reação por ele ter citado o nome do ex-marido.

— Tudo bem. Quando terminar, me encontre no parque. Eu só tenho mais alguns dias na cidade, quero aproveitar cada segundo com você antes de ir embora.

— Alguma coisa especial em mente? — perguntou Sérgio acariciando os cabelos de Helena.

— Quero jogar vôlei com você, com meu irmão, Tailan e Thereza, vai ser mais um encontro entre amigos. — ela se virou para ele e deu um beijo em seus lábios — O que acha?

— Perfeito, encontro vocês depois da reunião. — Helena desligou o abajur e se encolheu nos braços de Sérgio. Ele colocou os braços sobre o corpo dela e, depois de alguns minutos, Helena já estava dormindo, observou Sérgio, que demorou mais um pouco para pegar no sono. Sem aviso prévio, acabou dormindo também.

Eram exatamente duas da manhã, observou Thereza, olhando para o relógio da parede quando entraram em casa. A chuva ainda se mantinha firme, em um ritmo constante. Ela observou que o carro de Sérgio estava estacionado embaixo da árvore e Tom estacionou a caminhonete dele na garagem.

— Estou exausto, amanhã tenho que acordar cedo. — Tailan foi até a cozinha e colocou água na chaleira para ferver — Quer chocolate quente?

— Quero, estou sem sono. — Thereza tirou o casaco molhado — Vou lá para cima tomar um banho.

— Tudo bem, quando estiver pronto eu te chamo. — disse Tailan, tirando a camisa molhada. Thereza ficou boquiaberta ao ver como seu corpo era bonito. Ele olhou para ela e a encarou — O que foi? Eu malho.

— Continue assim, você está muito bem. — ela subiu as escadas lentamente, tinha medo de ver algo obsceno. Sérgio ainda estava lá e talvez a amiga estivesse se divertindo um pouco. Mas quando chegou perto da porta ela não ouviu nada. Bateu delicadamente na porta, mas ninguém respondia. Thereza abriu a porta devagar. Estava destrancada. Viu Helena e Sérgio dormindo abraçados. Entrou no quarto devagar e pegou sua mala que estava ao lado da cama e saiu na ponta dos pés para não acordar os dois. Fechou a porta novamente e sorriu satisfeita.

— Você tem que dormir no sofá. — disse Thereza, penteando os cabelos molhados ao entrar na cozinha. Ela havia tomado banho e estava vestida com seu pijama com galinhas vermelhas estampadas, mas quem estava lá não era Tailan, e sim Tom, bebendo um pouco de chocolate dentro de uma xícara – Cadê o Tai?

– Tomando banho, ele deixou isso para você. – Tom entregou uma xícara para ela, Thereza ficou feliz com o calor que ela transmitia. Suas mãos estavam geladas.

– Obrigada. – ela bebericou o líquido marrom e denso.

– Vai dormir no sofá?

– Lena está bem acompanhada e não tem lugar para mim – respondeu Thereza, rindo da situação. – Acho que vou colocar Tailan para dormir no sofá.

– Boa sorte com isso, porque eu já fui. – ele passou as mãos pelo cabelo dela – Boa noite, Thereza, até amanhã.

– Boa noite. – Tom subiu as escadas deixando-a sozinha. Tailan desceu ao mesmo tempo. Estava sem camisa e vestido com uma bermuda branca, os cabelos estavam molhados e bagunçados, havia feito a barba e o perfume que usava tinha o aroma amadeirado.

– Você tem um pente? O meu sumiu.

– Tenho. – ela entregou o pente a ele – Obrigada pelo chocolate, estava muito bom.

– Por nada, quer assistir alguma coisa? – perguntou Tailan, a poucos centímetros de Thereza. Ela estava encostada no balcão onde havia alguns mantimentos e ele teve que quase abraçá-la pra pegar um saco de batata fritas – Você está bloqueando o caminho, moça. – ele a encarou e Thereza ficou presa aos olhos castanhos de Tailan.

– Desculpe. – disse ela baixinho, e fez menção de sair, mas Tailan a pegou pela cintura e a levantou, fazendo com que ela se sentasse no balcão e começou a beijá-la. Thereza sentia a adrenalina percorrer seu corpo, a deixando ainda mais cheia de desejo por ele. Passou as mãos pelo corpo de Tailan, subindo até os cabelos Ele a pegou no colo e subiu as escadas. Thereza riu, mas ele tapou sua boca com as mãos.

– Shiii...você vai acordar todo mundo.

– Desculpa. – disse ela beijando o rosto dele. Quando chegaram ao quarto, Tailan abriu a porta e fechou devagar com Thereza ainda em seu colo beijando-o ardentemente.

# CAPÍTULO 20

No pequeno escritório de Matthew Cooler, três homens elegantes se encaravam sentados ao redor da mesa redonda, todos imersos nos próprios pensamentos enquanto o corretor preparava os papéis para serem assinados. Durante a manhã, Sérgio e Tailan tomaram café juntos enquanto os outros dormiam.

Sérgio acordou às cinco da manhã com os lábios encostados na nuca de Helena, ele se levantou devagar para não a acordar e deu um beijo suave em sua testa. Foi até o quarto de Tailan, abriu a porta e viu que a amiga de Helena estava deitada ao lado dele. Acordou seu advogado cutucando-o o ombro. Agora, às sete horas da manhã, estavam esperando ansiosamente para a transferência de posse da propriedade. O corretor entregou os papéis para Sérgio. Ele leu algumas páginas com cuidado. Sempre lia todos os papéis que tinha que assinar e isso irritava algumas pessoas. Aconteceu o mesmo com Matthew. Impaciente, pegou os papéis da mão de Sérgio quando ele terminou de assinar e entregou a Derek, que rapidamente assinou com a caneta prata que tinha no bolso.

— Foi um prazer fechar negócio com você, Derek Mcgray. — ele estendeu a mão em um gesto de agradecimento. Derek aceitou seu cumprimento sacudindo firmemente sua mão.

— O prazer foi todo meu. — disse Derek, sorrindo. Sérgio tirou um talão de cheques e pediu para que Derek conferisse se estava correto o valor. Ele disse que sim. Sérgio assinou o cheque e entregou para Derek, que o guardou na carteira e saiu do escritório junto com Sérgio e Tailan.

— Eu preciso ir ao banco depositar o cheque — a namorada de Derek o estava esperando do lado de fora, entregando alguns papéis para as pessoas que passavam na rua.

— Tudo bem, meu amor. — disse Juliana para Derek, depois olhou para Sérgio e Tailan que estavam parados na frente dela — Olá, há quanto tempo não nos vemos.

— Olá, senhorita Juliana. — Sérgio a cumprimentou e Tailan fez o mesmo.

— O que é isso que está entregando? – perguntou Tailan, olhando os papéis na mão da moça. Juliana entregou um para ele. "Juntos venceremos o câncer", dizia o pequeno panfleto, com uma foto de um menino com a doença brincando com um cachorro.

— É de uma campanha de arrecadação de fundos para o hospital que eu dirijo. Estamos carentes na ala de tratamento de câncer em crianças.

— O que você está fazendo é muito bonito, Juliana. Pode me dá um folheto? Ficarei feliz em ajudar. – Tailan pegou o papel e guardou no bolso, Sérgio também pediu um e ela o entregou sorridente.

— Muito obrigada a vocês dois, não sabem o quanto isso vai ajudar. Aí no panfleto tem o site que conta a história da nossa ONG e quantas crianças já ajudamos. Vocês podem dar uma olhada depois.

— Sim, vamos olhar direitinho. – disse Sérgio. Juliana saiu satisfeita e foi entregar mais folhetos.

— Eu vou entrar, Sérgio, onde está a chave do carro? – perguntou Tailan, esticando as mãos para pegar a chave. Sérgio tirou as chaves do bolso e entregou pra ele. Enquanto Tailan se afastava, Derek se aproximou de Sérgio e o encarou.

— Mais uma vez obrigado por tudo, Sérgio. Quando vai embora de Fredericksburg? E o que pretende fazer com a fazenda?

— Segunda-feira eu já estarei de volta. E pra ser sincero, eu ainda não sei o que fazer, acho que vou reformar a casa primeiro.

— Posso te falar uma coisa? – perguntou Derek. Sérgio olhou para ele surpreso e curioso com a pergunta.

— Claro. – disse Sérgio – O que tem para me dizer?

— Cuide bem de Helena, eu sei que não sou o mais indicado para isso. Além do mais, nos divorciamos recentemente. Mas eu quero que saiba que ela é uma mulher muito especial e merece ser tratada como uma rainha. Eu falhei com ela e peço que não cometa o mesmo erro, não a magoe como eu magoei. Helena merece ser feliz, e se ela escolheu você é porque você é o cara certo. É o homem que ela escolheu para amá-la incondicionalmente. Eu estou saindo da vida dela para sempre, e ela deu espaço pra você entrar, então, a ame. Diga que a ama sempre, e que sempre vai estar ao lado dela. – ele respirou fundo – Era isso que queria falar.

— Não se preocupe, eu a amo. E vou fazer o possível para que ela seja feliz. Se você estiver certo e, espero muito que esteja, adoraria fazer parte da vida dela, eu vou cuidar bem de Helena. Eu prometo.

– Tudo bem, então. Desejo toda a felicidade do mundo pra vocês.
– falou Derek, cumprimentando-o mais uma vez. – Adeus, Sérgio
Monteiro.

– Adeus. – Derek saiu e foi em direção a Juliana, segurou suas mãos
e a acompanhou até o carro que havia estacionado perto do carro de
Sérgio. Eles saíram e Derek buzinou para Sérgio quando passou por ele.
Juliana fez sinal com as mãos se despedindo pela última vez.

– Você pegou a bola? – perguntou Thereza enquanto esperava a
vez delas no caixa da loja. – Lena isso é loucura sabia, sabe quantos
graus está hoje?

– Comprei duas, caso uma furar, temos outra. – a moça do caixa
passou a compra. Helena pegou o cartão de crédito da bolsa e pagou.

– Quinze graus Celsius e você tem a brilhante ideia de jogar vôlei,
qual é Lena, eu estou congelando.

– O que você comprou, Tom? – perguntou Helena ao irmão, igno-
rando os protestos da amiga.

– Comida e água. – ele mostrou a sacola cheia e os três entraram
no carro. Depois de alguns minutos percorrendo a cidade, chegaram ao
parque. Tom estacionou a caminhonete em uma vaga ao lado do carro
de Sérgio.

– Helena, eu preciso de um casaco e, só para você saber, eu não vou
sair desse carro quentinho e confortável até irmos para casa, quem já
se viu, olha só para você, nem cobriu as pernas, está parecendo até que
vai aproveitar um dia na praia.

– Thereza, vai ser divertido. Pense bem, é uma experiência única!
E uma boa história para contar para seus filhos, é só ignorar o frio e vai
dar tudo certo, por favor, faça isso por mim.

– Como se fosse fácil ignorar o frio, mas realmente é uma boa história para contar para meus filhos. Tá bom! Eu vou, mas... você vai preparar
uma ótima sopa quando voltarmos para casa.

– Certo, teremos sopa para o jantar. – concordou Helena rindo de
Thereza, ela havia combinado com Sérgio e os amigos para que fossem
jogar vôlei no parque sem agasalhos, apesar do frio, Helena viu que seria
um jeito inusitado de se divertirem, todos concordaram, menos Thereza
que a todo momento murmurava.

– Vocês demoraram. – Tailan se aproximou de Tom e pegou a
sacola da mão dele – Trouxe água?

— No carro. Tem um cooler vermelho no banco de trás.

— Vou pegar. — ele foi em direção à caminhonete e olhou para trás. — Quer água, Sérgio?

— Quero sim, pode trazer uma garrafa pra mim, por favor? — Helena colocou a sacola de compras no chão e foi até Sérgio, que estava ajustando a rede.

— Parece que está tudo sob controle por aqui, está com muito frio? — ele parou o que estava fazendo e a beijou carinhosamente nos lábios.

— Onde comprou essa roupa? — Helena perguntou, intrigada.

— Não muito, e você, está? Eu adoro o frio — disse ele ainda concentrado na rede — Ah... a roupa... foi em uma loja de esportes no shopping, Tailan que escolheu.

— Deu para perceber. — disse Helena, rindo.

— Não gostou? — perguntou enquanto analisava sua roupa, realmente era feia.

— Não. — retrucou e deu uma voltinha para mostrar a roupa que ela estava usando. — Sérgio assobiou — Isso sim é moda...

— Você está... — ele olhou novamente para Helena. Sem maquiagem, o cabelo preso com um rabo de cavalo alinhado, o short cinza próprio para esportes mostrando suas pernas definidas. Ela usava uma blusa preta de malha e um tênis branco — Perfeita!

— Obrigada. — Sérgio pediu que Helena o ajudasse com a rede. Quando terminaram, chamaram os outros, que estavam deitados embaixo da árvore esperando para jogar. Tom havia chamado Fran para se juntar a eles. Depois de algumas partidas de vôlei, deram uma pausa.

— Sérgio está jogando sujo. — falou Tailan, ofegante.

— Você que não sabe jogar. — Sérgio pegou uma garrafa de água, abriu e bebeu um pouco alheio ao frio — Até a Fran te passou pra trás.

— Ele sempre perdeu. Quando éramos crianças, ele perdia todos os jogos, nunca aceitou perder — disse Fran, comendo uma maçã.

— Helena e eu arrasamos. — falou Thereza, enquanto bebia um energético.

— Concordo. — disse Helena, deitada no colo de Tom.

— Eu fui o único que não perdi uma bola, vocês ganharam a partida por minha causa, Thereza. — falou Tom com desdém.

— Aposto que não ganha no vôlei aquático. — disse Tailan, todos olharam para ele cheios de expectativa — O último que chegar no lago é a mulher do padre.

— Água? — espantou-se Thereza com os olhos esbugalhados, parecendo que iriam pular para fora da órbita — deve estar congelando, mas eu não perco uma corrida por nada — ela se levantou e começou a correr, isso a fez tomar a liderança.

— Então aproveite o casamento. — falou Tom, levantando-se e puxando Helena. Eles correram em direção ao lago. Thereza estava na frente comemorando a posição. Tailan a acompanhou e ela lhe deu um empurrão, mas ele agarrou o braço dela e os dois caíram na grama. O resto do grupo riu, mas não podiam parar até chegarem ao lago, Helena estava ao lado do irmão e Sérgio fez o possível para acompanhar os dois. A namorada de Tom desistiu no meio do caminho e se deitou na grama. Chegando à água, Helena reclamou de uma dor no tornozelo, o que fez com que Sérgio e o irmão ficassem preocupados e parassem na beira do lago.

— Eu não vou ser a mulher do padre. — ela correu em disparada e entrou na água, deixando os dois parados sem reação — Enganei vocês direitinho!

— Ela é esperta. — falou Sérgio, ofegante, com as mãos no joelho.

— Muito esperta. — Tom tirou a camisa e pulou na água gelada.

Sérgio fez o mesmo, gritando bem alto com empolgação. Os demais chegaram aos poucos, entrando no lago. O sol já estava se pondo, exibindo uma cor alaranjada no céu, causando reflexos nas folhas de um parque quase vazio. Todas as pessoas que passaram o dia se divertindo com a família estavam indo para casa. O mesmo valia para Sérgio, Tailan e Tom. Estavam organizando as coisas e colocando dentro da caminhonete de Tom. Thereza estava no carro, havia reclamado de dor de cabeça mais cedo.

— Você nunca foi me ver. — falou Fran, aproximando-se do carro de Sérgio, onde Helena estava encostada.

— Eu sei. — disse Helena segurando a mão dela — Você me perdoa?

— Claro que sim, sua bobinha. — Fran se postou ao seu lado e encostou a cabeça em seu ombro — Tom me disse que você já vai embora.

— Infelizmente tenho que ir, Fran. Se fosse por mim, ficava aqui pra sempre, mas tenho uma vida em Nova York agora.

— Sentirei sua falta. — elas se entreolharam — Todos nós vamos sentir.

— Eu também vou sentir saudades, o tempo que eu passei aqui... eu precisava disso. Eu vim de Nova York devastada por ter que enterrar meu pai, foi um choque tão grande, sabe... mas aconteceu tanta coisa. — ela olhou para Sérgio e sorriu quando o viu bebendo cerveja com o irmão — Minha vida mudou completamente durante minha estadia aqui, fiz as pazes com meu irmão, reencontrei amigos, visitei lugares que há muito tempo não visitava e reencontrei Derek.

— Eu ia te perguntar sobre isso. Você e Derek... estão bem?

— Estamos. No começo foi estranho, três anos sem nenhum contato, e ainda existiam algumas lacunas, algumas feridas sem cicatrizar, muita mágoa, mas enfim... decidimos nos perdoar e seguir em frente.

— Fiquei sabendo que ele está com outra mulher. — disse Fran, um pouco sem jeito — Ele seguiu em frente, acho que está na hora de você seguir também.

— Esse tempo todo eu tive medo de me relacionar com alguém de novo. Eu me afoguei no trabalho, passava a maior parte do tempo cuidando dos problemas dos outros e tentando não lidar com os meus, e até que deu certo... mas... alguém teve a audácia de roubar meu coração. — depois de terminarem de beber a cerveja e terem guardado tudo, Sérgio e Tom foram até elas.

— Prontas pra ir? — perguntou Tom, batendo as mãos.

— Ele roubou o meu. — Fran foi até o irmão de Helena e lhe deu um beijo no rosto.

— Eu roubei o quê? — perguntou confuso, enquanto Fran o abraçava.

— Meu coração, você roubou meu coração, Tomas Patterson.

— Eu sou um baita ladrão de coração. — disse Tom, rindo —Vou para o carro, Lena, te espero lá.

— Tá bom, me dê só alguns minutos que eu já vou. — Tom e a namorada se afastaram do carro.

— Foi muito divertido hoje, não foi?

— Concordo, foi maravilhoso. — Sérgio a abraçou e Helena colocou as mãos no bolso de trás da calça jeans que ele estava usando.

— Vou sentir falta deste lugar. — confessou Helena, olhando para o parque, o admirando pela última vez.

— Eu também. — ele suspirou e beijou Helena nos lábios — Eu vou voltar mais vezes, agora que sou proprietário de uma linda fazenda.

— Você assinou hoje? — disse ela, surpresa — Você vai adorar aquele lugar!

— Eu já adoro, Sarah iria amar. — de repente, ele olhou para Helena. Ficou inseguro. Talvez mencionar a mulher do seu passado não fosse uma boa ideia.

— Tenho certeza que sim. — ela o abraçou e ficaram por alguns segundos naquela posição de carinho e afeto — Você roubou meu coração!

— Roubei? — perguntou Sérgio, com ternura.

— Na verdade, estou te entregando... pois confio que você pode guardar, como ninguém... — Ela o beijou suavemente — Eu te amo.

— Também te amo... isso quer dizer que... vai fazer parte da minha vida? Que você pode ser minha?

— Sim. — eles se entreolharam — Quero você em minha vida.

— Quer namorar comigo? Droga, que idiota que eu sou, eu não comprei nenhum buquê de rosas e nem chocolate. Tenho que fazer isso direito.

— Quero. — ela sorriu — quero ser sua namorada, mas... eu ainda quero meus chocolates e minhas rosas.

— Anotado. — ela o beijou pela última vez e se afastou.

— Eu preciso ir, mas quando chegar eu te ligo.

— Não, eu ligo para você. — brincou Sérgio.

— Tudo bem, então espero sua ligação. — Sérgio entrou no carro ligou a chave e rapidamente manobrou o carro, impedindo que Helena prosseguisse seu caminho — Quer me matar?

— Não... quero mais um beijo. — Helena olhou para ele fingindo irritação e disfarçando o sorriso. Enfim o beijou. Sérgio fechou a janela, contente, seguiu seu caminho.

— Te amo. — sussurrou ela baixinho, como se quisesse se comunicar com ele apenas por pensamentos. Tom buzinou para chamar sua atenção, Helena foi até onde ele estava e entrou na caminhonete.

— Mark, estava esperando por mim? — perguntou Sérgio, entrando no elevador.

— Por incrível que pareça, estava sim. — o idoso riu — Que bom te ver.

— Ainda estou magoado por você não ter beijado minha mão.

— E eu traumatizado, você me abraçou. — retrucou Mark.

— Foi tão ruim assim? — perguntou Sérgio, olhando pra ele desconfiado. A porta do elevador se abriu e uma mulher entrou.

— Foi péssimo.

— Não se preocupe, eu vou embora daqui a dois dias. — falou Sérgio para Mark e, com a falta de resposta, olhou para o amigo ranheta e viu que ele estava olhando para a mulher enquanto ela se arrumava no espelho — Mark?

— O que é, praga? — Mark olhou pra ele irritado.

— Seu melhor amigo vai embora e você me trata assim, me chamando de praga. — fingiu estar aborrecido, dando corda à brincadeira entre os dois, que nunca parava. A mulher riu da situação.

— Sérgio, eu gosto de você... gosto muito, mas não tem como falar com você enquanto essa mulher estiver aqui.

— Por quê? – questionou a mulher, passando rímel nos cílios.

— Porque você é maravilhosa, você é uma deusa grega. – respondeu Mark, jogando todo o seu charme.

— Muito obrigada... Mark, não é? – ele assentiu. A porta do elevador se abriu e a mulher saiu com passos elegantes – Quem sabe a gente não bebe um drink um dia desses.

— Eu adoraria. – falou Mark com um sorriso. A porta se fechou novamente.

— Você não está no mesmo andar que ela? – perguntou Sérgio.

— Estou, mas meu melhor amigo vai embora, eu tenho que dar atenção a ele, não concorda? – falou Mark, erguendo a sobrancelha.

— Enquanto eu tomo banho, você espera bebendo o vinho que deixei durante a manhã, podemos descer para jantar. – Mark concordou, sinalizando com cabeça e o elevador chegou ao andar onde ficava o quarto de Sérgio. Eles saíram juntos logo que a porta abriu.

O último dia de Helena Patterson em Fredericksburg estava cheio de expectativas. Passara o dia anterior em casa com o irmão, Tailan e Thereza, em família cuidando da fazenda, alimentando os animais, cavalgando sobre as campinas e cozinhando bolinhos juntos na cozinha. Durante a noite, assistiram um filme de terror que Thereza escolhera e acabaram dormindo embolados no sofá. Helena havia acordado primeiro, às cinco horas da manhã. Preparou um café bem quente e panquecas. Joana chegou logo em seguida com pães quentinhos, elas conversavam enquanto tomavam café. Os outros que estavam dormindo haviam acordado e subiram para se preparar para mais um dia.

— Eu vou fazer um jantar para a despedida de Derek e queria que vocês estivessem presentes. – falou Joana, enquanto Helena lavava a louça.

— Um jantar? – perguntou Helena, parando o que estava fazendo.

— O voo de Derek vai sair às duas horas da manhã, então decidi fazer um jantar. E queria que você estivesse presente também.

— Tudo bem. – concordou. – O meu voo também vai sair de madrugada, eu adoraria passar meus últimos momentos na cidade com você.

— Ótimo então, vai ser divertido. – ela beijou a bochecha de Helena, contente – Eu preciso ir querida, Catherine e eu temos muito o que fazer, espero você à noite.

— Tudo bem, estarei lá. — Joana saiu pela porta dos fundos e Tailan apareceu na cozinha logo depois, enrolado em um casaco.

— Bom dia, Leninha do meu coração.

— Bom dia. — respondeu Helena, observando Tailan da cabeça aos pés — Que frio é esse que você está sentindo?

— Eu gosto do meu casaco, paguei caro nele. — falou, pegando uma xícara do armário e despejando nela um pouco de café — O que vai fazer de bom hoje? Tem que aproveitar seu último dia.

— Ficar em casa. À noite vamos jantar na casa de Joana.

— Vai ser divertido, o vizinho disse que viu um buraco na cerca perto do lago, Tom me chamou para ir consertar.

— Boa sorte. — ela riu — Você sabe se meu irmão vai usar a caminhonete?

— Não vai não, sairemos a pé. — disse ele bebericando o café — Por quê?

— Eu quero dar uma voltinha. — enquanto conversavam, Tom entrou na cozinha com a cadela ao seu lado. Ele foi até o saco de ração e encheu o pote de Alyssa. Ela começou a comer, eufórica.

— Bom dia para vocês dois. — falou Tom, sentando ao lado de Tailan.

— Bom dia, maninho, pode me emprestar seu carro?

— O que você vai aprontar, mocinha? — perguntou Tom desconfiado.

— Nada. — respondeu Helena, indo em direção a ele e o abraçando — Só quero dar uma voltinha.

— Tá bom. — ele pegou a chave do bolso e entregou a ela.

— Obrigada. — ela saiu contente e subiu para o quarto. Thereza estava tomando banho e cantando uma música de Adele. A água do chuveiro abafava o som. Helena teve que bater na porta com força para a amiga escutar. Thereza abriu a porta só um pouco e colocou a cabeça naquele espaço.

— Pensei que não ia abrir a porta!

— Desculpa, estava fazendo o meu show diário, o que você quer?

— Eu vou sair, você poderia cozinhar hoje? Os meninos amam sua comida, pode ser uma coisinha simples.

— Thereza Osborne nunca cozinha algo simples, pode deixar comigo. E aonde você vai? Volta pro almoço?

— Vou passear de carro. E não se preocupe, estarei aqui para o almoço. Helena saiu do quarto e desceu as escadas rapidamente. Quando estava do lado de fora, foi até o jardim e colheu algumas rosas brancas e algumas vermelhas. Prendeu-as com uma fita vermelha que havia pegado na mesa de costura que pertencia a sua mãe e fez um lindo buquê

de flores. Logo depois entrou na garagem e saiu devagar na caminhonete de Tom.

Ao chegar ao cemitério, Helena desligou o motor e sentiu calafrios
ao descer do carro. Lembrou-se do dia em que fora visitar pela primeira
vez o túmulo da filha e o cavalo de Tom fugiu. Helena ficou sozinha no
cemitério e com muito frio, pois não havia levado nem um tipo de aga-
salho. Ela teve muita sorte de encontrar Derek na estrada, pois poderia
morrer de frio antes de chegar em casa. Agora Helena estava parada
com o buquê de rosas na mão em frente ao cemitério observando aquele
portão enorme. Criou coragem para entrar. Caminhou devagar. Olhava
cada lápide com atenção, todas aquelas pessoas já não existiam mais,
estavam enterradas naquela terra fria e argilosa, deixando para trás as
pessoas que amavam, abrindo enormes lacunas e feridas para cicatri-
zarem durante o tempo. Helena chegou finalmente ao túmulo de Eliza.
Uma dor sufocante tomou conta de si a fazendo chorar. Ela se agachou
e sacudiu algumas folhas secas que estavam na lápide. Olhou para a foto
da filha e ficou em silêncio, enquanto acariciava seus cabelos através
do vidro do retrato, ouviu alguns passos vindo em sua direção, mas
imaginou que seria o coveiro novamente, por isso não se deu o trabalho de se virar, Helena continuou alheia às feições da filha e, mais uma
vez, percebeu o quanto ela se parecia com o pai: tinha os olhos azuis
marinho de Derek, o nariz era idêntico e o sorriso era uma cópia do
dele. Tentou se lembrar da época em que a foto havia sido tirada, mas
nada vinha em mente.

— Ela estava linda nessa foto, era seu aniversário — sobressaltou-se
ao ouvir a voz de alguém em meio ao silêncio, Helena sabia exatamente
de quem ela pertencia e, surpresa com a presença repentina dele, olhou
para trás e o viu com as mãos enfiadas no bolso da calça jeans, usando
o casaco que havia emprestado a ela no dia em que se reencontraram
— Você que tirou, lembra?

— Lembro, ela pediu que eu tirasse logo que ganhou a câmera de
Catherine. — Helena continuava acariciando a foto — Ainda dói tanto.

— Eu sei. — ele se agachou e ficou ao lado dela, passou os dedos pelo
nome da filha gravado na lápide e ficou em silêncio.

— Já faz tanto tempo, mas ainda é difícil dizer adeus... — ela colocou
o quadro no lugar e os dois observavam a foto — É tão difícil ir embora
e deixá-la pra trás... aqui é tão solitário, muito frio... eu tenho medo
deste lugar, não queria que ela estivesse aqui, queria que ela crescesse,

que tivesse seu baile de debutantes dançando com um garoto por quem estivesse apaixonada, queria que ela reclamasse da escola, que pedisse nosso cartão de crédito para ir ao shopping com as amigas, tudo o que eu queria era que ela estivesse aqui. Uma vez... uma vez ela me disse que queria ser igual à Dra. Alessandra, uma médica que cuidasse de todos os doentes. Derek, eu faria de tudo para que ela fosse médica, eu faria de tudo para ela ser feliz. – Helena desabou sobre o túmulo e começou a chorar ainda mais e gritar.

— Helena... Lena, por favor. – Derek tentou pegá-la pelos braços, mas ela se desvencilhou.

— Não... me deixe aqui por favor, me deixe em paz... me solta!

— Para! – Derek a pegou pela cintura. Helena continuou lutando fazendo com que os dois caíssem no chão – Helena, pare... ela não está aí, ela não está aí... – Derek abraçou Helena e lhe apertou o corpo com força para que ela parasse de lutar.

— Eu não consigo respirar... Derek eu não estou respirando, meu coração está batendo rápido. – ele a soltou e ela continuou deitada.

— Você está tendo uma crise de pânico. – Derek se deitou ao lado dela e Helena continuou imóvel, com a respiração ofegante – Respire normalmente, devagar, e pense em coisas boas.

— Eu não consigo. – disse ela, com a voz falhando.

— Você consegue, segure minha mão e pense em alguma coisa que te faz feliz. Vamos pensar juntos. – ele fez com que ela olhasse para ele. Helena fitou os olhos claros de Derek, a respiração continuava irregular – Que tal pensar no campo de girassóis?

— Eu gosto. – ela sorriu e ele retribuiu.

— Eu sei... agora respira devagar... – Helena fez o que ele mandou. Derek repetia junto com ela – e expira em ritmo normal. Isso, muito bem, você está indo muito bem.

— Está funcionando, estou conseguindo.

— No que está pensando? – ele segurou as mãos de Helena, ela fechou os olhos e começou a descrever o que estava imaginando, o campo cheio de girassóis com o pôr do sol iluminando e ela flutuando sobre eles como se pudesse voar. Sua respiração voltou ao normal e ela continuou olhando para ele.

— Obrigada. – Helena agradeceu com os olhos cheios d'água.

— Não precisa agradecer. – Derek se levantou do chão e estendeu a mão. Helena a pegou e se levantou, sacudindo os cabelos – Eliza não está aqui, nossa filha está no céu agora.

— Ela está no céu... ela realmente está no céu. — Helena abraçou Derek e afundou o rosto molhado em seus ombros.

— Ela deve estar olhando para nós agora. Com um vestido reluzente e uma coroa dourada, ela está com Jesus. — falou Derek.

— Jesus está cuidando dela agora, ela está com a melhor companhia do mundo, nossa Eliza está feliz, agora eu tenho essa certeza.

— Pronta para ir? — ele perguntou enquanto estavam abraçados.

— Estou. — ela olhou pela última vez para a foto de Eliza e saiu do cemitério junto com Derek.

— Você vai para o jantar que Joana vai fazer? Ela disse que iria te convidar. Que horas é seu voo?

— Eu vou sim, meu voo sai às duas da madrugada. — respondeu ela, entrando no carro.

— Então eu te vejo lá. — ele entrou no carro e sorriu para Helena. Saiu em direção a casa de Joana. Helena ligou o carro e também seguiu seu caminho.

# CAPÍTULO 21

A pequena casa de Joana estava abarrotada de gente. Tinha música clássica preenchendo o ambiente, bebida e muita comida. Logo que chegaram, Helena, Tom e Tailan foram recebidos por Joana e o marido, bastante animados com a presença deles. Helena cumprimentou Catherine com um abraço apertado e conversaram um pouco. Ela avistou Derek e a namorada bebendo um pouco de ponche perto das mesas de bebida e ele sorriu quando percebeu que ela estava olhando. Helena sorriu de volta e foi atrás dos amigos, que estavam sumidos.

— Você viu Tailan e Thereza? – perguntou para o irmão, que estava comendo sozinho na última mesa.

— Não. – respondeu com a boca cheia – Está se divertindo?

— Estou, e você? – Helena sentou ao lado de Tom e pegou a taça de vinho que ele estava bebendo.

— Estou sim, só meio triste porque amanhã você não vai mais estar aqui.

— Também me sinto assim, não estou preparada para voltar e deixar você, eu vou sentir saudades. – falou ela enquanto bebia mais um pouco de vinho.

— Eu vou me casar. – disse Tom, animado.

— Não brinca... sério? Ai, meu Deus! – ela saiu de onde estava e abraçou Tomas – Parabéns, meu irmão, desejo toda a felicidade do mundo para você. Aí, meu Deus, você vai se casar!

— Qual é o motivo de tanta felicidade? – perguntou Tailan, aproximando-se da mesa. Thereza estava logo atrás.

— Onde vocês estavam? – questionou Helena, olhando para os dois – Estava ficando preocupada.

— Estávamos... – Tailan olhou para Thereza – pegando mais bebidas com Garret.

— Entendi... então vamos nos divertir — Helena se levantou da mesa e pegou na mão de Tom. Os amigos vieram logo atrás. Catherine havia organizado um espaço para karaokê. Tailan pegou o microfone e pediu para que Catherine colocasse uma música de Michael Jackson. A música começou a tocar. Todos que estavam presentes se reuniram para ver o show e não aguentaram ficar sem rir quando Tailan começou a cantar. Sua voz desafinada fez com que todo mundo tapasse os ouvidos. Quando a música acabou, ele desceu do mini palco e entregou o microfone para Helena.

— Vocês não sabem reconhecer um verdadeiro Talento — ele riu — Vai Lena, agora é sua vez!

— Eu? — perguntou espantada — Mas eu não sei cantar.

— Vai, Helena. — gritou Tom, em meio ao grupo de gente.

— Vai, Lena, canta, você canta bem que eu sei. — disse Thereza, incentivando a amiga.

— Mas... — Helena olhou nervosa para a multidão e viu descrente a pessoa que estava próxima a Tailan. Ele estava vestido casualmente com uma camisa vermelha de malha, uma calça jeans com bolso desbotado e o cabelo estava com aquele estilo bagunçado que ela adorava. Ao seu lado, Mark, que sorriu para Helena quando a viu no palco — Tudo bem, você pode colocar *Ocean Eyes* de Billie Eilish Catch?

— Adoro essa música, Lena, quando estiver pronta eu solto. — respondeu Catherine, entusiasmada.

— Tudo bem... — Helena respirou fundo e ajeitou o microfone um pouco nervosa, observando as pessoas com o olhar vidrados nela. Nas poucas vezes em que ela cantava no banho, sua única plateia era Thereza fazendo segunda voz — Estou pronta!

— Ok. — Catherine apertou o play e a música começou a tocar. Todos olhavam cheios de expectativa para Helena no palco. Quando ela finalmente começou a cantar, ficaram espantados com a voz de Helena. Era angelical e bem aguda ao mesmo tempo. Ela cantou por três minutos e vinte segundos, quando terminou a última estrofe, agradeceu e ficou imóvel ao ver a expressão dos amigos que, com os olhos brilhantes de orgulho, a aplaudiram.

— Sua namorada é cantora também? — perguntou Mark, enquanto batia palmas.

— Ela é maravilhosa, não é? — disse Sérgio, enquanto Helena ia em direção a ele com o vestido amarelo brilhante balançando ao vento e o salto alto afundando na grama. Ela teve que se apoiar nele.

— Como? — ela olhou para ele e o beijou nos lábios — Você está aqui? Eu pensei que... — ela olhou para Mark e abraçou o idoso.

— Joana me convidou mais cedo, era para ser uma surpresa, por isso não te contei. — ele olhou para Mark enquanto ele sorria para Helena — Engraçado... você disse que não gostava de abraços.

— Eu não gosto dos seus abraços, Sérgio. — devolveu Mark desdenhando do amigo.

— Quando chegaram? — perguntou Helena, enquanto ainda se equilibrava nos braços do namorado.

— Não faz muito tempo, tive que ajudar vossa majestade a se vestir. — disse Sérgio, olhando feio para Mark.

— Eu sou uma celebridade, setenta e quatro anos de puro charme, tenho que estar sempre lindo, não concorda Helena?

— Concordo plenamente. — respondeu, piscando para Mark.

— Estou cansado de você sempre concordar com ele. — disse Sérgio, magoado encarando a namorada. Helena sorriu e o beijou.

— Desculpe, meu amor, mas desta vez tenho que concordar com Mark. — o velho soltou um sorriso malicioso e uma música envolvente começou a tocar na festa. Ele ligou a cadeira motorizada e saiu balançando os braços.

— Vão ficar parados aí? — gritou Mark — Mexam os esqueletos.

— Quer dançar? — perguntou Sérgio, segurando as mãos de Helena.

— Claro que sim. — Helena tirou os saltos altos e começou a dançar ao lado de Sérgio. Tailan estava com um copo de bebida equilibrado na testa e Tom fazia o mesmo. Thereza torcia para ver quem deixaria o copo cair primeiro e Joana dançava ao lado do marido que dançava sem jeito remexendo os quadris.

— Que música é essa, Catherine?

— É eletrônica, mãe, só sei que é de um DJ brasileiro.

— Alok, achei que iriam gostar. — disse Juliana, aumentando o tom por causa do som da música — Quando estive no Brasil, fomos a uma festa e estava tocando uma música dele. Eu perguntei para uma mulher que dançava ao meu lado quem era o cantor e ela respondeu com um inglês carregado que o nome dele era Alok. Ele é muito famoso lá.

— Eu adorei. Venham, meninas, vamos dançar. — Joana puxou a filha e Juliana pelo braço e foram para o meio dos convidados, que dançavam animados. De repente, Joana olhou para Helena. Junto com o namorado, Helena entrara no jogo de Tom e Tailan. Estava equilibrando um copo de bebida na testa competindo com Sérgio e os amigos, torcendo por eles. A anfitriã sorriu e olhou para o céu — Você está vendo, John, ela voltou a ser feliz. – Joana pegou o copo de bebida de Juliana e juntou-se ao grupo de "equilibristas" para competir também.

  O aeroporto San Antonio estava cheio de gente. Uns apressados indo em direção às escadas rolantes e outros relaxados sentados nas cadeiras duras, esperando a hora de ir embora. Tailan estava dormindo ao lado de Thereza e Tom havia ido até uma máquina de café comprar dois expressos para ele e Helena. Os olhos dela ainda estavam ardendo de tanto chorar na festa enquanto se despedia dos amigos e familiares, prometendo que logo estaria de volta. Enquanto Thereza estava se arrumando, ela foi até o túmulo do pai e deixou uma flor. Fez o mesmo no túmulo da mãe, que ficava ao lado. O relógio marcava uma e meia da manhã. Faltava meia hora para o avião de Helena decolar. Ela pegou o celular e enviou uma mensagem para Ben, dizendo que logo elas estariam em Nova York. Olhou de soslaio para a lanchonete à frente e viu que Sérgio estava lá, escrevendo alguma coisa no celular enquanto falava com a atendente. Seu celular vibrou e ela viu uma mensagem dele. Sérgio perguntava onde ela estava, seguido de um *emoji* de coração. Helena se levantou e foi até ele.

  – Oi. – disse ela, tocando nos ombros de Sérgio. Ele se virou surpreso – Eu ainda não aceitei o fato de você não estar no mesmo avião que eu. De quem vou segurar a mão quando o voo decolar? Acho que vou ter que me contentar com Thereza.

  – Eu sinto muito, meu amor, acho que você vai ter que se virar com Thereza mesmo. – ele a agarrou pela cintura e lhe deu um beijo apaixonado – É melhor do que algum pervertido, não é?

  – Você tem razão. – ela o beijou novamente. Estavam alheios ao olhar das pessoas em volta.

  – Você vai ficar bem? – perguntou visivelmente preocupado, Helena estava com a cabeça abaixada olhando para os próprios pés, Sérgio gentilmente ergueu o rosto dela com a mãos, o queixo da namorada tinha uma pequena covinha, ele adorou a sensação de encaixar o polegar nele, Helena fitou em seus olhos e sorriu.

  – Dessa vez eu trouxe meus remédios, eu vou ficar bem. – ela se assustou ao ouvir o nome do seu voo anunciado pela voz do computador, dizendo para os passageiros fazerem o *check-in* e se dirigir à pista de voo – Tenho que ir.

– Eu sei. – eles se abraçaram. Helena olhou para ele com os olhos marejados.

– Eu não quero ir. – ela continuou abraçada a ele.

– Promete que vai ligar para mim quando chegar? – perguntou Sérgio, fazendo com que ela olhasse para ele.

– Prometo. – ela pegou a mão dele e foi em direção a Thereza e Tailan. A amiga havia acordado e estava se despedindo de Tom, que segurava o café de Helena nas mãos e o abraçou. Thereza foi até Tailan e lhe deu um beijo na boca, o que fez com que os outros ficassem estupefatos. Ela foi até Sérgio e se despediu com um abraço.

– Tchau, bonitão. – pegou as duas malas que estavam no chão e Helena fez o mesmo, Thereza e Helena foram até a área do *check-in* e olharam para trás. Os três homens estavam parados no mesmo lugar observando as duas irem embora. Helena acenou com as mãos e avistou Derek e Juliana perto da máquina de batata fritas. Ele olhou para ela e sorriu. Juliana fez o mesmo. Helena retribuiu e desapareceu entre o pequeno grupo de pessoas.

Ao embarcar, Helena se sentou ao lado da janela e uma mulher morena de cabelos curtos, que aparentava ter a mesma idade dela sentou-se a seu lado. Thereza sentou próximo à saída de emergência e já estava dormindo antes do avião decolar.

– Você tem medo de voar? – perguntou a mulher, colocando o cinto.

– Um pouco... e você? – Helena olhou para a janela.

– Eu amo viajar de avião, é como se pudéssemos voar.

– Eu prefiro a terra firme. – Helena pegou os seus remédios e engoliu um comprimido antes de deitar – Aproveite a viagem.

– Você também – disse a mulher, colocando os fones de ouvido.

– Adeus. – sussurrou Helena, observando a cidade pela janela e imaginando Tom e Tailan indo embora de carro e Sérgio esperando sozinho a hora de seu voo, de repente, tudo ficou escuro, talvez fosse por causa dos remédios, ela finalmente adormeceu.

# EPÍLOGO

## UM ANO DEPOIS

A mulher pegou a última mala em cima da cama, chamou a amiga que estava se arrumando no quarto e disse para se apressar. Helena estava ansiosa para voltar a Fredericksburg depois de um ano. Dois meses antes, ela recebera o convite de casamento do irmão com Fran. Helena havia sido promovida no trabalho e consequentemente seu salário havia aumentado, o que fez com que se mudasse com a melhor amiga para um apartamento maior em um bairro aconchegante.

O relacionamento com Sérgio era bem estável, o casal se via quase todos os dias depois do trabalho. Eles saíam pra jantar, assistiam filmes juntos e outras atividades do cotidiano. O namorado a apresentou para os pais e para ela aquilo era um progresso. Sérgio mostrou sua empresa e contou a Helena detalhes sobre seu negócio. Helena conheceu também a casa dele. Era maior do que a de Mark e ficava localizada no bairro do Soho, no quarteirão de Westy Village, uma área nobre da cidade. Helena agora tinha que se acostumar com o estilo de vida de Sérgio, era constantemente convidada para acompanhá-lo em eventos cheios de gente rica. Quando eram cumprimentamos por alguém, ela tinha que sorrir e ser simpática. Às vezes se segurava pra não rir da maquiagem ou da roupa de uma das convidadas, gente rica não tinha bom gosto em relação a moda, mas ela sempre se repreendia por isso, aliás era antiético. No aniversário dela, ele a levou pra passear à noite em um helicóptero pela cidade. Helena ficou maravilhada quando sobrevoaram a Estátua da Liberdade. No final do passeio, ela disse que amou e que queria ir de novo algum dia. Sérgio respondeu que poderia ser quando ela quisesse, afinal o helicóptero era dele.

— Ela tem que vir com a gente mesmo? — perguntou ele enquanto sentava na poltrona.

— Por que não me disse que tinha um jatinho particular? Eu poderia ir a tantos lugares com ele. — Thereza se sentou em frente aos dois e colocou as pernas em cima das pernas dele.

— Foi por isso que não contei. — ele tirou as pernas de seus joelhos e os colocou delicadamente no chão, Helena estava ocupada lendo uma revista de moda enquanto ouvia música.

— Ela não está nem aí para nós. — Sérgio sorriu e o piloto anunciou que iriam decolar.

— Estou ansiosa para ver meu irmão de novo. — falou Helena, tirando os fones de ouvido — Ele vai se casar! Ai, meu Deus! Se casar! Vai ser a cerimônia do ano. Amor, eu comprei aquele vestido que você escolheu, o cinza prateado.

— Eu escolhi o rosa, amor, você escolheu o cinza... é por isso que não gosto de dar dicas de moda para você.

— Verdade... Eu tenho uma coisa para te mostrar. — ela tirou o chapéu da cabeça e soltou o cabelo. Helena havia cortado o cabelo um pouco abaixo do ombro e manteve a cor natural — O que achou? Foi uma mudança e tanto, não é?

— Foi sim. — Thereza e Sérgio falaram ao mesmo tempo e olharam feio um pro outro, rindo depois disso.

— Espero que tenhamos uma boa viagem. — falou Helena, colocando o cinto, segurando as mãos de Sérgio e encostando a cabeça em seu ombro.

A viajem fora tranquila e sem muita turbulência, o que fez com que Helena agradecesse de joelhos logo que aterrissaram em Fredericksburg. Mark os estava esperando com seu motorista particular do lado de fora do aeroporto. Eles se cumprimentaram e foram para a casa do amigo, onde iriam se hospedar. Quando chegaram, foram recebidos por uma mulher elegante e sorridente. Era Bethany, a namorada de Mark.

— Ele te conquistou mesmo? — perguntou Sérgio para a mulher. Ele a reconheceu, era a mesma do elevador, Mark mudou até de quarto por causa dela.

— Conquistou. — ela beijou Mark e chamou Helena e Thereza para se acomodarem. Depois disso, elas saíram para a cidade, foram a um salão de beleza onde ficariam algumas horas se preparando para o casamento.

A cerimônia estava esplêndida. Os noivos pensaram no lugar perfeito para o evento, o lago que pertencia à fazenda foi o lugar escolhido pelo casal de noivos. Estava ornamentado com cadeiras de madeira decorada com flores brancas. Um arco redondo decorado com as mesmas flores fora colocado sobre o altar onde estaria o padre. Tom vestia um terno preto e uma gravata borboleta, os cabelos ruivos estavam perfeitamente arrumados e presos por uma camada de gel, Helena nunca o tinha visto tão bonito antes. Ela se sentou na cadeira reservada para a família e Sérgio sentou ao lado dela. Thereza ficou do lado de fora esperando Tailan chegar, pois ele ainda não havia aparecido no evento, todos estavam cheios de expectativas com a possível entrada da noiva a qualquer momento. Helena olhava em volta à procura de Joana, que ainda não tinha visto. A marcha nupcial começou a tocar, indicando que a noiva estava por vir. Todos os convidados se levantaram ao mesmo tempo, cheios de expectativas. Ela estava tão linda, pensou Helena, enquanto a amiga entrava com um magnífico vestido branco. Os cabelos negros, longos e cheios de cachos estavam decorados com alguns enfeites e uma coroa. Fran caminhava devagar sorrindo para todos e Tailan estava ao lado dela, a levando para o altar. O pai havia morrido quando os dois eram crianças. O irmão a levou cheio de orgulho e a entregou ao amigo.

— Cuide bem dela. – falou Tailan, enxugando as lágrimas.

— Pode deixar. – Fran ficou em frente ao noivo enquanto o padre discursava sobre a importância da união entre duas pessoas que se amavam. Sérgio e Helena se entreolharam e voltaram a olhar para os noivos. Depois dos votos cerimoniais, o padre fez as perguntas tradicionais.

— Franciele Guerreiro, você aceita Tomas Patterson para todo o sempre como seu único e verdadeiro amor?

— Aceito. – respondeu ela, com a voz embargada e cheia de emoção.

— Tomas Patterson... você aceita Franciele Guerreiro para todo o sempre como seu único e verdadeiro amor?

— Aceito. – disse ele, olhando para ela com os olhos marejados.

— Então eu vos declaro marido e mulher. Pode beijar a noiva. – Tom beijou Fran apaixonadamente e depois disso a pegou no colo e foi em direção aos convidados. Todos jogavam arroz neles e, em seguida, batiam palmas. O jantar seria no restaurante Ocean, disse Tailan para Helena quando já estavam indo para o carro.

— Como Tomas conseguiu dinheiro para reservar aquele restaurante?

— Você não sabe? Mark é o dono, ele presenteou o casal com a reserva. Muito simpático da parte dele, isso custaria uma fortuna.

— Às vezes penso que conheço Mark, que já vi todos os seus truques, mas sempre há uma surpresinha. Um exemplo é o que ele está fazendo agora... – Sérgio fez com que Helena olhasse para trás e ela viu que Mark segurava uma placa com o nome dela. Em seguida apareceram Thereza, Tom e Joana, cada um com uma placa. Alyssa, a cadela da família. entrou com outra placa, completando a frase: "HELENA, VOCÊ QUER SE CASAR COMIGO?"

— Eu... – ela ficou perplexa com o pedido de casamento repentino de Sérgio e teve a certeza de que ele era o homem com quem ela queria passar o resto de sua vida. Àquele homem lindo e apaixonante ajoelhado em frente a ela com um anel de brilhantes em uma caixinha vermelha, seria seu futuro marido.

— Aceito. Sim, sim, eu quero me casar com você!

— Ela aceitou? Eu ouvi bem, pessoal? – ela se ajoelhou e beijou Sérgio delicadamente.

— Você ouviu bem, seu bobo. – ela o beijou novamente e todos ali aplaudiram – Quero ser sua mulher.

O restaurante que fora reservado estava cheio de gente sorrindo. Uns conversavam, outros comiam no buffet e os recém-casados cumprimentavam todos os convidados enquanto andavam pelo salão de mãos dadas. Helena estava pegando alguns doces quando Catherine se aproximou dela.

— Você está linda, Helena, que bom que veio. – Catherine a abraçou.

— Obrigada, Cath, você também está maravilhosa.

— Eu tenho uma coisa para você. – ela pegou um papel da bolsa, parecia ser uma carta – Derek me pediu para entregar a você.

— Derek? O que seria? – perguntou Helena, confusa, enquanto observava a carta.

— Eu não faço ideia, é melhor você ler para descobrir. – Helena assentiu e procurou um lugar tranquilo. Ela se ajeitou na varanda do restaurante e respirou fundo antes de abrir a carta. E quando fez isso, começou a ler devagar.

*Querida Helena, eu sei que você deve estar imaginando o porquê desta carta estar em suas mãos agora, mas só assim eu conseguiria me expressar e dizer o quanto eu sou grato por tudo o que fez por mim. Queria agradecer por você ser essa mulher que você é, tão inteligente e amável. Eu pedi para que Catherine lhe entregasse a carta quando estivesse em Fredericksburg, eu soube do casamento de Tomas e sabia que você não o perderia por nada. Estou muito feliz e, de alguma forma, queria compartilhar essa alegria com você. Eu sou pai! Acredita? Eu sou pai de um garotinho lindo, o nome dele é John. Juliana e eu nos casamos poucos meses depois de chegarmos em Boston. Foi uma gravidez repentina, ela estava tão ocupada com o hospital e preocupada com as doações que caíram bastante. Eu fiz o que me pediu, doei sua parte do dinheiro da fazenda para uma instituição de caridade, e fiz isso com a ONG de Juliana. Mas, mesmo assim, não foi o suficiente, até o hospital receber uma grande quantia de três milhões doada por um anônimo. De alguma forma, sabemos quem foi o doador. É uma pessoa com um coração enorme e cheio de amor, seremos eternamente gratos a ele, assim como ele cuidou dessas crianças que estão enfrentando essa doença terrível, tenho certeza de que ele cuidará muito bem de você. As famílias dessas crianças agora têm esperança e isso é graças a ele, e graças a você também, Helena você é uma mulher incrível e merece toda a felicidade do mundo, espero que forme uma família linda, assim como eu formei a minha. Nossa filha estará muito feliz com novos irmãozinhos, você não acha? Sei que a morte da nossa menina foi um abismo para nós e soltei a sua mão quando precisou que eu a segurasse, permiti que você caísse e eu sinto muito por isso, deveria ter segurado suas mãos mesmo que não tivesse forças o suficiente para isso, mas nós conseguimos sair daquele abismo profundo em que estávamos há três anos, com ajuda de pessoas que nem imaginávamos que seriam capaz de nos tirarmos de lá, pois eu sabia que apesar de te amar mais do que a mim mesmo, eu não conseguiria lhe salvar e nem você a mim, lembro que uma vez você me disse "às vezes, só amar não é o suficiente" e você estava certa, pois apesar de nos amarmos muito, não éramos fortes o suficiente. Mas o destino nos uniu e sou grato a ele por isso, pois ele nos mostrou que apesar de tudo, fomos capazes de seguir em frente.*

*Obrigado por tudo, seja feliz.*
*Com amor, Derek Mcgray.*

Helena segurou a carta por um tempo indeterminado com as mãos trêmulas e saiu da varanda à procura de Sérgio. Ela o procurou por todo lugar perguntando se alguém o tinha visto. Thereza enquanto estava abraçada a Tailan, para a surpresa de todos eles anunciaram que estavam namorando durante o brinde no jantar, disse que ele estava procurando por ela não fazia muito tempo, Tailan falou em seguida que o tinha visto indo em direção à porta de saída.

Helena saiu do restaurante, chamou-o pelo nome e o avistou no mesmo lugar em que estava quando o viu pela segunda vez, quando aceitou ir jantar com Tailan, Sérgio estava parado de costas para ela enquanto observava o céu estrelado e virou-se logo quando a ouviu, Helena correu em direção a ele e o abraçou.

– Ei... o que foi? – perguntou ele, preocupado.

– Eu... – Helena tentou falar, mas o choro não a permitia – Eu estava te procurando... você me deixou preocupada!

Helena entendeu que não precisava de palavras para agradecer a atitude nobre do homem que amava, bastava apenas amá-lo por isso.

– Eu estou aqui, meu amor, precisava de um pouco de ar. – sussurrava ele beijando o cabelo dela – Não precisa se preocupar, eu sempre vou estar aqui. – ele tocou no rosto dela suavemente e enxugou as lágrimas e olhou em seus olhos – Eu te amo muito, sabia?

– Eu também te amo. – ela apoiou a cabeça no peito dele sentindo o seu coração bater repetidamente, Helena estava feliz e sabia que não merecia tanto assim, ela estava ao lado do homem que ela amava e de volta ao seu lar, não na cidade em que nascera, mas sim sua família e todos que ela amava.

– Vamos voltar para dentro? – falou Sérgio enquanto ela continuava abraçada a ele.

– Pode ir se quiser, eu preciso só de um minuto... tudo bem?

– Claro. – ele beijou a testa dela carinhosamente – Te espero lá dentro então. – depois que Sérgio voltou para o restaurante, Helena olhou para o céu e avistou a estrela mais brilhante.

– Obrigada papai. – ela segurou a corrente que pegara na gaveta dos pais antes de ir embora para Nova York, tinha sido um presente de aniversário que ela fez para ele quando ainda era criança, ela beijou o colar e sussurrou. – Eu amo você, cuide de Eliza para mim. Helena foi em direção ao restaurante, subiu os pequenos degraus da escada, abriu a porta observando o céu mais uma vez e viu uma estrela cadente riscando o céu, ela murmurou um pedido e sorriu, o noivo se aproximou dela e segurou em suas mãos, a puxou para dentro do restaurante. Nesse momento, as portas se fecharam e o que podia se ouvir eram grilos cantarolando na natureza e o som dos ventos balançando nas árvores.